有爱的青春陪伴者

即使太阳升起时的光源会灼伤皮肤

刺痛双眼

——他还是想朝着她的方向走去

黎明之前抱抱你

Before The Dawn

薇薇一点甜——著

江苏凤凰文艺出版社
JIANGSU PHOENIX LITERATURE AND ART PUBLISHING

图书在版编目（CIP）数据

黎明之前抱抱你 / 薇薇一点甜著. -- 南京：江苏凤凰文艺出版社，2021.8
ISBN 978-7-5594-5710-3

Ⅰ. ①黎… Ⅱ. ①薇… Ⅲ. ①长篇小说－中国－当代 Ⅳ. ①I247.5

中国版本图书馆CIP数据核字(2021)第058143号

黎明之前抱抱你

薇薇一点甜 著

责任编辑 孙金荣
特约编辑 雪 人 廖唯佳
责任校对 周 萍
出版发行 江苏凤凰文艺出版社
南京市中央路165号，邮编：210009
网 址 http://www.jswenyi.com
印 刷 长沙鸿发印务实业有限公司
开 本 880mm×1230mm 1/32
印 张 9
字 数 268千字
版 次 2021年8月第1版
印 次 2021年8月第1次印刷
书 号 ISBN 978-7-5594-5710-3
定 价 39.80元

江苏凤凰文艺版图书凡印刷、装订错误，可向出版社调换，联系电话025-83280257

目录

目录
contents

楔子·缘起

//

LIMINGZHIQIANBAOBAONI

宇宙历一百三十九亿七千五百七十二万年。

漆黑的天幕中闪现了一个微不足道的小光点，一息残存的星火苟延残喘着从爆炸后的蓬勃热浪中脱出，在这广袤无垠的星群中流浪漂泊了千万年之久。然而在这场爆炸中幸存的漂泊者们的飞船动能究竟是靠什么来补充继续的，已随着他们的消亡而变得不再可考。

一代又一代的遗民从出生到死亡的全过程都在飞行器上进行，他们的寿命和人类近似，却不像人类那般喜光。如果可以的话，BF-444 号小行星遗民们更愿意待在恒久的黑夜中，因为光源会灼伤他们的皮肤，刺瞎他们的双眼。

直到他们漂泊到一个名为“太阳系”的星群时，灼热的火球终究让他们回想起了千万年前星球毁灭时的梦魇。舱内的遗民在撕心裂肺的哀号中沦为一个个火球，只有一个躲在底舱内的幸存者奄奄一息地活了下来。

失去控制的飞船毫不意外地朝着一个小行星的所在地飞坠而去。舱体划过大气层时，迸发出流星般灿烂的火光。

地球公历 1932 年。

华国军医孙重华在山中采药时，从一堆奇怪的废墟中挖出了一个浑身是血的男人。男人的相貌生得不似华国中人，一身奇装异服，也不会说话。

孙重华见他眼神清澈干净，便将他留在了身边，取名林司南。

从此，林司南成为 BF-444 号行星上唯一的幸存者。

前夜·暗访

神秘医生夜半放血

//

L I M I N G Z H I Q I A N B A O B A O N I

本报讯，2030 年 1 月 18 日，本报记者误闯医院，无意间拍到本市定点医院内一神秘医生夜半放血，救治病患，有图有真相。

——文 /S 市城报记者 风谣

风谣曾经是一名非常优秀的记者。

她曾就读于重点大学新闻系，还辅修了小语种，一毕业就进了大城市有名的报社，后面又被外派到 J 国去做专访，头脑聪明、意气风发，完全就是人生赢家的样子。

不过，她的一切完美人生都终止于三年前。

三年前，S 市城报社主编汪清，以“严重心理障碍”为由，将远在 J 国的风谣调回本市。

报社内有不少好奇的同事撬了无数次风谣的嘴，也没能从那完美又无辜的微笑中得出什么信息。最终，还是主编汪清一句“都去工作！哪来那么多的好奇心，谁再聊闲天就到我的办公室里来陪我聊”，结束了这个困扰大家多日的话题。

从此，风谣由外人眼中的完美赢家，变成了自己眼中的优秀咸鱼——

上能人模狗样正经写采访稿，下能瞎编百万加爆款软文，简直就是同行中的精英，后辈眼中的楷模。当然，这是自封的。

直到某一天——

夜半，华国中心商业区某 loft 公寓内。

风谣正靠坐在一楼的沙发上百无聊赖地剥着大蒜，准备夜宵配面条吃。这时，她手机响了。

她懒洋洋地接起来："喂？"

同事："神秘医生夜半放血，救治病患？还有图有真相？核实了没啊这么劲爆？！"

她说的是风谣今天晚上在网上发的一条快讯，配图是在本市的中心医院内拍到的一组十分骇人的照片。

照片中的场景昏暗，透过半掩的办公室门，相机抓拍到了一个看不清面孔的男人以及桌子的一角——盛满红色液体的瓶子以及满地的鲜红。

即便不知道真实情况是什么，也足以在感官上冲击到任何一个看到照片的人了。

风谣耸肩："你管它真的假的，有流量不就行了？"

同事："也是……"

风谣："那拜拜，我锅里的面要熟了。"

她挂了电话，挂得理直气壮。

挂电话前，同事还是担心地提了一句："你不会惹上什么麻烦吧，那图我看着怪瘆人的。"

她端着剥好的蒜盘子，正打算起身去厨房，这时屋内传来一阵轻微的敲击声——

"嘭嘭嘭！"

她一愣，侧耳仔细听了听。

"嘭嘭嘭……"

声音的来源是客厅的落地窗户。

——可这里是 28 楼。

鸡皮疙瘩瞬间起满一身，但风谣是一个坚定的唯物主义者，她很快就用逻辑说服了自己。

不要慌，电影里不是演过吗？拿根绳子或者威亚什么的把自己吊在大厦的玻璃外面，就能像蜘蛛侠一样飞檐走壁。都2030年了，想吓唬人的话，什么离奇古怪的招数不能使出来？再说了，她可是记者，被人盯上恐吓报复不是很正常吗？

她不信鬼神，只认为是有人在装神弄鬼。

风谣走到了窗边，猛地一推玻璃窗。

“哇哦——”

她看着窗外稳稳吊着的人，挑了挑眉——一看这位兄台的架势，就知道是来吓唬人的。

窗外，夜幕中的“不法分子”肤色苍白，嘴唇血红，脖颈上蔓延着漆黑怪诞的花纹，宛如中世纪的吸血鬼。

他冲风谣冷冷一笑：“你就是那个……”话音未落，一盘剥好的大蒜糊在了他的脸上。

窗外的人猝不及防，连眉梢都未能幸免，看上去有些愣怔又有些恼怒。

风谣收回盘子，淡定地抽了张纸巾擦了擦手：“听说吸血鬼都怕大蒜，你怎么没反应啊，是不是品种不太好？行了，特效不错，值得鼓励。现在，你可以滚了。”

说完，她“嘭”的一声合上窗户，然后上了保险栓。

窗外的人似乎怒了，玻璃被砸得“嘭嘭嘭”响个不停。

风谣高声呵斥：“再砸我就报警了！”

砸窗的人一顿，然后彻底没了动静。

“嘁，就这点能耐还吓唬我呢？”她不屑地笑了笑，忽地一顿，“不过说起来，他那威亚确实挺隐形的，天一黑居然完全看不出，电视台借的吧？”

第二天早上。

风谣一到报社，一名同组的同事便兴高采烈地迎了上来：“大功臣！汪主编急着找你呢，咱们社的公众号才上线几个月文章就能有这么高的点击量，看样子月底你又要加奖金喽！”

风谣：“谢啦，到时候请你吃饭。”

那位同事笑了：“就喜欢你这种大方的人！赶紧去吧！”

风谣敲了敲汪清办公室的门，里面传来一声：“请进。”

风谣和这位汪主编的关系还不错，两人虽然是上下级，日常却像是朋友一样相处。

“哈哈，你喊我来是又要给我涨工资啦？”

然而，汪清的表情却有些严肃：“你开电脑了吗？”

风谣一怔：“还没，出什么事了吗？”

对面的人叹了口气，将电脑推到她面前。

风谣就这么瞥了一眼，差点没背过气去。她猛地做了一个深呼吸，开口道：“这臭小子是要气死我吗……”

汪清收回电脑，神情无奈：“现在你的实习生出了这个事，你估计也推卸不了责任。”

这位让她们两人都十分头大的实习生名叫顾凌铎。

男，22岁，他刚毕业就进入报社，是风谣手下工作不到一年的实习生，仗着有一个当市长的爸爸，小小年纪就成了社内头号作死小达人。

倒不是因为什么迟到早退、上班闲聊——说真的，风谣倒真希望他只是个不学无术的浑蛋，这样至少他惹的事都只是无关痛痒的小事。然而他不是，不仅不是，顾大少爷还是个完美的人，不仅有着完美的家世、相貌，还有一颗向着太阳的红心。

为了揭露真相和追求公平正义的崇高理想，他没和老爹一样从政，而是选择进入城报，成为一名记者，然后被风谣主动收做手下的实习生。

入职不到一年，顾少爷仿佛把自己当成了维护人间公平正义的超级英雄，给风谣惹了无数的麻烦。

本来风谣以为他最多只能小幅度蹦跶，为祸她一个人，结果顾少爷并不满足现状，他打算于近日向他的人生偶像哪吒看齐，把整个S市搅起一波海啸。

“本报讯，今日消息，一架于J国周转而来的飞机于我市紧急停靠，据机组人员称，机上多人出现大面积皮疹、高热，且伴有凝血功能障碍，口鼻处出血不止，部分人员皮下伴有出血点，该症状与近日J国流行的新型传染病十分相似，具体结论尚待商榷……”

风谣看得心“突突”直跳，开始后悔自己为什么要放那小子去出外勤，他就只配蹲在办公室里当复印机旁边的吉祥物！

顾凌铎的报道刚一上传，立刻就被报社发现并删除，然而还是有网友眼疾手快地将截图存了下来，在网络上大肆传播。消息一经走漏，市政府向机场询问情况，机场的负责人一查短讯来源是本市的城报，立刻就打电话到汪清这里来骂人了。

“J国病毒？谁确认的？你们城报吗？问过医院了吗？问过检疫机关了吗？我们机场可以起诉你们造谣……”

风谣边听边无奈地揉着太阳穴，她简直想甩那个当初谄媚地收下市长儿子做实习生的自己两个大耳刮子，把自己打醒——这姓顾的小子哪里是金大腿啊！这是祸害！是大祸害啊！

汪清见状，沉吟道：“其实这也不是坏事，他捅了这么大的娄子，这下我就更有理由开除他了，他那个市长爹也不能说我什么。”

“等一下，等一下……”揉着太阳穴的风谣摆了摆手，“先别开除他！这不是还没真的造成什么严重的后果吗……”

“现在是没有，但照这个趋势下去，再没人按着他，以后，难说。”

风谣沉吟片刻：“好的……我坦白，是我指使他做的。”

终归是她自己的人，她没理由不护着。

汪清：“……”

风谣：“你就这么上报吧，我手下就这么一个实习生你可不能给我开了他。”

汪清骂她：“你脑子糊涂了！不行，这种包别乱顶！顾凌铎出事了有他那个市长老爹在上头撑腰，你要是倒霉了，这么多年你就全白混了！”

风谣站在她面前，半眯着眼睛理直气壮道：“可年轻人有正义感不是好事吗？要是都跟我一样没下限，那咱们这行还有救吗？说到底，就是因为这世上有那么多像小顾同学这样正义凛然的人，我这种混吃等死的才能安安稳稳在这世上苟活着啊！”

汪清无语：“这种话你应该当面对他讲，早这么说了，兴许他还没现在这么讨厌你。不过也是，三年前你也和他一样……不，你简直比他还虎！要不是当初碰上那件事，你也不至于……”

“所以我现在不是学乖了吗？”风谣赶紧打断了她的感慨，生怕她主动提起什么不该提的，“不过他还是得压一压，现在就这么虎，再夸两句他不……”

这时，门外又传来一阵急促的敲门声，毫无章法，可见当事人的情绪波动挺大。两人对视一眼，都在对方眼中看到了来人身份的答案。

汪清：“请……”

她话还没说完，门外的人就已经急不可耐地推门而入，上来就是一句：“为什么撤掉我的稿子？”

风谣抬眸，睨着面前的年轻男人：“吒儿，我这才两天没看着你，你就要闹海了啊？”

顾凌铎瞥了她一眼：“我没空跟你扯皮，为什么删掉我的稿子？”

风谣呵呵一笑：“真实、即时、准确，三个基本特点你废了俩，剩下那个我该不该夸夸你转行去娱乐版面一定大有出路？”

顾凌铎不理她：“呵，我知道你们在怕什么，上头的人为了自己的政绩好看，根本不管民众的安全和死活。至于你们？跟着上头那些人做着面子工程，也……”

风谣嗤笑一声：“打断一下，是跟着你爹。”

顾凌铎听到“你爹”两个字，脸都绿了：“总之，你们看着自己胸前的记者证！大学宣誓的时候说了什么，你们全给忘了是吗？”

风谣淡淡道：“哦，忘了。”

顾凌铎：“你！”

他一向不喜欢自己这个“实习老师”。在他眼中，风谣就是个牙尖嘴利、是非观念淡薄、一门心思只想着如何博大众眼球的“软文咖”，根本不配叫记者，仅有的那点良心全钻钱眼里去了，半点没余下。

“小顾啊，”风谣淡笑着问，“我真的很好奇，为什么你都已经 22 岁了中二病还没有痊愈？”

顾凌铎冷笑：“我也特别好奇，风小姐你为什么才 25 岁就已经变得如此市侩油滑？”

风谣嘴角的笑容一僵，似乎想起了些什么不愿想起的事情。

汪清瞥了眼她的表情，见苗头不对，怕顾凌铎口不择言说出更过分的话来，连忙训斥他：“这里是我的办公室，我是你的上司，你怎么跟我说话的！好了好了，没你的事了，这件事的处罚结果下班前我会在群里公示，你先出去吧。”

顾少爷高傲地昂着头走了出去：“行啊，我等着。”

“嘭”的一声，门被关上。

风谣低声咒骂了一句：“中二病晚期的臭小子！”

汪清沉默半晌，开口：“这样吧，市里下了通知，这事比想象中严重，估计真的跟那小子说的……差不离，上头要求每个报社派遣至少一位入驻记者到本市的定点医院去拍一线的素材。本来我还觉得这活要命，本身这玩意儿未知再加上传染性强，又赶上过年，挺难派人的。这下，你和顾凌铎去，也算是意思意思惩罚一下，给上头一个交代。”

风谣点了头：“行啊，那臭小子没准儿还得感谢你呢，终于成全他去做了一回英雄。”

汪清点点头：“那今天下午你带他去熟悉一下情况，明天正式到岗。我也要收拾收拾东西，准备明天上飞机了。”

风谣一愣：“上飞机？去哪儿？”

“J 国。”

风谣顿住：“你不会是要……”

“嗯，去海外最前线看看情况。我作为主编，怎么能自己缩在后面让年轻人顶上去呢？”她笑着，居然还冲风谣眨了眨眼睛。

风谣不吭声了。她吸了下鼻子，伸手抱住汪清，低声道：“注意安全，做好防护，一定要……保护好自己啊。”

汪清：“你也是。”

当天下午，风谣叫上顾凌铎，两个人扛着设备去了他们这次任务的执行地点——S 市中心医院。

第一日·医院

干得漂亮，熊孩子们!

//

L I M I N G Z H I Q I A N B A O B A O N I

（1）

风谣站在院长办公室里吸了吸鼻子：“你有没有闻到什么奇怪的味道？”

顾凌铎正在低头看手表，听到她的话抬起头来：“我更关心这位孙院长他什么时候来。”

那倒是，昨天下午他们搬机器过来的时候，按照规定原本就应该到院长这里来的，却被告知孙院长不在院内。今天早上不到上班时间，两人又被带到了院长办公室内，和那位“香气馥郁”的女助理扯了一个多小时的闲谈。直到几分钟前，那位女助理被人因故叫走，那位神秘的孙院长还是没能出现。

顾凌铎的神色是肉眼可见的低沉，作为院长，上班时间不见人影，还是在现在这样的特殊时期里，正义小伙伴对上位者尸位素餐的怒火已经蓄势待发了。

女助理离开办公室后，她身上那股浓厚的香水味消失后，办公室内那股奇怪的味道才逐渐显露出来。

风谣：“很淡的血腥味，嗯……好像，还有一点点大蒜的味道？”

血腥味？

她想，自己大概会忘记这世上任何一种味道，但唯独不可能忘记这个。

这股在她的脑海中，弥漫了整整三年的味道。

顾凌铎无语：“你是想演刑侦剧，还是饿了？”

风谣：“我说真的……”

“不好意思，不好意思。”风谣的话被打断，一个中年男人匆匆推门而入，“忙了点别的事情，二位久等了吧？”

他的白大褂松松垮垮地搭在西装外头，连扣子都没来得及扣上，一看就是刚套上的。

风谣见状，连忙抢在顾凌铎开口前说话：“没多久。”

孙院长：“哦，那就好。请坐。”

顾凌铎站到了摄影机的监控器后面，由风谣递上话筒对孙院长进行采访，听他介绍关于 J 国新型病毒的基本情况。

听着听着，她的眉头似乎越皱越紧。

什么味道啊……

很奇怪，自从孙院长进来之后，那股血腥味就完全盖过了原本混杂其中的蒜味，变得越发浓烈起来，简直熏得她头有些发晕。

面前的孙院长似乎注意到了她的神情：“风记者，你怎么了？身体不舒服吗？”

风谣摇了摇头。

采访结束后，风谣喊停了那边顾凌铎的录制，笑着说：“孙院长，您是昨天晚上吃什么了吗，好浓的一股蒜味儿啊？还是紫皮的？咱们的爱好挺相同？”

孙院长一怔，然后笑道：“是啊，外卖点了份手擀面，医院附近有家手擀面味道不错，你们待会儿下班了可以去尝尝。”

风谣笑着点头：“这样啊……”

扯淡，手擀面哪来这么重的血腥味。

孙院长走到办公室旁的打印机边，“嘀嘀”两声，打出几张连张的大条子，并着一把裁纸刀一起递给两人：“我已经看过了你们的考勤要求。医院这边的话，你们自己拿刀裁这个单子，每天早上到大楼中间的护士站那边领口罩，每天每人一个，多的也没有了。这东西现在难买，我们自己的医护人员也不够用。”

风谣见他递了小刀过来，招呼收拾机器的顾凌铎：“过来把今天的申请单先填一下。”

她伸手一开刀片：“嘶！”

一滴血珠落下，滴在桌面上，孙院长眼疾手快地抽了张纸巾，拭去了桌上的血珠。雪白的面纸上好似洇出一朵绽开的红梅。

风谣按住手指止血，似乎有些哭笑不得：“您这裁纸刀的刀刃怎么是反着开的？”

孙院长：“可能是太久没用，坏了吧？真是不好意思，待会儿我让门诊的医生给你开一针破伤风吧？这刀已经挂锈了，免得感染发炎。”

风谣顿了顿，视线敏感地落在办公桌上那张擦过血还没来得及扔掉的纸巾上，说不出是为什么，她只好一笑：“谢谢您。”

两人离开了院长办公室。

风谣没忍住，问：“小顾，你确定你一点都没有闻到什么血腥味吗？”

顾凌铎皱眉：“没有，你到底想说什么？”

风谣伸手拍了拍他的肩膀：“没，就是明白了为什么你到现在都还只是一个实习生。”

顾凌铎：“……”

风谣挑眉，用手指敲了敲自己的太阳穴：“直觉。”

办公室内。

孙院长戴着橡胶手套，用一把手术镊子夹着刚才擦过血的纸巾，将它浸泡到了一支装着透明液体的试管中，试管内的液体瞬间转红。

接着，他又从手边一个密封瓶中用滴管取了一滴红色液体，滴进了另一支一模一样的试管中。试管中的液体同样转为红色，只是颜色较泡着纸巾的那支，要暗淡不少。

孙院长猛地起身，走到文件柜边拉开其中一个柜子。神奇的事情发生了，刚才风谣两人坐过的沙发后背往后移，墙面明显往里凹陷了下去。

浓郁的铁锈味随着隆隆的空气转换器的运作声响从内飘出，一个淡淡的声音传来：“今天挺早？”

孙院长用脚将沙发往边上踢了踢，一件沾满蒜粒未洗的衣服从沙发靠背后头的夹缝中跌了下去，落到地上。

原来那个女记者闻到的味道是从这儿传来的。

他了然地笑笑，然后拎着两支试管走了进去：“今天我不打算取你的血，短时间内……应该也不会了。”

闻言，被强力束缚带绑缚在沙发上的男人微微抬起了头，瞥了一眼孙院长后又重重地落了下去。他的双手手腕、双脚脚踝以及头部，都连接着一根细细的导管，鲜红的血液随着导管，源源不断地流向茶几上几个不同的密封采集瓶中。细密的汗珠随着采集瓶内滴滴答答落下的声音，从他的头上流淌下来。

若是换作普通人，被这样大量地采血，早就浑身冰冷死透了。但是孙院长知道，面前的这个男人不会。

据这个男人当年对孙院长所说，他身体的恢复速度要比地球上普通的人类强上数百倍，哪怕将他全身的血液放干，他也只不过是躺着休息个数十年，之后又能恢复如初。他身体里健康细胞的分裂速度如同癌细胞一般，极快！死亡细胞的分裂速度远低于新生细胞的速度。换句话说，他身体内的细胞永远充满活力，器官永远不会衰竭。

人类长生的法门用科学来解释其实早就有了一条完整的逻辑链，但是普通人类的细胞永远不可能有癌细胞的生长分裂速度，所以这个逻辑链其实永远实现不了。

孙院长将颜色深浅不同的两支试管举到了他的面前：“最近我们的取血次数太频繁了，血液质量有些下降，换句话说，你的血红蛋白对其他病人的治愈能力在下降。所以，我们需要等待一段时间，等你身体里的血红蛋白回归正常浓度。不过在等待恢复的这段间隙里，我已经找到了一个很好的替代品。”

对面的男人极低地呻吟了一声，似乎是在强忍着什么难耐的痛苦。

孙院长微笑：“抱歉，忘了先帮你关掉采血器了。”说着，他腾出一只手拧上了采集开关。

沙发上的绑缚带随即脱开，导管的针头从皮肉中“噗”的一声抽出。

男人瘫倒在沙发上，重重地喘着粗气，豆大的汗珠从额上滚落下来。或许是因为不死所以他必须付出代价，被采血时，他的痛感甚至要比普通孕妇分娩时的痛感还要强上数倍。

孙院长耸了耸肩：“我还以为这么采了多次，你应该已经习惯这种感觉了。”

男人似乎终于缓过来了，抬眸淡淡道：“如果不是因为你是重华的孙子，你以为我会允许你从我身上取走那么多血吗？”

孙院长毫无耻意：“嗯，所以我一直很敬重我的祖父，即便他已经过世这么多年了。”

男人淡淡地“嗯”了一声，从沙发上起身：“刚才你说最近都不用取血，那我是不是可以走了？”

孙院长点了点头，然后等到男人经过他身边的时候微笑地补问了一句：“有一个问题，今天那个女记者是不是你当年放血救的那位患者的后代？”

男人倒是有些不以为意：“嗯。”

孙院长撑着下巴思索：“原来用你的血进行全身洗血之后，血液是会遗传给后代的啊，而且，浓度居然还这么高？”

洗血，顾名思义，就是利用两只手腕静脉以及导管形成一个闭环，一端抽出一端输入，进行全身血液杂质清洗，弊端是存在极高的感染血液病的风险。

男人的脚步一顿：“听上去似乎你也很想尝试一下？”

孙院长完全不介意：“如果能保证安全，并且洗完之后能像你一样长生不老，我倒是愿意试试。”

男人：“祝你早日实现愿望。”

孙院长：“你就不打算问问，我是怎么知道她的吗？”

男人沉默地将袖口卷到了最上面，密密麻麻的针孔疤痕上，一块白色纱布包裹住了一个皮肉外翻的狰狞伤口，浸到白布上的血，已经有些发黑。

“你通过监控看到那个女记者半夜来医院撞见过我，又用跟踪器发现我去了她的家。你知道我对血液有天生的感知力，所以断定我会去找她的原因，是我发现了她身上流着我的血。不过回来之后我已经发现你植入到我身体里的追踪器，便动手把它挖出来了。希望你下回采血的时候不要再偷偷给我动这种无聊的手术，谢谢。”

“啪啪啪……”

孙院长微笑地鼓掌：“全中。所以你故意在我的办公室里留下那个女人熟悉的味道来提醒她？我想想……紫皮大蒜？可是昨天下午我回来的时候看到她和那个小伙子在搬器材，她好像要长驻在这儿了？我还什么都没来得及做，她就自己送上门来了，你说……这是不是老天要帮我？”

男人：“现在是法治社会，我劝你最好不要做出让警察对你起疑心的事情。”

“林司南，”孙院长叫住了他，嗤笑一声，“我希望你记得，第一个取你血的人不是我，而是我的祖父，你所谓的挚友，那个活在大家口中悲天悯人的军医。”

此时林司南已经走到了沙发后背的豁口处，室外的阳光洒进来，打在他半张脸上，映照出毫无血色的瓷白。他的另半张脸隐没在密室昏暗的灯光下，藤蔓状的黑色花纹张扬地铺满了裸露在外的半边脖颈和下颌，仅差一点就要蔓到脸上了，但是好在它停下来了。无损面部的完美，只添妖异。

“至少，他取血是真的为了救人，而不是每当有大型传染病时，就拿它做成免疫血清再去黑市上高价售卖。”他望着孙院长，“和重华相提并论，你不配。”

（2）

“咔嗒！”

随着一声脆响，风谣手中的怀表翻盖被打开，露出了里面的黑白照片。

她望着照片发呆，脑中同时在思考。

闪着荧荧冷光的白炽灯，一扇冰冷的金属大门，还有堆积在操作台上的数不清的猩红色试管……

她记得那股味道，死亡的味道。

如果她的直觉没错的话，孙院长确实留下了那张沾了她血的纸巾。可是做什么用呢？结合那似有若无的熟悉的血腥味，她几乎是下意识地就想到了三年前的场景。

不过，她说不出口。总不能让她告诉顾凌铎，啊，我跟你说，我觉得医院里有人在搞血液实验吧？别说顾凌铎了，她自己都觉得自己像神经病。

忽然，她察觉到身旁一道视线投射到她手中的怀表上，似乎是有人想看又强行拧巴着装作不愿看。她哼了一声："想看就看，想问就问，憋着也不显得你帅。"

顾凌铎立刻放下身段凑了过来："看这制式，白底黄铜盖，是民国时的怀表？这儿还有标，瑞士的欧米茄？里面还有张小孩的照片？谁啊？"

"嗯，鉴定能力不错。这块表是我爷爷的，小孩就是小时候的他。"风谣说，"他那会儿年纪小，得了重病，本来快要死了，但是家里人不知道从哪儿请了个名医，最后又给他治好了。死里逃生之后，家人给他拍了这张照片，放在这块怀表里作纪念。过世前他把它给了我，说是能保佑我。"

顾少爷书生病犯了，看见这种只画在课本上的老物件心里就发痒："我能拿手上看看吗？"

风谣点了点头，递过去，结果顾凌铎接的时候手滑了，怀表磕在了休息间内的大理石瓷砖上。

"喀！"年久失修的怀表盖应声脱落，连里头的那张黑白照片也摔了出来。

"喂！这是古董啊！你看着点！"风谣连忙弯腰去捡。

因为是顾凌铎手滑导致的，他有些愧疚地开口："抱歉……哎呀！我等会儿去问问这块表现在的行价是多少，然后双倍赔给你吧……等等，你看那照片背后的表盘上，是不是刻了什么字？"他道歉的话忽然一顿，指着怀表问风谣。

"嗯？"风谣将表翻了个面，黄铜盖上藏在照片后面的刻字露了出来——

贖罪。

顾凌铎："赎罪？"

风谣拿着怀表一脸惊讶："原来背后还有这么两个字，我是真的不知道啊……"

看来，爷爷也是一个有故事的人啊。

休息室门口，有护士敲了敲门：“风记者，注射单开好了，麻烦您到护士站这边来打一下破伤风针。”

“好了，下回拿这种带铁锈的东西时一定要注意啊。”护士拔了针，用棉签按住针眼，“要坐这里休息一下吗？”

风谣摇了摇头：“不行，还得回去奶孩子呢。”

护士“扑哧”一声笑了，也不知道顾少爷听到她这么说会不会心态瞬间崩掉。

风谣手按着棉签，从护士站离开。

打针的那位护士探出头，在背后提醒了她一句：“回去记得走消防通道，下班出去的时候也别走一楼大厅那边！”

风谣：“知道啦！谢谢！”

都是顾凌铎做的“好事”，据值班的护士说，这些天来医院拍片的人数直线上升，哪怕只是干燥上火了流个鼻血，都在担心自己是不是也给传染了，他们忙得脚不沾地。最可怕的是，好像还真有几个检查出了点情况，医院正在查他们的既往病史和J国出行经历，不过目前还没出结果。风谣推开消防通道厚重的门，闻到了一股刺鼻的医用消毒水味，一个穿着白大褂、戴着口罩的医生迎面向她走来。眼看着两人就要在门边撞上，风谣连忙侧身让了让。

两人擦身而过的时候，熟悉的血腥味擦过了她的鼻尖，被她瞬间捕捉到，和她刚才在院长办公室内闻到的极像！

消防通道的门合上时发出“嘭”的一声巨响。

风谣瞬间回神，转身就追了出去：“等一下！”

然而，当她跑出通道后，却发现消防门外的走廊空荡荡的，一个人也没有。

障眼法？魔术？

信奉唯物主义的风谣自然不会觉得自己是遇到了鬼，而是开始沿着消防通道门开始敲打墙壁。

“咚咚咚！”

她边敲边贴着墙听，看看两边的墙壁是否有中空的部分可以藏人。

现在是特殊时期，挂号看病的人大多都集中在一楼的发热门诊，普通区的走道里基本上都没什么人，但是她这古怪的行径还是引起了旁人的注意。

“哎！别靠那墙上！这里是医院！有病菌的！脏！”有人出声提醒她。

风谣问那人：“您刚才过来的时候有看到什么人从这边出去吗？”

那人摇了摇头。

风谣：“那这层楼除了这个消防通道以外还有什么储藏室或者什么隐蔽的小空间之类的地方吗？”

那人一脸莫名其妙地看着她：“这走廊就一条直道。”

风谣无奈：“谢谢。”

一个身上带血的人在一条死胡同里凭空消失了，而且还是在她的眼皮子底下，这个笑话可真是一点都不好笑，都快赶上惊悚片了。

她在自己大脑的库存中翻着里面的记录：血液……医院……

有答案了！

这不就是她前天发的那篇百万阅读量的软文内容吗？

“神秘医生夜半放血”，内容编得骇人，但其实她自己都没当回事。

她就是恰好在医院里拍到了那张照片，甚至当时就是觉得，可能真相就是一实习医生半夜值班，在那里拿猪肉什么的练手，完事没来得及收拾，结果血溅得到处都是。可发稿之后的当天晚上，还有人特意跑到她家窗外去装神弄鬼地吓唬她，虽然那天天太黑，除了那人脖子上画的逼真特效，她也没太看清那人的具体长相……

答案有了，就是被同事说中了，她是自己作死，没准儿歪打正着拍到了些什么东西，然后被卷进了什么不能说的“秘密”里。

不对，加上三年前那次，这应该是她第二次主动作死。

真棒啊你，风谣。她自嘲，三年过去了，还没学乖。

然后她立刻返回了护士站。

刚给她打完破伤风针的小护士见她又回来了，愣了愣：“不奶孩子了？”

风谣微笑："请问，能给我看一下最近晚上值班医生的排班表吗？他们值班那么辛苦，我看看时间，哪天晚上留下来采访一下，做个夜班专题，对现在政府倡导的弘扬医生的正面形象也有好处。"

护士："看看倒是可以，最近的情况你也知道，留下来轮班的人比前几天多了很多。毕竟，未知的病毒最可怕……听说再过几天就要全员值晚班了，也不知道是不是真的……总之，现在这时候……咳，不说了。"

她从一堆文档中抽出排班表递给风谣："最近的都在这里了。"

风谣接过，佯装选日期，实际上快速浏览了 1 月 18 日，也就是两天前的值班记录。

那天晚上的值班医生有两个，一个叫"李玲"，另一个叫"刘淑梅"，一看就是女性的名字，而她那天晚上拍到的是个男性。

风谣："如果值班人员临时调班的话，这上面会有记录吗？"

护士："当然！换班的人第二天早上都会到这里来登记一下和谁换班了，换了的上面都有写的。"

确实，有几个换班的，都在当天原本的值班名单后面用水笔标记了一下，但 1 月 18 日的记录后面没有，说明当天没人换班。

当天傍晚 5 点 40 分，医院正常下班。

顾凌铎一边收机器，一边古怪地看着坐在沙发上敲打不停的风谣。

终于，风谣被他盯得浑身发毛，百忙之中回瞥了一眼："干什么？"

顾凌铎："太阳打西边出来了，你不是一向到点就走人的吗？怎么今天已经下班了，你还坐在这儿？"

"谁跟你说我是下班就走人的了？"风谣边敲键盘边说，"咱们报社回我家那条道下班堵车能给我堵出密集恐惧症来，我要是不早点走就别回家了，医院这边到我家又不堵车。"

顾凌铎："那我先走了？"

风谣："回去之后想一个采访主题，明天来的时候发给我……对了，内容不准太出格！”

顾凌铎冷哼一声：“呵，总不会比爆款震惊体软文更出格。”

这小子又在内涵她了。

顾凌铎一离开，风谣“啪啪”打字的手便立刻停了下来。

今晚，她想留在医院里，再去一次那天晚上拍照片的那间办公室附近。因为那边现在被划进了发热区，白天有人值班，她过不去。

虽说但凡小说电影里主角碰上的一大半惊悚倒霉事都是自己没事瞎作死作出来的，但如果明知自己已经被卷进去了，还犯㞞不去查，那就是标准的炮灰剧本。

风谣觉得，自己应该不想当炮灰。

于是她清点了一下包里带的东西：卫生棉、粉饼、录音笔、记录本、小摄像头，以及一根防狼电棍。

她留下了录音笔和小摄像头，想了想，又把电棍也塞了回去。

休息室外，保洁阿姨在敲门：“这里要锁门了。”

风谣应了一声，然后提着包走了出来。她不跟顾凌铎一起走，是怕那小子看见她换东西然后追问个不停。

她从正门出了医院，然后先去了孙院长推荐的那家手擀面店填饱了肚子。

店里人不多，只有斜侧方坐了四个年轻的大学生，一个个勾着头，神神秘秘的，也不知道在说些什么。

6 点半，医院里除了值班的医生护士，其他人基本上都回去了，新划出来的感染科和发热门诊的牌子在黑夜中闪烁着醒目的红光。

四个大学生先风谣几分钟离开了面馆，风谣在他们后面结了账，走出小店。

从医院大门直接走进去不太方便，一是她怕死不想混到发热病人堆里去，二是现在这时候从那边进，就免不了出示身份证登记姓名什么的。

但是院内职工宿舍有一扇小铁门是开在面馆后面的一条小巷子里的，除了住在里面的人，没什么外人知道。最近那边设了一个小岗亭，白天有人穿着防护服在那里站岗以及做消杀，到了晚上 7 点钟之后，站岗的人就下班了，小区里住着的职工家属就可以从铁门自由出入。

这都是她白天以采访的名头和护士们聊天收集来的信息。

风谣拎着个小手提包，一副刚刚下班准备回家的样子，神态极为自然地跟在几个聊天的老太太后面走了进去，根本没人注意到她。

进去之后，她立刻往院区的方向走。

职工宿舍和院区不在一起，他们用几根木头和一条绿色的纱布，把这两个区域象征性地隔开了。

啧，趁着天黑没人，赶紧翻吧。

风谣不得已重新捡起了自己学生时代翻墙出去买零食的技能，踩在木条间的缝隙处，脚借着绿纱布的力一托，踉跄着翻了过去。

“嘭！”

完美落地。

（3）

离职工宿舍最近的就是现在的就诊区，病房离这边还有一段距离，所以晚上基本上整栋大楼都熄了灯。

风谣打开医院公众号上登载的电子地图，一幅立体化的 3D 楼层图逐渐在她的脑海中成型。

“啧！”她笑了一声，“位置设计得还挺巧妙的啊。”

办公室的位置虽然在图上没有明确标出，但是风谣记得她当时路过了药剂科的制药房。那里面有一个巨大的药炉，白天采访的时候，用大勺在炖煮的药汁中搅拌的年轻药剂师告诉她，因为地方狭小，药炉又要每天做出足够的中成药来给病人，所以常年不熄火。冬天还好，其他时间除了本科室的人根本没人想靠近这边，里面太热了，简直就要把人热化了。

风谣深以为然，毕竟她只在里面待了五分钟不到，何况现在正值隆冬。

这简直就是个天然的保护所，先天就决定了那里必然人少。

暮色渐深，一个瘦小的身形无声地贴上了门边的墙壁。

走廊内没有一丝光线，一扇坚固的封闭式铁闸门在离她不到 1 米左右的位置，把那间她熟悉的药剂房划到了发热区以内。

这样，这里半夜就真的不会有人来了。

淡淡的甜腥味，混杂着浓重的化学药剂味道，顺着墙缝渗透出来。她把耳朵贴在墙壁上，隐隐约约能听到里面传来的杯盏碰撞的声音。

啧，还真有人半夜在这做实验啊。

作为一个在法治社会长大的人，风谣所能想到的第一个自保方式就是舆论曝光。在此行多年，她深知舆论风暴的可怕性。只不过，曝光方式必须匿名，这样才能保护自己事后不被报复。她连怎么把这手消息转卖给别家报社的方式都想好了。

但是，要曝光，就必须要有拿得出手的证据。

风谣闭上眼睛，静立了几分钟，再睁眼的时候已经完全适应了眼前的黑暗。她的视线在周围察看一圈，最后落在那扇封闭的门板上。

撑死胆大的，饿死胆小的，有了！

一分钟后，走廊内传来一声铁棒撞击栅栏的巨响。

紧闭的大门立刻被推开，有人问："谁？"

蜷缩在门板背后视线死角的风谣嘴角微勾，小摄像头的夜视模式已经开启，她刚打算按下手中早已准备好的录音笔开关，变故就发生在这一瞬间。

走廊不远处传来一声惊天动地的叫喊："天！还真有人！"

推门的人一愣，躲在门背后的风谣也蒙了一下，定睛一看，居然是刚刚在面馆看到的那四个大学生！

她立刻就明白什么情况了。

这大概是一群看了软文打算大半夜溜进医院来玩"鬼屋"探险的熊孩子。世上为什么有那么多惊悚恐怖故事，这种熊孩子要负一半责任。

那四个孩子被发现了后吓得发出一声惊呼，拔腿就跑。推门的人连忙追了上去，期间还被风谣掉在地上的电棍绊了一脚。

风谣暗骂了一句，然后从门后猛地冲出，瞬间暴露了自己，门内立刻又有两人跑出，她随即抄起落在地上的电棍，拎包狂奔！

追着那四个大学生的人听到背后居然还有奔跑追逐的动静，脚步顿了一下，疑惑地扭头回看。

身后突然冒出的女人冲他微微一笑，然后被电流麻痹的触感瞬间袭来。

“嘭！”那人应声倒地。

风谣用力一脚将这具挡路的身体踹到一边，继续奔跑。那四个大学生很机敏、胆子也够小，此时已经趁机跑得没影了。干得漂亮孩子们！

她灵活地拐过一个转弯角，按照记忆，她只要再穿过一道门就可以离开这栋大楼了。

随即，她就被眼前的场景整蒙了。

“我……去……”

铁门边推倒了无数张桌椅还有一个大铁柜，死死地抵在门边，似乎生怕有人从里面追出来。

那四个熊孩子逃命也不忘把追击者的路给堵死，真是好聪明啊，快把她聪明哭了。

身后跑动的脚步声不断逼近，她的手中紧紧地握着那根仅存的电棍。

穷途末路，难得这时候她还有心情思考，如果真的被严刑拷打或者用作人体实验，她能扛住几秒钟。

最终，她无奈地叹了一声：“算了……”

身体紧靠墙边，她听着那脚步声越来越近，越来越近，手上的电棍已经蓄势待发。

这时，一只手从背后伸出，一把拎住了她的后脖颈子，差点没把她揪得背过气去。

风谣：“？？？”

大哥，有话好好说，先松手行吗？要死人了！

那人低声喝道：“走！”

说完，他便捂住了风谣的眼睛。

那人手指上传来的冰凉触感甚至冻得风谣一哆嗦。

不过风谣却并不打算挣扎。因为在那人靠近她的一瞬间，她就闻到了那股熟悉的血腥味。

风谣：“请问……能先放开我吗？”

那个捂住她眼睛的人压低了声音，淡淡道：“不能。”

风谣有些无奈。对方制住她后的第一个动作就是捂眼睛，随后她就感觉自己脚下的地板好像空了一下，再然后就是重重地一脚踩实，踩在地上，震得她脚踝都有些发麻。

——就像从升降机上面被硬生生地抛下来一样。

并且，那个捂住她眼睛的人也全程都没有松手，似乎生怕自己看到他的脸一样。这人的手也太凉了，像块冰糊在脸上，真不会有多好受。

风谣试探着和他商量：“我保证不看你，你能稍微松点吗？太紧了，你捂得我眼睛疼。”

那人的声音毫不动摇：“忍着。”

风谣：“……”

说话人的声音很奇怪，似乎被处理过，压得很低很粗的男声，听不出来什么特质。

这人完全不想让她知道自己的身份。

风谣：“你和刚刚房间里的那些人是什么关系？你们是在做人体实验吗？今天早上在走廊旁边的消防通道里，我撞见过你，你身上的血腥味很重。”

那人不语。

风谣又问：“不想回答？那我换个问题吧。早上你在我面前忽然就消失了，如果我没猜错的话，我们现在应该也不在刚刚那个地方了吧？你是怎么做到凭空消失的？是障眼法、魔术，还是要挑战一下唯物主义的世界观？”

那人仍旧不语。

风谣：“你为什么救我？我们认识吗？这个总能回答吧？”

耳边仍然只有均匀的呼吸声传来，要不是之前已经听他说了几个字，风谣简直就要怀疑他是个哑巴了。

她不知道的是，如果不是她刚才一念之下主动暴露，救了那几个大学生，藏在黑暗中的这位根本就不会出手，她现在多半也已经凉了。

最终，她无奈道："好吧，那有什么事情是你能说的？我都听着。"

那人说："离开这座城市，隐姓埋名躲起来，然后永远不要回来。"

"开什么玩笑！"风谣想都不想就回绝了他，接着又补充道，"我在这里有家有工作，也没做什么伤天害理的事情，不过就是发现了你们在做人体实验。大不了我把我包里的东西全交给你，你替我告诉他们，那天的照片我是无意间拍到的，没有别的意思，那篇文章我会删掉让事态冷却下来，以后也不会再提，所有的事情都当从来没发生过，可以吗？"

那人缓缓道："所以，你一定要留下来？"

风谣："是……"

可惜她现在眼睛被人捂得死死的，不然她一定要闭眼抱头当乌龟，以防谈崩了之后，被恼羞成怒的对方揍成猪头。

"好。"

她一愣，还没反应过来这个"好"字是个什么意思，就感觉一记重重的手刀砍在她的脖子上。一阵脖颈上的穴位刺痛之后，是蔓延至全身的麻痹与酸痒，令人瞬间无力，她终于能够亲身体会到电视里这一常见动作到底是个什么感觉了。

眼前一黑，她昏了过去。

第二日·采血

活该被骗

//

LIMINGZHIQIANBAOBAONI

（1）

风谣再睁开眼睛的时候，是在自己家二楼卧室的床上。她望着眼前的天花板，头脑放空地蒙了几秒后，似乎想起了什么，猛地翻身坐起。

卧室内的门窗和往常一样，保险栓扣得严严实实，床头的熏香正燃着，袅袅地飘着烟。她踩着拖鞋，“吱呀吱呀”地走到穿衣镜前，扒下睡衣的领子照着看。

记忆中脖子这个位置本该存在一道由于重击形成的青紫瘀痕，现在却完全不见踪影，光滑白皙得令人费解。

“奇怪……我不是应该被人敲晕了躺在医院的某块地砖上吗？怎么会在自己家里？做梦？”声音有些不正常的嘶哑，她自己也感觉到了。眉头皱了皱，她忽然鼻腔一痒，“阿嚏——”

完蛋，她好像感冒着凉了。

风谣来到医院，敲了敲门诊医生半掩的房门。

两声叩门声后，她听到里面传来一个低沉好听的男声：“请进。”

风谣轻轻推开门，长桌背后的男人抬起头来，口罩上方露出一双少见的灰色瞳仁，打眼看过去还以为那眼眶里镶嵌着的是两个漂亮的玻璃球。这种偏淡的瞳色在华国的黄色人种中十分少见，估计是戴了美瞳。

这位医生见到她的第一眼似乎愣了一下，随即便恢复自如，淡漠地打量着她。然而这点小表情并没有逃过风谣的眼睛，她以为这位医生认识自己，下意识地低头看向他胸口挂着的名牌：

感染科 林司南

不认识。

于是她开了个玩笑："美瞳挺好看，医生您还挺潮。"

眼前这位看上去挺潮的医生性子似乎有点冷漠，根本没接她的话，径直把头低了回去，"唰唰"点击着电脑："基本信息？"

风谣把病历卡递给他。

林司南接过后在手边的机器上一扫，她的病史信息就出现在了面前的电脑屏幕上。

"健健康康二十年，一病回到解放前。"

林司南并没有在意风谣对自己的调侃，他不带感情地从柜子里抽出一双橡胶手套戴上，纤薄的淡黄色手套紧贴着肉，把那纤细修长的手指包裹得骨肉匀停。他拿着一个医用小手电筒，指头在风谣的脸上轻轻一拍："抬头，张嘴。"

很奇怪的触感，隔着一层薄薄的橡胶膜，风谣仍旧能明显感觉到这位林医生手指温度异于常人的冰冷。刚碰上的时候她还以为那是一小块冰，完全就不像个活人的手。

啧，这种冰冷感好像有点熟悉？

她在这个医院里已经和许多医生护士都打过交道了，但这位大概是医院气息最浓郁的一位。他身上那种消毒水的气息和冰冷感觉最重，简直重得有点反常。

但她没吭声，只是顺从地抬起头，张嘴"啊——"了一声。

林司南关了手电："扁桃体发炎，呼吸时上呼吸道有嗡鸣声。不用慌，你这就是普通感冒，开点消炎药吃了就行。"

"嘀嘀"两声，小打印机打出两张医嘱单。

林司南抽了单子，递给她："去药房拿药吧。"

风谣："那就好，谢谢医生。"

说着，她从座椅上起来，转身向外走去，没走几步，忽然灵光一闪，想起了什么，猛地转身。

猝不及防间，她对上一道还没来得及收回的视线。

没办法，记者啊，第六感就是这么敏锐而准确。

风谣冲他微微一笑，视线的主人却置若罔闻地将目光收了回去："有事吗？"

风谣笑道："我以为您有事。"

你要是没看我，怎么会知道我回头了呢？

林司南抬眸瞄了她一眼："外面排队的人还很多，你可以走了。"

这是她见过的做坏事被抓包或被戳破后最淡定的反应了。

风谣淡淡一笑："好的。请问……需要关门吗？"

林司南："不用。"

风谣退了出去，然后径直去了护士站。

对着护士站内值班的护士，她拿出了十二分的诚恳，一张嘴说话，满口的"顾凌铎式采访味"："那什么，我对刚才那位给我看诊的林司南医生实在是太感兴趣了。林医生对待病人亲切和蔼，接诊过程中，专业素养十分突出，而且个人形象也很适合上镜，所以……我能看一下这位林医生的基本资料吗？"

虽说声音变了，脸也被包得认不出来，但是，那冰冷得异于常人的手指，还有说话时那种"世界与我无关"的冷淡疏离的语气，她觉得自己的感觉不会错。

林司南，有百分之八十左右的可能性就是昨天晚上那个救了她小命的神秘人。

风谣醒来发现自己躺在卧室的床上以为自己在做梦？

抱歉，就算真的是梦，就算她真的只是思春，把这位素昧平生的医生当成梦中情人了，她也要搞清楚这个巧合到底是为什么。

那位小护士听完她这么一段热烈的剖白，愣了愣，然后笑了："你这是觉得林医生长得帅，想要他的联系方式？"

风谣待人脾气好，工作之余也不像顾凌铎，只是缩在休息室里写稿子，没事的时候，她就转到护士站这里和护士们聊天，顺带了解一下医院的情况，于是短短一天就和护士站里这些小护士混得挺熟，彼此都还能开几句玩笑。

风谣心说其实我们这行长得帅的不少，我还不至于对一个遮得只剩一双眼睛的陌生人一见钟情，她尴尬地咳嗽了两声："……你要这么说，好像也没错。"

最近的值班表一排就是连续六个小时，这些小护士个个身心俱疲，难得有人找她们聊起八卦，一下子都来精神了。

"女朋友绝对没有！但是咱们院的护士还有单身的女病人里面，像你这样想的绝对不少哦！"

"哈哈！林医生啊！咱们孙院长的得意弟子，医术挺高明的，在咱们医院感染科可以排上头几名了！"

"你们是不知道，最近这病吧……挺邪乎的，说是传染性不低，感染了之后还有可能大出血，这种时候，谁愿意豁出去坐感染科的门诊啊？我听说啊，他们科室抽签都没人愿意去，最后是林医生自己主动要求去坐门诊的！"

"啊？那他也太好了吧！"风谣一愣，然后很快回神笑道，"我就说他很值得采访！"

一个疑似参与秘密人体实验的医生，和一位和顾凌铎一样有着崇高奉献理想的医生，到底哪一个才是真正的林司南？风谣不知道，但越是这样，她越觉得林司南这个人有意思，他身上一定有许多她非常感兴趣的秘密。

风谣："那个……可以给我一个林医生的电话吗？"

护士们调侃她："哟，刚才看病的时候怎么不管人家要？害羞了？不敢？这不像你啊风记者。"

风谣努力回忆着自己大学那会儿还挺要脸的时候是个什么状态，然后尽力模仿出来："直接当面要？那……那多不好意思啊！"

众人一阵哄笑，笑原来风谣还有这样的一面。

笑完，一个护士掏出手机，把林司南的手机号"共享"了出去，还叮嘱道："想清楚寻个由头之后再打，别直接打过去骚扰他。林医生性子特别静，平时很不喜欢人家打扰他，之前因为这个被他直接拉黑的女孩子可多了！"

风谣点着头，听护士们说了不少追林医生的经验之谈：什么中午除了下楼去食堂吃个饭，基本上都待在自己办公室里不出去；什么特别喜欢戴围巾，一年四季都是，夏天实在热的时候也会把衬衫领子扣到脖子根上，再系上一条紧紧的领带，听说是为了挡文身还是胎记什么的；什么除了他的院长老师外，从来不和谁走得近，也没人知道他家住在哪里。

说完，那位护士拍了拍风谣的肩膀，一副任重而道远的样子："总之，林医生就是块超级超级难啃的硬骨头，之前有人努力过，但都把牙给啃崩了。不过你不一样，我们都很看好你！加油呀！"

风谣："……"看好她？怕是纯粹值班值烦了想看热闹哦。

这时，门口传来两声重重的门板响。

风谣回头，无奈地对着门边那位大少爷："能不能体谅一下病人？"

顾凌铎呵呵："我看你在这生龙活虎的，还有空打听男医生电话，挺健康啊，哪像生病了？"

风谣："有事说事。"

顾凌铎："孙院长来找你，你不在，就找到我这儿来了。"

啧，多半是顾少爷大早上文思泉涌、奋笔疾书到一半被人打断了，一身戾气无处释放，就跑这儿来撒野了。

风谣："行，我知道了。昨天交代你的那个选题记得发我，等我从院长那儿回来就看。"

她匆匆跑到休息室内，把这两天的工作文档整合了一下，拷进了 U 盘里，随后便去了院长室。

孙院长在里面等风谣，一见到她便亲切地招呼她去沙发上坐。

风谣："这是我整理的几个采访专题，您看一下。能接受的话，就麻烦您找人帮我对接好参与采访的医护人员。等过几天外面的素材拍完了，我们想进病房里面，您看成吗？"

孙院长讶异："你们要去隔离病房里面啊？那里面可是有感染的风险啊！"

风谣：“小顾爱逞英雄。我啊，报社让我来，不就是为了拍摄珍贵素材的吗？现在这时候，您说哪里的宝贵素材最多呢？”

孙院长感慨道：“咳，现在你们这些年轻人胆子是真的大。我还记得十多年前的时候，也是碰到这样的大型传染病。当时，隔离病房还是个新鲜东西，刚建好那会儿，别说普通人了，连医生都不敢进去。一群人僵在门外，那会儿的老院长第一个带头走进去，医生们才敢跟进去。后来病房住进了病人，需要人把氧气罐搬进去，总务科的那些人不愿进，老院长没办法，只好告诉那些人，搬一次就给二百块钱，搬动的距离呢……喏，差不多就是你现在坐的位置到我的办公桌的距离。”

风谣望着那几步不到的路，挑眉笑道：“那这么看来现在我们是真的胆子大。”

孙院长就笑：“哈哈……你们这些年轻人真是胆大，就跟昨天晚上似的。”

风谣一顿：“昨天晚上？”

孙院长从桌肚里掏出一个小摄像头：“风记者你看看，这是不是你掉的东西？”

风谣盯着那个东西似乎怔了一秒，随即恍然大悟：“哎呀！我说怎么找不到这东西了！原来是掉了！哎呀！谢谢！谢谢！这摄像头是社里的，要是掉了我可得赔偿的，还好您看到给我捡回来了！顺带问一句……您从哪儿捡来的？”

孙院长微眯了一下眼：“原来是这样……昨天晚上有几个孩子贪玩跑到医院里来了，半夜也不知道是不是看见了什么不干净的东西，回去之后说是吓得发烧了。咱们的值班人员就在那些孩子跑过的走廊上发现了这个，就在……制药房那边。”

风谣一拍大腿：“我就知道是我昨天早上去制药房采访的时候掉的！那里面真的太热了！肯定是那会儿擦汗的时候把它落下了！”

她演得煞有介事，谎撒得跟真的似的。

孙院长也不知道信没信，只见他点了点头，还提醒她下次一定要拿好东西，否则东西丢了医院可不会替她照价赔偿。

临走的时候，孙院长从柜子里拆了一个崭新的医用器具盘，抽了她一管血，美其名曰“化验用”，连护士都没假手。

孙院长：“待会儿让小顾也去护士站抽一管，化验一下，也算是保护你们新闻工作者。要是没问题的话，到时候进病房前你们两个一人打一针免疫球蛋白，和那些医生护士一样。”

从某种程度上来说，孙院长真是个面面俱到的人，想事情想得十分周全。如果不是昨天的经历让风谣对这一切都心存怀疑，她一定会认为孙院长是个不错的人。

然而，此时她望着试剂架上那管刚抽出来的新鲜血液，总觉得如鲠在喉。她敢打赌，这玩意儿最后多半不会出现在检疫中心，而会出现在昨天晚上她“梦到”的那个地方。

她走出了院长办公室，有些茫然地在走廊上游荡着，像个游魂似的。那管殷红的血液不断地在她脑海中回闪，她仿佛看到了未来自己被绑缚在铁床上，然后被抽成人干的场景。

她还没走几步，忽然一阵奇怪的眩晕感袭来。

整个走廊在她的眼中天旋地转，她的意识还是清醒的，但是身体仿佛在高浓度酒精里被泡酥软了一般，连扶着墙壁都难以站稳。

不远处，她刚刚走出来的地方，门“吱呀”一声，被人从里推开。

走廊上传来厚重的皮鞋闷响，渐近，渐重，无名的绝望感忽然间涌上她的心头。

她已经连回头的力气都没有了。

（2）

“滴答、滴答、滴答……”

耳边传来持续不断的水滴声，比以往任何时候都要浓重的血腥味直冲鼻子，风谣狠狠地皱了皱眉。

只能说，像这种强刺激性的气味，对于她这种五感过于灵敏的人来说，纯粹就是一种折磨。

她睁开了眼睛，但眼前仍旧是一片漆黑。

有人在她的眼睛上绑了一条厚厚的遮光带，估计是怕她醒来后看到自己身处的位置，想得还挺周到。

风谣动了动四肢，动不了，手脚都被金属腕扣住了，腰上的强力束缚带勒得她非常不舒服，总感觉下一秒就要把她的脊柱都勒断了。还有因手脚处血液流失造成的冰冷虚弱感，让她的头也昏昏沉沉的，这种感觉实在是太难受了。

为了防止自己在死于失血过多前因胸骨断裂戳爆肺泡致死，风谣哑着嗓子开了腔："这位采血的朋友，麻烦您帮我把腰上那玩意儿给解了吧。解完之后我保证不乱动乱跑，您爱怎么抽就怎么抽。反正都要'狗带'了，我宁愿死得舒服些。"

耳边传来冷冷的一声"没骨头"！

压低到毫无辨识度的声音，冷到与世隔绝的疏离感。

风谣惊喜道："是你啊！"

对面的男人闻声眉梢微微挑了挑，似乎是对她这种莫名其妙的惊喜有点无语。

风谣问他："是不是他们人都走光了？所以你来偷偷救我了？"

偷偷救？

对面的男人视线微微偏转，似乎是在回忆，如果是恰好到密室里来取上次遗漏下来的东西，又恰好看到椅子上被绑成死狗的人然后顺手把她放下来也叫偷偷的话……那算吧。

风谣："能受累问一句，我是怎么进来的吗？我只记得他给我扎了一针说是抽血做检测用，看看我有没有得最近J国来的那个流行病。啊……我知道了，那针头上有麻醉药吧？"

那人似乎是低嗤了一声："那病的初期反应就是长疹子，再然后就是流鼻血，一眼就看出来了，有必要给你来一针吗？"

风谣选择沉默。

这是没文化所以活该被骗的一种比较文明的表达方式。

“咔嗒”几下，风谣的手脚和快要断掉的老腰被解救了下来。她伸手想要去摘那条遮光布，随即就被一只如寒冰般的手给钳制住：“别动。”

失血过多的人本来就浑身发冷，这下她直接一个哆嗦，冷到牙齿打战：“我忘了你不想让人看你的脸……松手松手……我不摘，不摘就是了……”

那人却不放：“你不是个老实人。”

风谣一听，心说我可谢谢你的评价，真会透过现象看本质。

那人一只手制着她，另一只手却好像在做别的动作。

她听到“扑哧”一声像是什么东西拔塞的声音，然后手腕传来一阵叮咬般的刺痛。

风谣蒙了一秒，随即反应过来是针头。

“不是吧？我都这样了你还来……”

“来”字说到一半，她忽然哑了口，因为她意识到这不是在抽她的血。有什么液体顺着针头被推进了她的身体里，之前那种因为失血而产生的寒战渐渐开始消失，身体迅速回暖。

风谣知道这是什么，输血，但是效果比一般的输血要立竿见影得多。

那男人刚才并没有离开她，解绑她的时候两手并用没手拿血袋，所以说……

她用力一口，咬在了对面那男人握住她的手腕上，拿出了吃奶的力气，牙齿碰上的却不是正常皮肤的触感，而是什么粗糙的尼龙布质感，带着些腐肉腥臭的气息。

男人闷哼一声，手下意识一松，她那脱离出来的手腕立刻用力一扯遮光带！

一双毫无防备的浅灰色瞳仁就这么直直地撞入了她的眼帘。脱掉一身包裹严实的防护服之后，这张露出来的脸确实就像是那些小护士描述的一样，望得人心中一颤。

风谣见到他的第一眼就觉得，从前年少无聊时翻过的所有西幻小说的男主从此都有了脸。难怪他一年四季都喜欢戴围巾，原来裸露出来的那部分皮肤上布满了符号花纹般的黑色图腾，或许旁人会觉得这花纹生得怪异恐怖，但她完全不这么认为，她觉得这图腾配他那张脸简直绝妙。

不过，此时这张脸上的表情看上去并不是那么好。

林司南的脸简直冷得能吓死人，那双灰色瞳仁又极浅极淡，看上去毫无生气，去扮演吸血鬼简直连特效妆都不用化。他死死地扣住风谣插着针管的那只手，声音不再伪装，恢复了正常，冷冷道："我救了你，这就是你报答我的方式？"

风谣这才注意到刚才她咬过的手背是个什么样的存在：那上面布满了大大小小的针眼，新的叠着旧的，白皙皮肤上布满一块又一块大大小小的褐疤，最中心那块她刚刚咬过的地方，贴着一个大号的创可贴，回想起刚才的腐肉气息，很可能是伤口发炎了。

她刚才一口咬到了人家还没长好的伤口上！

并且就在她作死的瞬间，林司南那只受伤脱力的手，还迅速地按住了她正在输血的那只手腕，似乎是怕她大力之下脱针导致血液倒流受伤。他的另一只手则插着和她一样的针管，血液通过相连的导管装置，源源不断地送进了风谣的体内。

她的心中一时升起了一股异样的感觉，伶牙俐齿的她秒变结巴，"你，你，你……"了半天，愣是没说出一句完整的话来。

林司南倒是懒得在意她的感触，输血完毕之后便干脆利落地拔了针，瞥了一眼明显抽了口气的她，丢给她一包棉签，自己则随便地用手指按住了针孔。

这场面看得风谣眼皮一跳，她算是明白林司南手上那么多疤是哪儿来的了。这么做，他不感染谁感染？

风谣："林医生……你，爱好自残？"

林司南抬眸睨着她："有空还是先管管自己吧。"

风谣低头瞄了眼自己的模样，是挺惨的。羽绒服直接被那束缚带勒破了，里头的鹅绒争先恐后地往外飞，裤子还好，牛仔布就是耐磨。

林司南见她起身，淡淡开口："你走吧，记住你之前说过的话，离开这里之后要当作什么都没发生过。如果你说出去的话，今天输给你多少血，我就会成倍地收回来，记住了吗？”

风谣环顾四周，各种盛血、采血的仪器分类精细到令人头皮发麻。

红色的液体，红色的试管，滴滴答答，在室内昏暗的灯光下，散发着淡淡的血腥味，她仿佛曾经看过相同的东西，想起了一些不好的记忆，那种源自噩梦深处的战栗，令她头皮发麻：“这些……都是为你准备的？”

她原以为林司南是参与者，却没想到是受害者。

林司南的声音明显冷了一个调：“你该走了。”

“好吧。”风谣耸了耸肩，“既然林医生你对我的这些问题很抗拒，那我也只好先麻溜地滚蛋咯。”

林司南：“不送。”

风谣扶着墙缓缓走到门边，往那个豁口处向外一看，惊讶地挑了挑眉。呵，这不是孙院长的办公室吗？旁边还杵着她第一天来这儿坐过的沙发。

难怪一股血腥味，合着她是直接坐在密室机关上了。

林司南：“出去之后往右拐，有个小门通向隔壁那栋楼，别被人撞见了。”

“记住了。”她扶着墙往外走了几步，忽然又折身，一个脑袋探了回来。

林司南皱眉：“又怎么了？”

“没什么，就是忽然想起一件事。”风谣道，“前两天我从报社被派过来之前，早上小顾气势汹汹地杀进办公室来的时候，质问过我们一句话。”

林司南：“嗯？”

“他问我们还记不记得入这行之前在大学宣誓的时候说了些什么，”风谣冲他微微一笑，“之前日子混久了有点忘了，现在，我又想起来了。”

第三日·照片

活着的意义，是我

//

L I M I N G Z H I Q I A N S A O B A O N I

（1）

午休的时候，林司南结束了上午的工作，脱掉身上的防护服，疲惫地揉着眉心下楼吃饭。

截止目前，院内已接受了多例 J 国新型病毒感染者，市政府已对民众下达预警通告，一时间人心惶惶。

不过林司南完全不这么认为，在他看来，这次的情况恐怕并没有那么严重。

病毒的传播需要依靠宿主，如果是在空气中或者宿主死亡的情况下，病毒也会很快丧失活性。这也就是为什么那些从发病到死亡时间极短的高致死病很难大规模流行的原因，因为或许还没等它传播出来，宿主就已经死亡了。这次的病毒潜伏期短，初期发病反应很大，是很难大范围传播的。

J 国的情况，或许和当地全年持续的高温还有卫生状况有关系，估计得两说。

林司南顿住了脚步，转身向院长办公室走去。

二十分钟后。

S 市中心医院，食堂。

顾少爷非常亲民地坐在一群白大褂的中间，慢条斯理地夹着铁盘子里的食物，瞥了眼拿筷子对着米饭戳戳戳但就是不动嘴的风谣：“干什么？嫌弃人家医院的食堂难吃啊？呵，成天说我二世祖的风小姐居然比我还娇贵。”

风谣一筷子直接敲了过去："臭小子，说话之前先想想我是你的实习老师！吃你的！我等人呢！"

顾凌铎刚才被她一筷子敲掉了碗里仅有的一块肉，不悦道："等谁？你昨天在护士站里要电话的那个男医生？"

风谣："你管那么多干什么？"

顾凌铎被怼，嗤笑一声："虽然我对你看上了哪个男人没什么兴趣，但是提醒你一句，都这时候了，不想工作只想谈恋爱，到时候也得看看自己有没有命谈吧？"

"这时候？这时候是哪时候？"风谣呵呵一声，"又去微博还是贴吧刷帖子了？作为一个记者，官方的准确命令下达之前，不信谣不传谣你知不知道？你待会儿要是又乱发稿子，我就打电话给汪主编把你踢出医院你信不信？"

顾凌铎被她噎住，既不想因为跟她争吵被赶离前线，又没法证明自己说的话，只得满肚子牢骚地低下头，用力咬着自己的筷子泄愤。

风谣收拾完对面的中二少年，脑子里却在回想昨天晚上回家之后汪清打来的电话。

"J 国这边……情况真的还挺糟糕，不过我问了几个过来这边的医生，他们说国内应该不会有什么大事，你们别担心，不过，短时间内我可能回不了报社了，该交代的事情我已经交代他们去做了。至于你和小顾，在医院里除了基本的工作之外不要乱跑乱逛，别作死，染上了还怪吓人的……"说到这里，她叹了口气，"说真的，谣谣，你没在这边看可能感受不到，我亲眼看着一个和小顾年纪差不多大的小姑娘在我面前合上眼睛……我一个活了快四十岁的人，差点没哭出来，恍然间还以为自己又回到大学里了，你说我们这行多糟心啊，空长了一颗忧国忧民的心，可惜除了这张嘴，屁用都没有……"

风谣手中的筷子重重地往餐盘里戳了一下，惊得对面的顾凌铎抬头瞥了她一眼。

这时，她的视线终于捕捉到了那个等待已久的瘦高的白色身影，那张脸惨白如纸，脚步虚浮，简直和鬼一样。

风谣立刻端着盘子起身，对顾凌铎道：“慢慢吃，先走一步。”

林司南到达窗口的时候，那几个盛菜的大铁盆子基本上已经空了，连残羹冷炙都没剩下多少。窗口内的打饭师傅回头一看时钟，惊了：“怎么这么晚才来？”

林司南淡淡道：“值班，下来晚了。”

“这样啊……”师傅有些为难地举着勺子，看着那几个只剩下汤的铁盆子，似乎有些下不去手，“要不，你说说有啥想吃的我单独给你弄点？”

林司南的目光落在那边已经刷洗完毕摆放好的锅上，顿了顿：“不必了，我去办公室里找点饼干。”

“大中午的你吃什么饼干啊？”一个女声打断了他，随即一个大铁盘子被塞到了他怀里，他手上没劲，猝不及防间差点没打翻餐盘。

风谣望了眼他那明显没什么劲的手，自发端稳了餐盘：“走走走，林医生！正好！我有事要问你！”

林司南一坐下，就冷不丁听到风谣悠悠地说了一句：“又抽了多少？”

他皱眉：“嗯？”

风谣的眼睛瞄着那被盖在长袖下若隐若现的带着血痂的手背：“再藏，对，再藏严实点我肯定就看不见你手上那针孔了。”

二十分钟前，原本已经准备下楼的林司南忽然折回了院长办公室内的密室中，在对方惊讶的目光中自顾自地将手臂接上了采血设备。

孙院长提起了昨天拿风谣采血的事：“昨天是你放跑了那个女人？她可是个记者，不怕惹麻烦？”

林司南淡淡道：“你想在医院里弄出意外失踪案吗？不怕警察？”

“只要没人知道她是在医院消失的不就行了。监控做个假很难吗？”孙院长谈起这种事居然一脸的云淡风轻，“不过说起来，她经历了这一遭居然不逃，还敢一声不吭地继续留在这里，我倒是没想到。”

“不怕死罢了。”林司南一拔塞栓，血液滴入导管，那种刺痛到仿佛骨头都要碎掉的感觉差点让他站不稳。

“这一批……抽下来的东西……请你想个理由送去专业的检验机构，分析血清里面的抗体……做成免疫针……全部送走，”他冷冷道，“否则，从此以后，你再也别想拿到我一滴血！”

孙院长见他是真的痛到连正常直立都无法做到了，故作无奈地叹了一声：“唉，我早就说了，不绑束缚带你根本扛不住。”

说着他就要上手，却被林司南用力挥开：“滚开！”

孙院长悻悻地收了手：“可以，我答应你。不过我也真是好奇，你一个外星球的人，居然能为了一群不相干的地球人做到这种地步？你不是最厌恶这些庸碌无能的普通人吗？看来，爷爷他当真是有本事，居然把你洗脑洗成了这副模样，即便是经历过那样的事情，也依旧……”

林司南打断了他：“我说过，你不配提重华，不要再让我从你嘴里听到他的名字。”

孙院长一直维持的笑容有一瞬间的僵硬：“好，不提就不提，反正他也死了几十年了。”

林司南的思绪由二十分钟前飘到了更遥远的岁月中，想起了那个记忆中已经远去很久的人的音容笑貌。

他记得那个人救下他，教他说话，带他认识山中的草药。那时候他还很年轻，刚离开飞船不久，按照地球人的时间来算，也不过就是个十几岁的少年，来不及树立的世界观就在那个人的教导下逐渐成形，变成今天这个样子。

刚来地球时的林司南是很乖的，华国话说得不是很利索，所以人安静，看什么都很新奇，偶尔会显露出与外貌年龄不符的天真。

只不过后来，一切都变了。

风谣抬手在他眼前挥了挥：“醒醒！回神！”

林司南回神，随即冷声道：“风小姐，我发现你不但爱多管闲事，而且还相当自来熟。但我不是，我十分厌恶像你这种自来熟的人。”

“巧了，我也是。我也不喜欢多管别人的闲事。”风谣的笑容有一瞬间的僵硬，似乎是回忆起了什么事情，“因为啊……如果管得太宽，是会害死自己身边的人的。”

林司南挑眉，打断了她的沉吟：“那你现在在做什么？”

“自救啊。”风谣把餐盘推到他的面前，“我在被人放血啊，难道还不能反抗一下吗？”

林司南瞄了眼盘子里被风谣用筷子戳得惨不忍睹的米饭，眼角一抽。

风谣：“别嫌弃了，真没吃过。你看，全白的。”

说着，她从自己的皮包里翻出一包杂粮饼干，发现林司南在看她后，出声解释：“我减肥。”

林司南的眼中闪过一丝诧异。他沉吟片刻，开了口：“你如果现在离开这里，我保证之后不会再有人动你。”

“不干，憋屈！我要曝光它，我要为我流掉的上千 CC 的血讨回公道！”说完，她自己都笑了，似乎觉得这话太过中二。

林司南不悦了，一开口，满嘴的冰碴子感：“你昨天似乎不是这么答应我的。”

“对啊，所以就请你告诉我抽你的血是为了做什么。我得到答案之后，兴许就不再想曝光了。”风谣笑眯眯地看着他，这样的笑容落在对面的人眼里，就显得有些恶劣、刺眼，且带着浓浓的威胁意味了。

林司南：“你威胁我？”

风谣弓身凑近了他一些，眨了眨眼：“傻吗？我是在帮助你。”

林司南：“我不需要。”

风谣从包里翻出手机，佯装发表文章：“没问题，那我现在就再写一篇万字长文，再取一个绝对吸睛的标题，你帮我想想，是叫‘医院内的罪恶’好呢，还是叫‘现实版血腥玛丽’好？”

“抽我的血是为了提取血清内的抗体，”林司南额角的青筋乱跳，“行了吧？”

风谣满意地收了手机：“那抽我的呢，为什么？”

她问完这句话，对面的人似乎顿了一下，于是她边等边把手伸进饼干袋里，摸了一块放进嘴里垫肚子。谈判谈半天，她粒米未进，是真的饿。

然后，她就听见对面一句淡淡的“因为你身体里流着我的血”……

“噗——”

她嘴里的饼干渣喷了对面的林司南一盘子，原本就惨不忍睹的饭现在是彻底不能吃了。

“咳咳咳……对不起，对不起，”她差点没把自己给呛死，缓过劲来后诚恳地问道，“我说，你这么信口开河考虑过我妈的感受吗？看你年纪也不比我大多少，所以你是在幼儿园里和我妈谈恋爱生的我吗？”

林司南深吸一口气：“我不是你爸。”

风谣：“那是，我爸虽然重男轻女不怎么管我，但我真是亲生的。”

林司南不想跟她再继续扯这些没用的废话了，豁地起身：“时间到了，我要去工作了。”

风谣一勾嘴角：“哇，那巧了，我也要工作了，顺路一起走吧？”

林司南不解。

顾凌铎一脸“我是谁，我在哪，对面那个蠢货真的没救了，我现在举报她以权谋私行不行”的表情，愤愤地站在摄像机后面，瞪着坐在林司南对面容光焕发的风谣。

林司南冷冷道：“风小姐，这就是你的工作？”

风谣手上握着一支拾音棒，一脸的理所当然：“你是感染科的排班医生，我作为驻院记者对你进行采访，有什么问题吗？”

很有道理，令人无法反驳。

站在林司南背后抱着值班表，作为辅助采访人员的护士偷偷地对着风谣竖起了大拇指，表达了一下对她口才的赞美。

风谣冲着她微笑颔首。

林司南：“……”

风谣微笑：“那我们开始吧。”

林司南本以为风谣会借机提一些什么为难他的问题，结果她全程问的确实都是和现在的时事相关的问题。而且昨天被他嘲讽了“发病反应明显不抽血”之后，她回去似乎恶补了不少医学知识，今天问出来的问题也变得十分具有针对性和专业性。这让林司南从一开始的微讶，慢慢地，全身的防备都放松了下来。

最后风谣一合本子，冲着机器背后的顾凌铎喊了一声：“收工！”

顾凌铎打了板，关掉摄影机：“没看出来，你做这些事，还挺专业的？”

风谣呵呵：“那是因为从前我带你出去采访的时候，你小子都找各种理由推脱不去，所以直到现在你才第一次看到你的实、习、老、师的实践教学。做人懂点感恩吧，大少爷，也就我能忍你，要换别人，早就一脚把你踹回你市长爹那儿去了！”

这位“市长爹”就是顾凌铎的逆鳞、死穴，一提他就黑脸。果不其然，顾大少爷黑了脸：“呵，也不过如此啊，有什么好嘚瑟的？”

林司南从椅子上起身，冰冷而礼貌地询问道：“现在你的采访任务也完成了，我可以回去工作了吗？”

风谣看了排班表，她知道林司南下午其实没有门诊排班，但还是微笑地扬了扬手：“请便。”

林司南毫不犹豫地走了。

风谣和顾凌铎两个人一起，花了将近一个下午的时间将信息整理好，然后由顾凌铎主笔新闻稿。

顾凌铎拎着键盘，语气尖酸：“呵，弄机器是我，写东西也是我，你就拿个话筒整整资料？风小姐您可真是会好好地使用实习生啊。”

风谣将原本要说的那句“写完把你自己的名字署前头，就当为上次的事情补过”的话，硬生生地又咽了回去，改口：“就你能！嘴里的事比手上的事还多，活该现在还过不了实习期！”

顾凌铎哼了一声，继续“啪啪”敲字去了。

风谣回想起林司南中午那令人匪夷所思的话，关了资料文档，点开网页，输入“人血治病”，结果搜出来一堆乱七八糟的恐怖惊悚小说。她想了想，又删掉，改输入“血清抗体治疗”。

这回有结果了，说是动物在得病痊愈之后或者多次接种纯制抗原后，身体会产生一种特异性的免疫机制，这种动物的血清提炼出来，就能做成免疫球蛋白针。

血清免疫球蛋白？

风谣看着那行字，默默思索。

如果按照林司南说的，抽他的血是因为他对这个病存在特异性免疫，那他是得过这个病又痊愈了，还是被人打了无数针抗原？

随即她又否定了第二个猜想，现在那个病毒的DNA链条都还没析出来呢，哪来的纯抗原啊？

那就是得过病痊愈了获得的抗体？

可为什么又要抽她的血呢？她好像没得过这个病吧？还有，林司南那句“你的身体里流着我的血”，如果不是在开玩笑，那又是什么意思？

晕了晕了，她揉着眉心，胡乱地翻着网页，刚好刷到之前搜“人血治病”的一个怪志论坛的热帖，百无聊赖间点了进去，决定看点刺激的东西缓解一下心情。

一条条帖子刷过去，全是些一看就知道是胡说八道的连边际都没有的“秘闻故事”，偏偏每个发帖的都还信誓旦旦地保证，绝对是亲身经历或者亲眼所见。

风谣嗤笑一声，越看自己唯物主义的信仰就越发坚定。

她耐着性子看了三个故事，终于觉得没意思了，胡乱滚了几下鼠标，准备关掉这个帖子。

这时，滚动的鼠标忽然一顿。

“咔嗒”一声清脆的鼠标双击响，风谣往电脑前凑近了些，想要辨清屏幕上刚刚吸引到她的内容。

那是一张年代久远的黑白照片，发帖人大概是用了机器扫描的方式，才将这张照片传了上来，并像她刚刚看到的那三位帖主一样，配了一段长长的文字描述。

其实这个帖子讲了什么并不重要，吸引到风谣的是那张照片。

黑白照片的背景有些模糊，但隐隐能看出是在一个宅子的大门外面，因为她能勉强分辨出两人背后立在宅子门口的两只大石狮子。

一个成年人搂着一个小男孩，两人的脸上都带着灿烂的笑，而这两张笑脸，她都很熟悉。

小的那个的照片被放在怀表里被她贴身带了许多年，至于大的那个，她两个小时前才刚刚采访完且目送他离开。

风谣的心忽地跳了一下，她鬼使神差地从口袋里翻出怀表里的那张黑白单人照，靠在电脑上，挡住孩子所站的那一边。

纹丝合缝。

原来怀表里这张所谓的单人照，是裁剪下来的半张照片，只是搁在那里面的时间太长了，后背的石狮子还有边界都被磨得有些看不清了。

她点开私信栏，直接私信了那位发帖者："请问您这照片哪儿来的？"

发帖的人回复得很快，但是估计以为她也是个质疑照片是 PS 的杠精，口气不是特别好："就是上头写的那个来法！爱信不信！"

风谣没法子，只好耐着性子把那个冗长的故事读完。

发帖人讲的是自己听家里人说起的一个故事。

（2）

八十多年前，发帖人的太爷爷是当时照相馆里的一位照相师傅。那会儿相机还是个稀罕玩意儿，只有极少的富人家和进步学生们会用到，穷人家则迷信，以为那东西能摄走人的精魄，不敢用。

那会儿方圆百里有一个大户姓风，他太爷爷之所以记得这么清楚，一是因为这个姓少见，二是因为后来发生了一些事情。

据发帖人的太爷爷回忆，那一年正逢战乱，城镇内基本上所有的公共场所都被敌人占领。大家都缩在屋子里不敢出门，相馆也就几乎没了生意。

那年清明，第一道新茶刚刚上市的时候，一个年轻男人牵着一个小男孩的手光顾了照相馆。当时接待他们的照相师傅，就是发帖人的太爷爷。

这两个人照相师傅都认识，小男孩是附近有名的风家的小少爷；年轻男人也熟悉，城里有个从前线伤了手退下来的军医姓孙，多年来一直四处游走，这两年云游到了他们这儿，就在城里挂着幡看病，头疼脑热、接骨、取枪弹都能看，诊金要得极少，有时碰见真困难的，干脆就连诊金都不要了。孙大夫出诊的时候，这个年轻男人就站在他后面，拿着个药杵子帮着捣药。话虽然少，但他对谁都是一副和和气气的笑脸模样，加上人长得也俊，即使一双红眼睛有时看着吓人，但孙军医说了，人家是天生的，不是妖怪，居民们就开玩笑，管年轻人叫“小菩萨”。

于是师傅看到两人，笑着招呼了一句：“哟！小菩萨和风小少爷什么时候也认识了！”

年轻男人便笑着回答他：“重华说这是我接的第一个病人，一定要留个纪念。”

师傅了然地点点头，孙军医断了一只手原本看诊就不大方便，儿子的年纪又小，暂时继承不了他的衣钵，能挑大梁的就只剩下这个他常带在身边的年轻男人。

大家都以为年轻男人是孙军医的徒弟，早先总是“小徒弟小徒弟”地叫他，后来孙军医站出来纠正了，说年轻男人是他的至交好友。

仔细想想也是，年轻男人一直管孙军医“重华重华”地喊，好像从未叫过他“师父”。

照相的时候小男孩很害羞，不敢贴年轻男人太近，师傅就逗他：“你喜不喜欢这个大哥哥啊？要不要靠得离他再近一点？”

小男孩怯怯地点了点头。

年轻男人听了轻笑一声，俯身蹲下来想把小男孩抱起来，小男孩却害羞地扭开了：“哥哥你抱不动我的！”

说完，他捏住了年轻男人的一个衣角，小心翼翼地攥在手里，年轻男人笑着将手搭在了他的肩膀上。

位置定好了，师傅站在相机背后，把头钻进了黑布里：“好——现在我倒数三下，别动——一、二、三……”

“咔嚓”一声，画面定格在两人的笑脸上。

故事一直到这里都是温馨的，但为什么会被帖主放到惊悚帖来呢？变故就出现在照完相的半年之后。

风家那个找他看病的小少爷那天照相的时候看着没什么大碍，实际得了怪病。

最开始的时候人看着恹恹的不是特别有精神，之后就是常常头疼脑热，喉咙肿得有个桃子那么大。年轻男人依着法子治，总不见好。

后来，风家有个留了洋回来的子弟说请个洋大夫来看，结果洋大夫来了一瞧，当时就摆着手说这是什么血病治不了，屋子里一片愁云惨淡。那年轻男人站在旁边半天没吭气，忽然一声不吭地就拿刀在自己胳膊上划拉了个口子，拿碗接着血给那小少爷灌了下去。

说来也神奇，高烧不退的小少爷喝了他的血后没多久就退烧安睡了。

风家的人本以为没事了，结果不到一天，小少爷的鼻子又开始流血，止都止不住。风太太看见小儿子的血流得满床都是，差点没哭厥过去。

年轻男人又割了手，这次大概保了没几天，又复发了。

先前没能给小少爷治好病的洋大夫听说了人血能治病的事，以为是什么愚昧唬人的假法子，想回来教训他，结果正撞上年轻男人给小少爷喂血，当场就取了碗里剩的那一点点带走检验。

三天不到，检验结果出来，洋大夫兴冲冲地跑回了风家，说这是什么“医学奇迹”，说年轻男人的身体构成与常人完全不同。

总之具体怎么不同人家没传出来，师傅也不知道了。

但是他知道的就是，洋大夫把年轻男人和小男孩全身换血了。小男孩换血之后不久痊愈，而年轻男人被抽走了那么多血，居然也没死，在屋子里躺了几天之后又能成功下地跑跳了。

人血治病的传闻就这么风传十里八乡，后来又变成了可以包治百病、长生不老，简直就成了话本小说里写的唐僧肉。

若搁在现在，年轻男人最多也就是被一些科研机构找上门请求捐点血做样本研究什么的。

可那是什么年代，到处都在打仗，哪里都不安全，走在路上都有可能被什么子弹炮弹之类的东西打掉半条命。消炎药和抗生素也被军方严格管控着，普通人家想治病要么去黑市上买，要么就只能躺着等死。

没人会想要等死。

于是，他们想起了年轻男人那被传得神乎其神、能治百病的血。

有一天早上，师傅站在照相馆门口，忽然看见孙军医疯了一样从门口跑了过去，他的妻子在后面哭得上气不接下气地追赶着他。

师傅叫不住孙军医，但是拉住了他的妻子："出什么事了啊这是？"

孙军医的妻子答得语无伦次的，嘴里却不停地念叨着："快，快，快拉住他……杀人了，杀人了……"

师傅一头雾水，但还是听她的话追了上去。随后，他便看到了此生中最为骇人的一幕。那一天看到的场景几乎成了他忘不掉的梦魇，即便已经老到动不了了，只能躺在摇椅上扇着风乘凉的时候，他仍然会说起这一幕。

年轻男人被找到的时候已经完全不成样子了，腰上被斧头劈出了一个巨大的豁口，身上都是斑驳的刀伤，还有不少如野兽撕咬过留下的痕迹，浑身上下找不到一块好皮。

孙军医赶到的时候，他就躺在田埂边的泥地里，一双眼睛空洞洞地望着天空，已经没有生气了。几个面黄肌瘦的人围趴在他腰上裂开的大豁口上，贪婪地用舌头舔着流下来的血。

孙军医悲鸣了一声，还健全的那只手拎着柴刀就冲了上去。

满脸是血的恶鬼们见到砍向自己的柴刀，忽然又变回了人，惊慌如鸟兽般散去。

孙军医用力按住了一个人，厉声逼问是谁让他们这么做的。

被按住的那个人慌张地说不知道，他们来的时候年轻人就已经是这个样子了，知道这血能治病，就扑上去舔了，还说有好多人直接张口去生撕，不独独是他们。他们真的只是舔了一点点血，和他们没有关系。

那人说话的时候，嘴角还犹然沾着一抹已然干涸的殷红。

孙军医松了手，跌倒在地上。烈日下蒸腾的土腥气、血腥气、腐臭气混杂在一起，熏得他眼睛都无法睁开，止不住地咳嗽、干呕，哑着嗓子干号着，却连一滴眼泪都流不出来。

发帖人最后用太爷爷告诉他的一句话作为这个故事的结尾：在这个故事里，没有真凶，也没有主谋。只是我们谁也不知道，那层光鲜的人皮揭开来之后，里面包着的到底是个什么东西。

风谣关闭了网页，猛地起身，屁股底下的椅子直接翻倒在地，一声巨响把边上工作的顾凌铎吓了一跳。

顾少爷拧着眉毛："你干什么呢，一惊一乍的！"

她揣着怀表快步走了出去："有急事。"

顾凌铎一脸的莫名其妙。

风谣觉得，自己的胸口似乎郁结着一团挥散不去的浊气，说不出是惊疑还是愤怒。帖子里描述的那个疑似林司南的年轻人躺倒在泥地里的画面，在她的脑海中循环播放着。

照片是她爷爷传下来的，必然是真的，但如果发帖人说的也是真的，那就和林司南那句莫名其妙的话对上了——你身体里流着我的血，然后也就能解释怀表壁上的"赎罪"二字了。

虽非直接加害者，却是那场罪恶的始作俑者，按照爷爷的性格，的确足以为此愧疚，终其一生都无法忘却。

可是……

她又不由得犹疑，如果按照故事里的说法，林司南当时就应该已经死了啊……那现在这个在她面前的人，又是谁？

思绪混杂间，她已经走到了林司南的办公室门口。

那扇门紧锁着，她敲了两下，没有等来林司南，却招来了护士。

护士：“风记者，您找林医生吗？他去院长办公室了，现在还没回来呢！”

护士说完，就听到一向礼貌爱笑的风记者面色微变，低骂了一句脏话，然后就匆匆奔了出去。

林司南正在密室内给手上那管新鲜的热血封口的时候，就听到外间办公室的门被人粗暴地一脚踹开了。

风谣居然有胆子什么也不拿就直接闯到院长办公室，但好在她运气好，今天下午孙院长刚好不在院内，否则真不知道这一时义愤之举会造成什么样的后果。

林司南听到外面传来“砰砰”拍墙壁的响动，还有风谣那明显有些失控的声音：“你出来！我知道你们在里面！”

他放下手中的试管，按开了内侧的门，对她淡淡道：“这里只有我，没有其他人。”

但紧接着他便一怔，因为面前的女人直接扑到了他的身上，上来就要扒他的衣服。

她要确认他身上的伤。

林司南到地球一共九十八载，因故昏睡了三十八年，余下的清醒时间共计六十年，见过无数外向奔放的女人，但是像这样连招呼都不打一声，上来就要扒他衣服的，眼前这位是第一人。

不过，饶是如此，他面上仍然很是平静：“你这是干什么？”

风谣已经把他的上衣整个掀了起来：“护士站的那些妹妹没传出来吗？我对林医生垂涎已久，一时没忍住，抱歉抱歉。”

林司南：“……”

上衣被卷起来，底下的皮肤倒是比露在外面的手背要干净光滑许多。林司南很瘦，虽然有一些肌肉线条，但并不是特别明显，而且似乎是因为不怎么见光，他腹部的肌肤白得有些发透。上面好像有一些采血产生的小针眼，但绝对没有帖子里描述的那个腰部大豁口的影子。

风谣凑近了一些看，嘴里嘟囔着：“怪了……”

微热的呼吸扑在他的小腹上带来了一股奇异的反应，林司南身体一僵，他闭了闭眼，似乎是在强行压抑情绪：“看够了吗？”

风谣意识到自己现在的姿势很尴尬，立刻起身站直，假笑：“啊……看够了，看够了，林医生身材真好。”

林司南冷漠地审视着她：“你来做什么？请你说实话，我讨厌撒谎的人。”

风谣盯着他，审视了片刻，长久养成的职业素养在这一刻发挥了作用。她得出了结论，必须要说实话，刚才那种插科打诨的方式继续用下去只会引起他的反感，面前的人是真的讨厌人家糊弄他。

于是她叹了口气，从口袋里摸出了那块怀表，当着他的面翻开了盖子，亮出了里面的照片：“你认得这个吗？”

在风谣的预计中，林司南无外乎两种反应：第一种，平静地否认，不知道这是什么东西；第二种，脸色大变，然后质问她东西是从哪里来的。

当然了，如果林司南能告诉她，这其实与我无关，只是一个和我长得像的祖宗，这样的话，她就能对这个世界的迷惑和震惊少一点。

可她独独没有料到的是这种情况。

只见林司南一脸意料之中地抬眸：“都知道了？”

风谣哽了一下：“林医生知道我为什么要掀你的衣服了吗？”

他淡淡道：“看看我的腰上有没有一道被砍刀劈出来的大口子？”

饶是事实如此，但是听到林司南用这种毫不在意的口吻说出来，或许是因为那帖子的画面描述得过于惨厉，而他又如此平静，她的心“突”地停跳了一下。

风谣艰难道：“你……活了这么多年？”

林司南淡淡道：“我是外星人。”

风谣无语：“你咋不说你是大罗金仙呢？”

林司南：“神仙是你们地球人臆想出来的，但是在宇宙中，地球之外的生命体是真实存在的。”

风谣对着他摆了摆手，背过身去：“对不起，请让我先冷静一下。”

林司南的表情完全不像是在开玩笑，虽然他刚才说的每一句话都够搞笑的。

她大概安静了十几二十分钟，在此期间脑内天人交战，三观濒临重塑。

风谣回过头来，一双眼睛死瞪着林司南：“你不是在耍我，对吧？”

林司南冷漠地望着她：“信不信随你。”

终于，她似乎勉强相信了一点点：“好，我信你……那么，你的伤呢？”

林司南：“消失了。”

风谣一怔：“消失？”

林司南的眼神有些微微放空，似乎是回忆起了什么十分遥远的事情：“那次事情之后，我没有死，而是昏睡了大约四十年，从棺木里爬起来之后才发现，这个世界已经变了。”

（3）

地球公历 1980 年。

S 城，城郊，雨后。

一只沾着湿泥的手从一株小苗下“噗”地冒出来，惊得旁边正在啄草籽的鸟儿“咕咕”两声腾空飞起。

刚才冒出手的那片地方忽然裂开，土块四下飞溅，土地破开后裸露出的棺木里，爬出了一个浑身是泥土，穿着破破烂烂的殓衣的人。

林司南皱着眉头看着殓衣下自己光整如新的肌肤，一时间有些疑惑。

自己不是应该已经死了吗？这是怎么了？身上的伤呢？

随即，他想到了自己应该去找他的挚友孙重华，如果说在这个星球上还有什么人是和自己有关联的，那就只有重华了。

他摇摇晃晃地站了起来，依照着记忆里的路线回了城。此时他还没有意识到，这世上的时间已经流逝近四十年了。

林司南进了城，却发现这座城市早已不再是他记忆中的样子。

街边的茶肆、店铺消失了，变成了一些他没见过的直筒状的东西，到处都装着明亮的玻璃，墙上写着一排排的大字……应该是字吧，因为他勉强能认出几个来，但大部分都和以前不一样了。行人的打扮纷繁怪异，完全不是他记忆中的样子。

他正迷茫地张望着，街上的人也在好奇地扭头看着他。

大白天一个浑身脏兮兮还穿着寿衣的人，精神出问题了吧，真可怜。

一群大学生下了课正好出来，迎面便撞上了这么个可怜的“精神病人”，同情心和正义感瞬间上头，一个胆子大些的凑了过去：“你好，有什么能帮助你的吗？”

林司南此时正迷茫，忽然有一只手伸出来拍了他的肩膀一下，他霎时如惊弓之鸟，反应十分激烈地往后面退了一大步，警惕地望着面前的那几个大学生。

昏迷前几乎是被众人“分食”的记忆，使他对与人的接触有了一种本能的排斥。

大学生也被他这样的反应吓了一大跳，以为是自己刺激到他了，连忙后退：“你别害怕、别害怕，我们不是想要伤害你。”

林司南听着这个大学生说话带着一股浓浓的北方官话的味道，奇怪他们怎么会跑来这么远的地方，从刚才的惊惶状态中恢复过来后：“嗯，我知道。”他说话的口音带着一股浓浓的本地味道，几个大学生听得有些含糊，其实不怪他们难听懂，四十多年前各地的官话发音本就各不相同，并不像现在这样有通用的普通话。

不过虽然难听懂，但他们到底还是听明白了他的意思。

几个大学生对视一眼，觉得面前这个“疯子”目光清明，看着似乎不像太疯的样子，于是问他：“你的家在哪里？是有什么困难，需要我们帮你吗？”

家……

他想起了重华的医馆地址，准确地报了出来。不知道自己在下面睡了多久，这地方变化太大他已经认不出来了，不知道重华搬家了没有，要是搬家了该怎么办。

一个大学生听完摇了摇头："我知道你说的那个地方，但是那里好像没有你说的那个医馆。"

这时，边上的一个人忽然想到了些什么："哎！我知道你说的医馆！我妈跟我说过！以前她小的时候那里是有一个医馆的！里面坐诊的是个前线退下来断了手的军医，你要找的是这一家吧？"

林司南一听就知道他说的是重华，连忙说："就是他，能带我去找他吗？"

说话的大学生带林司南去了孙家现在的住址。去的路上，他告诉林司南，孙大夫已经离世三十多年了。孙大夫去世的时候，儿子还小，妻子无力继续经营家里的医馆，就关了，几年后碰上改制，就搬到了工厂里生活。儿子成年后也进了厂工作，但前几年因为手脚不干净偷了东西，逃跑的时候不慎摔死了。儿媳妇忍受不了被人指着鼻子说是"贼老婆"，就改嫁了。

"现在，孙家还剩下的，就只有一个老太太和一个小孙子了。"

推开昏暗的筒子楼里那扇被油烟熏得看不出原本颜色的木门后，林司南见到一个头发全白的老太太正艰难地佝偻着背，坐在竹椅上择豆角。

大学生一进去，就轻声唤了她一句："奶奶，你看我们把谁带回来了？"

竹椅上坐着的老太太抬起头，一眼便望到了站在大学生们身后，比他们足足要高出半个头的林司南，腿上的豆角筐子一滑，"哗啦"撒了一地。她认出了这个丈夫当年的挚友，这个当初和他们一起生活了好几年的亲人。

她已经七十多岁了，有时候起身快了连站都站不稳。

"司南啊……你是司南吗？"

林司南慢慢地走了过去，蹲下身去帮她拾着地上的豆角，许久才道出一句："姐，你老了。"

老太太流着泪，已经哽咽得说不出话来了。

这时门开了，一个光着脚的小男孩从外面跑了进来，看着家里满屋子的人蒙了，嘴里喊着：“奶奶……”

林司南回过头去，他仿佛想起了当年重华刚有孩子的时候，抱着自己的儿子向他炫耀的场景，没想到一晃这么多年，当初那个小小的婴儿也已经成了父亲。

他看着那个小男孩，露出了自回归以来的第一个笑容。

“林医生，林医生……”风谣看着眼前的男人明显跑神的样子，无奈地拿手在他眼前挥了挥，“咱们今天一共交流过两次，两次你都跑神了。对不起，我说话就这么烦人吗，让你多一秒钟都不稀得听？”

林司南回神，冷脸：“知道自己烦人，看来你对自己有一个比较清醒的认知。风谣小姐，我听说你很喜欢教训跟着你的那位姓顾的实习生多管闲事，但在我看来，你好像应该先教育一下你自己。”

风谣点了点头：“这你都知道，看来林医生对我很是关注啊。”

林司南：“……”

其实冷脸和嘲讽这招对风谣这样的人来说作用确实不大，一是他们自己本身就挺精于此道，二是在他们的职业生涯中，这种经历根本就是家常便饭，早就不必放在心上了。

“我倒不觉得我是多管闲事。其实最开始缠上林医生无外乎是害怕，觉得既然林医生愿意救我，或许和那帮做人血实验的人有本质区别，可以成为一个很好的突破口，但今天再来……”风谣回想起那描述得血淋淋的帖子，霎时心口一堵，“我想，大概是一时意气吧。”

林司南听懂了，但并不领情：“你知道了那些事情，所以同情我？谢谢，但我不需要。”他的嘴角刻薄地勾起，似乎所谓的同情，在他眼中是虚伪而可笑的。

风谣：“我想说，这世上除了同情这个词以外还有一个词叫共情。我曾经经历过和你一样糟糕的事情，我看着我的同伴因为我年轻时的任性和愚蠢而丧命，当时的我就和你一样绝望、厌世，我能够理解你的心情。”

说着，她的脑海中似乎闪过了什么零碎的画面，走道、风声，喘息……

风谣摇了摇头，驱散这些画面，伸手抽掉了怀表里面的照片，露出了藏在背后的两个字。

“另外，这是我爷爷留给我的，我想这两个字大概也是交代给我的。这是他的遗愿，无论你是否接受，我都会去做到。”

林司南怔怔地望着怀表上刻着的“赎罪”二字，用力之大、刻痕之深仿佛可以看出当时刻字之人是多么懊悔。

那件事情之后，这么多年来，他还是第一次看到亲历者的发声……

他伸指揉了揉眉心：“当年的事……和他一个孩子没有关系……没必要，没有必要这样。”

风谣望了眼密室内堆积着的密密麻麻的红色试管：“你同意他们抽你那么多血，是不是因为这次的传染病，你的血可以拿出去救命？”

林司南没说话，风谣当他默认了。

风谣：“你说我身上流着你的血，之前孙院长也确实抽了我的血，那我的是不是也可以？”

林司南抬眸：“你想做什么？”

风谣面向他，微笑地伸出手。

“既然我的也可以，那抽我的吧，就当是还当年你救我爷爷时换的血了。他那个病搁现在不就是白血病吗？有概率会遗传的。要不是你给他换血，没准儿现在也遗传到我身上了，说不准我早就病死了，哪儿还能生龙活虎地蹦跶这么多年？你相当于给了我一条命，我还你也是应该的。”说着，她跺了下脚，一副懊悔的样子，“不过啊……早知道我的血这么管用，汪清去J国之前我就应该给她放上一保温杯让她带走。那样不但能保护她，没准儿还能救不少人呢！”

林司南冷笑：“你不怕人家把你当血包用，把血抽干？就像我一样……”

风谣一听就知道这是他的心结，挑眉：“你都这么生龙活虎地站在我面前了，我自然也相信自己吉人自有天相。我是非常怕死，但我从不杞人忧天。”

林司南微讶，他对这位风记者的印象仅停留在一个行事油滑、伶牙俐齿又极爱管闲事的软文写手上，虽然大多人都愿意在不损害自己太多利益的情况下，给予他人一些小恩小惠，但一旦碰上玩命的事，立刻果断说再见了。

风谣能说出这样的话来，着实超出了他的意料之外。

不过，他也只是惊讶了几秒钟不到，便淡淡地回绝了她：“你只是一个普通人，在不损害健康的情况下抽出来的那点血根本起不到多大的作用。而我不一样，我活得太久了，久到我已经有些厌倦这个世界了。或许这血继续放下去，很快我就会重新陷入长眠……那样的话，也不错。”

风谣挑眉：“所以你放血救人，只是因为活着太无聊了？”

林司南淡淡道：“所有人的时间都在流逝，只有我的时间是永远停止的。现在你站在我面前，但终有一天你会消亡在这个世界上。棺材合上封盖，黑纱罩住未亡人的面孔，碑文上刻着你此生的故事。你们终会有那么一天，但是我不会，我永远都不会有。”

风谣的脑海中仿佛浮现出这样的场景：

一个永远在这世间孤独漂泊着的人。亲朋离散，挚友辞世，现世凋零，沿着一条遍布风雪、没有尽头也没有未来的路，就这么遍体鳞伤、漫无目的地走下去。他将永远那么年轻，但心却早已老去了。

“要是真到那么一天，你就去我碑前放束花，告诉我你真的成功地熬死了我。再然后，隔几年呢，就到我坟头去同我吹吹牛，说说这世上的新鲜事。这样等我到了地下，也能成为百万阅读量的好写手了！就像你说的，我只是一个普通人，不像你这长生不老的老妖怪……”风谣不知道自己为什么会说出这样的话来，但是她明白，这就是她此时此刻的心声。

“活着多好啊，”她叹息着，“我还嫌活不够呢……你要是真找不到活着的意义，就……就把我当成你活着的意义吧……我不嫌你烦。”

话音刚落，两人俱是一愣。

风谣是震惊自己竟然在情绪上头的时候说出了这种简直比深情告白还要重

一百倍的话，而林司南则是瞳孔微微一震，看不出他眼底是什么情绪。

他只觉得好像喉间被人猛地灌入了一口烈酒，有种火烧一样的灼热感从唇齿间一路烧进腑脏。

那头已经回过神来的风谣开始疯狂地解释。

“呃，那什么，从事记者这个职业的人呢，就比较容易感性，呃……情绪化。”风谣看对面那人表情古怪，再加上自己细品那几句话，简直尴尬到不能听，只好搜肠刮肚地组织措辞，“这个，这个情绪化呢，就有点像咱们平时喝醉了，它，它那个，上头，对！上头你能理解吧！我中午赶稿子没休息，这个下午啊，精神就特别不好。这个精神一不好呢，就容易出现像刚刚那样的上头反应……所以啊，刚才那种是正常现象。对，正常现象，没什么的，不用太在意，哈哈哈……”

林司南：“哦。”

风谣解释的声音一顿，尴尬道：“这个‘哦’是什么意思啊？”

林司南的表情重回冷漠：“意思就是，你还打算在这间密室里待多久？还想被抓住放血吗？”

风谣反应过来他们现在是在孙院长的办公室里，相当于刚刚那段时间她是在虎穴门口和人家谈人生理想，怎么就能心大成这样！不要命了吗！

林司南见她愣怔，毫不留情地扳过她的肩膀，生硬地直接将她往门外推。

风谣：“哎哎哎！你轻点！这是活人不是铁人啊！”

“嘭！”

办公室的大门在她面前被重重甩上，差点没碰到她鼻子。

风谣悻悻地擦了擦鼻头：“看着挺弱不禁风的，怎么劲儿这么大，吃什么长大的啊这是……”

回到办公室的时候，已经快五点了，顾凌铎写完了稿子，不情不愿地传给风谣。

其实她离开之前，大致的内容和框架基本上都已经准备好了，就是转化成文字而已，以顾少爷的文笔和才华，这种小事不在话下。

风谣收到文件后大致扫了一遍："嗯，没什么问题，发晚间吧。下午我手机响过没有，报社里面有没有说有需要立刻去采的短讯？"

顾凌铎："没有。"

风谣看了眼钟："那你今天早点下班吧，没事了。"

顾凌铎："哦，谢了。"

他开始收拾起自己的双肩包，摄影机支架留在这里把门锁好就行，镜头被他拆下来装进了摄影包里。

这时，他听到那边"啪啪"打字的风谣忽然开口："小顾啊，我知道你同情心比较旺盛，共情能力也比我强，现在我有个事问你……假如，我是说假如啊……"

顾凌铎："麻烦省掉开场白直接进入正题好吗？"

风谣停了手，"咻"的一声把椅子转过来："如果有一个人他经历过一些毁灭性的打击，却仍旧外冷内热、心地干净善良，你会不会心疼他，对他产生亲近感？"

顾凌铎完全没意识到她的言外之意："这是你的什么人物采访新选题，还是你的软文新编素材？"

"嗯……算是吧。"

顾凌铎挑眉问："多严重的毁灭性打击？"

"家破人亡？五马分尸？天煞孤星？"

顾凌铎："……"

风谣期待地看着他："快说啊，你怎么看？"

"不愧是你编出来的软文素材，一点写实性都没有。"顾凌铎走过来一把握住风谣的肩膀，"这种人搁现实里早崩溃进精神病院了好吗？"

风谣："所以……如果有这样的人，你也会对他产生亲近和好感？"

顾凌铎咧了下嘴："如果真有这么虎的人，我会直接管他叫爸爸。"说完，他直接翻了个白眼，似乎是想表达风谣的故事编得未免过于扯淡。

风谣那边却已要到了答案，眉开眼笑，明显长舒了一口气，拍着胸脯安下心来：“啊……我就说，我当时的反应肯定是人之常情，不是什么别的意思，果然合情合理啊……”

顾凌铎没听清：“啊？什么当时的反应？”

风谣：“行了行了，走吧，你听错了。”

顾凌铎一脸莫名其妙地离开了办公室。

当晚，风谣正躺在卧室的大床上睡得正香，忽然一阵长铃惊醒了她。

风谣一看来电显示，打了个哈欠接通电话：“小顾你干什么啊……有什么事情明天说不好吗……”

手机那端是顾凌铎急促的声音：“别睡了！快起来发简讯！汪主编把她在J国那边拍的素材全传回来了！还睡什么睡！快起来写稿子！”

她低头看了眼，手机上的时间显示为：公历2030年1月23日01：55。她的瞌睡，一下子全醒了。

第四日·噩梦

她会护着你

//

L I M I N G Z H I Q I A N B A O B A O N I

（1）

大约就是在顾凌铎给风谣打电话的几分钟后，汪清的电话就到了。

S 市城报社大楼内，做晨间新闻的同事刚熄掉的灯再度亮起，整栋大楼灯火通明，机器再度启动，务必要在别家之前抢出早间新闻独一份的排面。

以汪清为首的远在 J 国的记者连夜将前线封城调动现场的连线视频传回社内，同时负责社会版面的同事们也从床上爬起来打起机器，将转播车开往了 S 市市政府，采访政府人员关于本市的相应防治措施。

风谣和代替汪清主持大局的副主编面对面坐着，不断地用笔记录她所说的“重中之重”。

她说：“你和小顾负责中心医院那块，那儿收容了我市内全部的病例，你们给我盯死了，到时候出一整期的专栏专稿，大学的时候有没有人告诉过你们媒体是官方的喉舌这句话？现在，你们要把这句话担在肩上了。”

上午 8 点 50 分，S 市中心医院。

风谣睡眼惺忪地飘进了门诊部一楼侧面的消防通道内，她头脑昏昏沉沉，一路上撞到了好几次人。

从今天凌晨两点到现在，她一下都没有合过眼睛，待会儿还要去采访。

“咕——”她的肚子叫了一声，这是身体发出的抗议，体力消耗过大了。

她决定去食堂买点吃的把肚子填饱了再去。结果到了食堂之后发现人家已经收摊了。风谣无奈，只好空着肚子又回去了。

回到她和顾凌铎的休息间后，她发现顾凌铎还没到，不仅没到，里面还换进来了一个不太熟悉的年轻人。

虽然只是在报社里打过几次照面，但风谣还是认得，这是社会版别的组的成员："哎！小严是吧？小顾呢，他还没来吗？"

那位姓严的年轻人冲她爽朗一笑："小顾他有事来不了了！所以，姚副主编就调我过来支援你！"

风谣一怔："有事来不了？"

小严压低了嗓子："唉，别提了，听说是他那个市长老爸昨晚在市里开完会后嫌医院这边不安全，把他锁家里不让他出来了！"

风谣点了点头："能理解，毕竟就这么一个儿子，万一感染了交待在这里了真得哭死，可怜天下父母心啊！"

小严感慨："谁说不是呢？我要有这么个好爹，我这辈子都不想工作了……哎，对了，我可能只能帮他替今天一天班啊！我今年轮的是初五的班，明天就除夕了，我还得回去过年呢！"

风谣："啊……这样，你去吧，我这儿一个人也没事。"

小严好奇道："风谣姐，你过年都不回家的吗？"

提起回家，风谣面上的表情有那么一丝丝的僵硬，然后她很快调整过来，微笑道："嗯，不回了，我家离 S 市比较远，刚好今年又有工作在，就在这里过年吧。"

小严点头："这样……"

两人扛着机器在大楼内四处采集信息，进隔离区的时候，医护人员给两人套上了医用的防护服，拉链拉到鼻子那儿的时候，饥饿和气闷一齐发作，让风谣的胃里一阵翻涌，产生了一股强烈的想要干呕的冲动。

孙院长带着院里的几个头头来隔离区这边慰问病人，据说，下午市长也要过来，风谣的手机上，驻扎在市政府那边的同事已经传了消息过来。

“唉！你们到了！”孙院长那边的人看见了他们俩，已经朝着他们走过来了。

隔着几层厚重的防护服，风谣几乎是一眼就从走来的几个人中认出了林司南那双淡漠的眼睛，不知道是不是她的错觉，她总觉得对方好像也在看着她。

风谣收回视线，对着孙院长微笑：“您好，今天我们想采访一下您关于J国新型病毒的看法，还有本院目前感染病人收治的人数和病情轻重，请问您有时间接受我们的采访吗？”

孙院长看着眼前对他笑得面不改色的女人，心中微讶——这位风记者可是明确地知道自己对她做的事情，没被吓跑也就算了，居然还能当成什么事情都没发生过一样地对着他笑。

思及此，他居然有几分佩服这个女人的镇定。

孙院长笑道：“好的，稍等几分钟，咱们马上就可以开始了。”

采访完毕后，小严接替了顾凌铎的活在那边收机器。风谣赔着笑应付了那些院领导几句后，离开隔离区，扒掉防护服走到普通区走廊的茶水间那边接了杯水，润一润干了半天的喉咙。

热水一进肚子，立刻又重重地“咕”了一声。

本来以为已经饿过头了，唉。

她边喝边思考着下午的事。

下午市长要来视察，肯定会问医院情况，她得提前在本子上把要问的问题精简好。摄影有小严负责，问题不大，但她跑社会新闻这么久还是第一次碰上采访政府人员，头大，真是头大。

这时，她裤子口袋里的手机振动了一下。

她拿出手机一看，是微信提示，来信人是“妈妈”，精神不由得一震。

妈妈：“听说你去你们那儿的医院驻院采访去了？”

风谣愣了愣，以为自己看错了。

她离家这么久，母亲很少过问她的生活，更别说过问她的工作安不安全了。

被防护服闷了半上午的心忽然舒畅了一些，她放柔了目光，拿起手机，刚打算问候一下妈妈和爸爸的身体，就见那边立刻又发来了两句：

“听说你就在那医院里？这病严不严重啊？会传染不？会死人不？”

“你弟弟年后还得去市里上班，不问清楚我哪放心他出去啊？”

风谣看完沉默了很久，忽然自嘲般地勾起嘴角：“咳，看我，真是饿昏头了，在这儿想什么呢？”

她把空了的纸杯揉成一团，丢进了旁边的垃圾桶，拿起手机慢吞吞地打着字：“没什么大事，我在这儿……每天看着呢。”

妈妈回复：“那就好。对了，你过年回来吗？”

风谣没再答复，关了手机。

爸妈倒也不是完全不关心她，只是比起弟弟来说，就少得有些可怜了。

风谣靠在天台上，吹了几分钟的风，吹得眼睛都有些红了，忽然察觉到身边站了一个人。

她回头一看，林司南手上拿着包纸巾靠站在她边上的栏杆处，看到她回头，便淡淡开口：“如果你是来吹风的，那我马上离开把地方留给你。如果你是来这里哭的，那么，拿这个把眼泪擦一擦。”

风谣接过纸巾，一脸错愕：“你怎么知道我在这里？”

林司南：“你在茶水间接水的时候，我就在你背后，只不过你当时看手机看得太专注了没注意到我……所以说，你哭什么？”

她仰头望着林司南平静的脸，静默了许久，久到林司南眉梢微微挑了一下，似乎想要提醒她开口说话。

风谣：“林医生，我饿了。”

比起突然矫情地丧，她倒情愿自己只是太饿了。

林司南一脸“你在开玩笑吗”的表情。

风谣似乎怕他不信，不顾他错愕抓住他一只手，按在了自己的肚子上，她的肚子恰在此刻配合地发出了一声响亮的“咕”。

林司南：“……”

风谣仰头真诚地看着他：“你们医院的食堂从今天开始就不供餐了，我从早上到现在什么东西都没吃，我真的没有骗你。”

他额角的青筋跳了跳：“你跟我过来。”

林司南带她进了普通区的一间办公室。

门背后的强力钩上挂了两件雪白的白大褂，正对面的桌子上，靠墙的那一面整齐地摞着一大沓文件，旁边还摆了一个漆黑修长的工艺笔筒，里面放满了笔和一些手工工具。眼尖的风谣发现，笔筒上刻了一个小小的“林”字。

这里是林司南自己的办公室。

风谣：“你不是有一间办公室吗？怎么这里又是你的办公室？”

林司南用看傻子的眼神瞥了她一眼：“那里是门诊值班室，轮班的。”

风谣只能尬笑：“哦……”

林司南开了柜子，翻出一袋饼干、一袋麦片、几包速食面，拎着它们转过身问她：“你要吃什么？”

风谣指了指速食面：“要那个，我爱吃咸的！”

林司南瞄了眼手中的速食面，淡淡道：“这个吃多了不好，吃麦片吧。”说完，他便顺手将那袋速食面丢回了柜子里。

风谣无语：“大哥，你都已经决定好了你还问我？”

眼看着明显有牛肉有酸菜有辣椒色香味俱全的速食面被林司南丢回柜子里，风谣的脸上写满了生无可恋，尤其当那杯看着就非常养生、非常健康、非常寡淡无味的麦片就这么明晃晃地在她眼皮子底下腾腾冒着热气的时候，她的绝望感就更加严重了。

林司南似乎看出她的不情愿，睨着她：“本来就是一个活不过几十年的普通人，还这么不讲究。”

风谣拎起勺子，不情不愿地在杯子里划着圈，边划边小声嘟囔：“昨天还说羡慕普通人呢，今天就开始嘲讽人家寿命短了，呵，男人。”

只听这头林医生语气冰凉："你喝不喝？"

"喝。"

风谣果断抛了勺子，猛地一口干了大半，差点没把自己给烫傻。她含着被烫出的泪花，两眼晶莹地仰头望着林司南，艰难道："林医生亲手泡的麦片……对我来说，绝对是世界上最好吃的东西！"

林司南偏过头去，严肃地干咳了一声。

最后，风谣还是一脸"感恩戴德"地干掉了那一整杯麦片，然后主动拎着杯子去了墙角的水槽边洗洗刷刷，边洗边语气轻松地调侃林司南："看来林医生是真的很关注我啊，跟着我去茶水间打水，还知道我去了天台，难道是从今天遇到开始就一直盯着我不放？"

她调侃完，便杵那儿等着林司南给她冷硬地回击。之前她因为妈妈的短信心情不好，现在能跟人斗嘴解解压也不错。

然后，她就听到林司南在那边低低地"嗯"了一声。

风谣一个手滑，差点没把杯子砸了，她回过头去，一脸茫然："嗯？"

林司南抬眸："不是你说，我要是找不到活着的意义，就把你当成自己活着的意义吗？"说完，他顿了顿，"怎么，昨天才说，今天就打算反悔了？"

风谣不知道为什么有一种上了贼船下不来的感觉，满脸尬笑："我昨天不是解释了那只是一时情绪激动有点上头吗……"

林司南的脸色沉了下来："哦——你骗我？"

风谣闭嘴了。

这厮的脸是真的绝美，但是生起气来也是真的吓人，她总觉得自己这话再说下去，这厮大概率会扑上来咬她——就像中世纪传说中的吸血鬼一样。

她怕了。

林司南也无法解释自己为什么会对风谣随口说出的一句承诺如此在意，如此触动肺腑。或许是因为对方身体中流着和他同源的血液产生了生理上的吸引力，又或许仅仅只是因为那句话本身。

人们总是对他说：林大夫、林医生、小菩萨……你的血能治百病，我快死了，我快活不了了，你分我一点好不好，就一点点，反正，你也死不了不是吗？

他们总是在向他索取，却从未有人在意过他本人的感受，就像从未有人注意到他取血时那种几乎是将浑身上下所有的骨头都敲碎一般的痛感。

生存的意义是什么呢？是成为一个人人垂涎的“不死血包”吗？这样生存了太久，久到已经让他彻底厌烦了。如果有一个人能够充作他人生的意义……或许，无聊的生活能变得有趣一点也说不定？更何况，这个小记者，似乎还挺有胆量的。

思及此，林司南淡淡开口：“医院里今天上午群发了通知，受目前院内的收治情况影响，明天除夕休息一天，从初一开始正式全员上班，所以今年过年你大概是要一直待在医院里了。以我对孙的了解，在他断定你知情之后并不会有多收敛，反而会更加明目张胆地针对你。因为你就算向世人控诉他用人血治病，也不会有多少人相信，即便你是个记者……而且你们普通人的寿命很短，所以不要低估一个已经在这世上生存了几十年的人的社会交际网，和他硬碰硬的话，他是石头，你是鸡蛋。”

风谣撑头笑看着他：“所以林医生你现在是担心我，想要保护我吗？”

林司南睨着她：“防止你像刚才那样又一个人躲到天台去吹风。”

“林医生你真是个大好人，”风谣咯咯地笑了起来，随即话锋一转，“不过，我可不是一个只会任人保护的女生啊。”

风谣的手指“嗒嗒嗒”地在桌上敲着：“一般来说呢，像我们这种工作的人，每到一个地方就会先摸清楚这个地方的大致地形结构，以及大致的人员构成，别老觉得盯梢长跑这种事情只有小报娱乐版的记者才会做，大家都是从基础岗位做起来的哦。

“我在护士站里混了这么几天，第二天开始才是打听你的事情。”说着，她干咳了一声，表情有一丝丝的尴尬，“在第一天的时候，孙院长才是我的主要询问对象。本来是为了这次驻院能够和院长搞好关系，好让这次的工作能够更顺利一些，谁知道第一天早上在他办公室就闻到了一股非常刺鼻的血腥味。”

风谣当时会在休息室里握着怀表发呆，不停地琢磨人血实验的事情，并不仅仅只是由那么一点点似有若无的血腥味就产生发散性的臆想，她其实是有怀疑逻辑的。

在进入休息室之前，她在护士站里和她们扯了足足几十分钟的八卦，当时顾凌铎嫌她不务正业，直接翻了个白眼就自己进休息室了。

风谣当时和那些小护士聊的八卦里面有两点非常重要：

一是孙院长平时很忙，经常找不到人，又没人看到他出入医院。当时风谣甚至直接就有想过，医院内部是不是有某个不为人知的空间存在。

二是S市中心医院名下有不少的医疗协作机构。

其实这种事情对于一些有名望的大医院来说，是很常见的。很多知名医院都会和小医院或者民营医院结为医疗协作伙伴，就像以前读书的时候老师让成绩好的学生和成绩差的学生一起结成帮扶的对子，大的拉小的一把，帮助小医院提升知名度和技术水平。

但是，为什么说S市中心医院不一样呢？别的医院名下的医疗协作单位大多是一些小医院，但是据护士们所说，中心医院的这些协作机构，是一些大大小小的非官方生物医药实验室。

华国法律是允许非官方的民营研究机构存在的，孙院长在这件事情上也做得很聪明，与其瞒着让人揣测，不如大大方方地公布出来，反倒没人多想。所以护士们说出这件事的时候也是一副自家医院临床医疗水平和工资待遇都在当地拔尖的自豪表情，并没有人多想。若是风谣没发现这些，大概也会像她们那样，感慨一下市中心医院的厉害。

林司南沉吟：“从专业角度上来说，你的业务能力确实不错，透过那么一点点蛛丝马迹就能想到这么多。”

风谣耸了耸肩：“虽然林医生夸我让我很开心，不过……我确实只是对医学实验室这种东西本身……呵呵，印象深刻。”说完，她撇了撇嘴角，脑海中那些熟悉的零碎的画面，再度闪过。

一条闪烁着荧光灯的幽深走廊内，她靠在一扇厚重的防弹玻璃门上惊恐地喘息着，门后一个模糊的人影瘫倒在地上，死死地抵住了那扇门。

林司南开口，一语道破她的心思：“就是之前你说的，能和我共情的年轻时候的悲惨经历？”

“这句你也记得啊？”风谣微讶，随即摇摇头，“咳，陈年旧事了，不提也罢。”

林司南：“哦。”

风谣打了个哈欠，伸了伸懒腰：“啊……过完今天，明天好歹能放假让我休息一天了。昨天晚上我可是一夜没睡，明天一定要睡一天！”

林司南：“按照你们华国人的习俗，明天不是除夕夜吗？不是该和你的家里人一起过年吗？”

风谣脸上的笑略微有些不自然：“咳，这不是今年得值班回不去了吗？我家又在外地……唉，也挺好的，网上不是常说，像我们这种过了25岁的成年人，过年回家就是一种折磨吗？亲戚朋友全围着你问东问西，可烦人了！我今年能逃过一劫，正好正好。”

林司南直接拆穿了她：“我看你脸上可不是这么写的……和家里人关系不好？”

风谣顿住，随即长叹一声：“‘人艰不拆’啊……林医生。”

过了会儿，她似乎自暴自弃了：“好好好！其实我特别丧，感觉自己要去世了只能独自可怜巴巴地躺在家里，你要不要来我家陪我排遣寂寞？”

说着，她仰起头望着林司南，做出一副惨兮兮的样子。当然了，风谣知道，自己不过是在嘴上占林司南的便宜罢了。

林司南：“好。”

风谣噎住：“兄弟你别这样，问啥都是好，你这样，我……我有点慌。”

林司南淡淡道：“重华和姐离开后，我已经许多年没有庆祝过华国的新年了。”

风谣听着，心里“咯噔”一声。

她知道，自己有个很不好的毛病，一直被她自己深恶痛绝，恨不得早日甩之、弃之，再也不要捡起来，那就是——心软。她是那种嘴上满口都是“我早已断情绝爱麻烦您莫挨我”，实则完全看不得人家惨兮兮的样子的人。

眼前的这人俊脸这么一转，眼神这么一放空，连四十五度角望天的忧伤都不用摆了，她直接就看得缴械投降。

她扶着额，连连摆手：“别说了，您来，来来来……我欢迎。”

林司南面无表情：“是吗？我看你似乎很不情愿。”

风谣伸出两根食指，面对着林司南把自己的两边嘴角往上一撑一咧：“这样灿烂的微笑林医生您看您还满意吗？”

林司南的嘴角抽了一下：“还行。”

风谣：我太难了……

（2）

下午，S市市长顾东源莅临中心医院指导，在场所有人包括市长，浑身上下都被防护服裹得只剩一双眼睛。在市长屁股后面“咔嚓咔嚓”的闪光灯里，风谣认出了社会版的几个同事。

她对着小严招了招手，示意他继续拍摄，然后逆着人流退到了社会版同事们的那边，把手里的本子塞给他们：“这是我这几天整理出来的东西，你们赶紧记一下待会儿采访用。”

同事惊诧：“你不上啊？”

风谣摆摆手：“这要是平时我也就硬着头皮上了，但现在不行，我现在太困了，怕待会儿我一下子脑子短路了说错话。”

确实是，一般来说，虽然同在社会版面，但是跑政府采的和在群众中常采的是两路人。要不是碰上现在这种情况特殊市长下到医院里来，她应该完全碰不到这事。

不过现在问题比较复杂的就是，顾市长下到医院里来，了解医院情况的不了解他的习惯，熟悉他的那几个又不怎么了解医院里的情况。

结果，同事把本子塞回给了她，指着那边顾市长的位置告诉她：“别想着遁了，来之前人家顾市长的秘书特意找了我们，说待会儿在医院跟拍就行，提问让中心医院的驻院记者上，人家比较了解情况。”

风谣无奈，只得拿回本子。确实，人家的顾虑有道理，在医院的人确实比外面的人要合适。

采访过程还算顺利，风谣一颗心提到了嗓子眼，半点卡壳都没有地问完了所有的问题，她的脸都快笑僵了，但不知道是不是她的神经过于紧绷所以出现了错觉，她总觉得顾市长面对她的话筒时，那和善眼神中带着一丝考量。

“风记者。”市长那边一个男人走了过来，向她做自我介绍，“您好，我是市长办公室的秘书。”

风谣背对着他，重新扬起标准的职业微笑之后，将头转了回去：“您好，请问还有什么事吗？”

市长秘书：“是这样的，顾凌铎是您的实习生吧？他今后这段时间都要请假了，我来跟您说一声。”

“啊，这个我已经知道了。”风谣说着，指了指那边替换上阵的小严，“喏，社里已经派人来顶他了，您就让他放心在家里休整吧。”

市长秘书：“那就好。哦，对了，要是有什么要紧的事情的话，您可以打这个电话联系我。”

说着，他不顾风谣一脸蒙的表情，将名片递给了风谣。

风谣握着市长秘书的名片，有点丈二和尚摸不着头脑，尤其是最后那句“有什么要紧的事情就打电话”。

她能有什么要紧的事情找市长秘书呢？

小严扛着摄影包过来，看到风谣手里的名片：“什么事啊？”

风谣：“我也云里雾里的，他跟我说了顾凌铎请假的事情，然后忽然就递了一张名片给我，让我有事找他。我也想问，这是发生了什么事啊？”

小严脑洞大开，调侃她：“哎，该不会是因为小顾一直跟着你当实习生，顾大市长以为他儿子看上你了，把你当儿媳妇了吧？”

风谣呵呵一声：“扯淡吧。”

她相信以顾大少爷那表里如一的性子，背后对她的嫌弃一定不会比当面表现出来的少。

小严耸了耸肩。

不过，风谣的蒙仅仅持续到下午开家门的时候。

电梯升到 28 楼，电动门往两边一打开，风谣便看到自己家防盗门前蹲了一个略有些眼熟的背影。

她心里涌起一股不好的预感，出声询问：“哪位？”

门口蹲着的那位背了个挺大的双肩包，听到声音，立刻站了起来，转过脑袋。

风谣看清了人脸。

难怪下午采访的时候那个秘书要拿名片给她，让她有事打电话，其实这是在委婉地告诉她，要是逮住顾少爷，赶紧上报，重重有赏吧！

顾凌铎看着仿佛当场就要厥过去了的风谣，以及旁边拎着个大购物袋冷若冰霜的林司南，尴尬地咳嗽了一声：“咳，打扰你约……”

风谣一个鲤鱼打挺活了过来，截住了顾凌铎即将要放的屁：“臭小子！我警告你，不想我现在抓你去问罪领赏，就把你最后那个字给我咽回去！”

顾凌铎喉结上下滚动了一下，把未出口的那个字给咽了回去：“哦……”

身边的林司南淡淡开口：“不是说独自一个人可怜巴巴地躺在家里的吗？”

顾凌铎闻声，立刻一脸“我就知道你是这种人”的鄙夷表情。

风谣瞬间有一种脚踏两条船并且还完美翻船了的错觉，可她明明半条船都还没来得及上啊！

不过，好在她反应挺快，一眼就瞄到了重点：“你背上那大包里装的是什么？”

顾凌铎总算脱离尴尬的氛围，想起了他来这里的正事：“对对对！包里的东西！开门，开门！里面说！”

顾凌铎把他那从外面带进来的背包一把甩在了风谣每天都要拿吸尘器吸得干干净净的沙发上面，一倒就是一堆衣物用品，惊得风谣右眼皮冷不丁地跳了一下。

随后，她忍无可忍地开始了碎碎念：“顾大少爷你可真行啊，大晚上的，一个陌生男性背着个装衣服的包，蹲守在一个未婚女的家门口，你是耍流氓呢，还是耍流氓呢？”

顾凌铎不以为然：“你边上那位不也是陌生男性吗？”

林司南被殃及，偏过头一双灰色的眸静静地凝视着风谣：“我算陌生男性吗？”

风谣被盯得浑身一激灵：“当然不算！绝对不算！”

林司南满意地转回了头。

顾凌铎翻了个白眼，唰唰几下拉开背包拉链，一个黄皮文件袋便“啪”的一声摔在了茶几上，说：“这份东西，读读看，看看眼熟不眼熟？”

“什么啊？”风谣将文件袋拿起来，拆开了封口。

林司南端起小吧台上的热水壶，倒了一杯水走过来。那边，风谣正一脸疑惑地翻开文件袋里的纸页封皮，随即他便看到，风谣的脸色唰地变了。

纸上是一张彩色放大的，到处都标着刑事警戒线的现场图，正中间孤零零地躺着一个永远停留在风谣记忆深处的人。

她“啪”的一声合拢了文件袋子，向着顾凌铎的方向逼近了一步，厉声发问：“哪儿来的？”

顾凌铎被吓了一大跳。

风谣平时给人的感觉一向都是随和好说话的样子，就连充大训他的时候，也是以戏谑调侃为主，少有疾言厉色。

“我……我就用个人账号，登陆市里的电子档案馆里翻了翻……”顾凌铎磕巴了几下，随即又觉得自己应该硬气一点，于是又把脖子抻得老直，“有……有什么问题吗？”

风谣死盯着他：“为什么把这个翻出来？”

顾凌铎：“我爸把我关在家里不让我出去，我和他吵起来了，他气急了就问姚秘书带我的老师是谁，姚秘书就说了你，结果说完我爸就更生气了，说难怪，说我乱来的脾气都是跟你学的，还质问姚秘书为什么让你做我的老师。我心说你成天一副混吃等死的样子还能在我爸那里拥有姓名，就跑去问姚秘书。结果他支支吾吾也没说全，所以我就自己想办法了。”

后面的剧情风谣基本上都能自己推了，好奇心和正义感都挺旺盛的顾大少爷故事听一半，噎得慌，就自己使小聪明去想办法把故事补齐，他又仗着市长宝贝儿子这么个身份，刚好近水楼台先得月，就这么阴错阳差地把当年仅剩的这些能公开的卷宗给调了出来。

风谣听完长舒了一口气，还好顾凌铎并没有掺和进去太深。随即她露出一副无奈的样子，伸手按住顾凌铎的肩膀：“顾少爷，顾大少！这事情已经过去很久了，我求求你，别再给我找麻烦了好吗？乖，把这个东西忘了，好好回家待着，等到这事儿结束了，你想怎么胡闹就怎么胡闹，我绝对不干涉你了，行吗？”

顾凌铎拿来的东西不是别的，正是那个困扰了风谣整整三年的噩梦，一个在她心中想说却因故不得不闭口不言的秘密。

（3）

三年多以前，S 市城报社社长汪清以“严重心理障碍”为由，将专职外事派遣的记者风谣从所在的 J 国调回了本市。

此前，风谣作为实习生和当时的带她的老师江年接到一个深入探访 J 国闻名世界的“制毒三角区”的专题任务，拍摄该国的“毒品产业”。

“制毒三角区”的拍摄专题，华国多家媒体都做过，只要提前和 J 国政府以及“毒工厂”的负责人提交申请，打好招呼，拿到许可证，就可以光明正大地进去拍摄。

江年和风谣的限定拍摄周期是一个月，江年出镜主播，风谣负责记录和学习控镜，期间每日都有拍摄好的素材传回城报总部进行剪辑编排，拍摄计划一直顺利地进行着。

直到拍摄结束，临行前的最后一天，江年说，这次拍摄结束回去之后，风谣的实习期就算是彻底结束了，将来也会和他一样独当一面，成为外事采访领域的佼佼者。

两人庆祝了一夜。

第二天早上收拾行李的时候，风谣从旅馆出去，看到两个毒贩子手里拎着一个附近的小孩。

风谣脑子昏昏沉沉的，但还是正义凛然地吼住了他们，结果那两个毒贩子没搭理她，继续拎着那小孩走，小孩哭号乱抓的样子刺得她心里揪疼。

她认出了那两个毒贩子，她之前在那个制毒工厂里见过他们，于是鬼使神差地跟着他们走，那条路通往的果然就是他们之前拍摄过的那个制毒工厂。

风谣疑惑，那间制毒工厂抓小孩子做什么？

她跟了上去，再去之前去过的那地方，才知道工厂给予他们拍摄的东西不过是冰山一角。那堵在他们拍摄的时候堆满成品的墙壁，移开所有遮挡物之后，居然是一扇巨大的金属大门。风谣看着那两人用力一推，厚重的大门发出轻微的轮轴滚动的骨碌声，两人揪着哭喊的孩子，进入了那扇大门内。

他们进去的时候，随着大门关闭，风谣瞥见了一闪而过的华国文字标识。

当时她便心下一震。

那会儿她刚毕业，年轻、胆大，对这个行业的认知还停留在象牙塔内正义凛然又豪情万丈的宣誓中，全然忘记了老师江年的交代：这个“三角区”地处三国交界，交易往来的人流大、货品杂，我们只有限定范围内的拍摄许可，不要做超过限定许可的事情，这是在别人的国土上。

风谣走进去了，进去之前她给江年发了个定位，告诉他自己即将挖到一条大新闻。

现在她回想起来，当时江老师收到短信的第一反应一定是暴躁地骂她蠢，然后后悔为什么没把她训听话一些。毕竟那大叔虽然年近四十了，但是因为工作常年混迹各国，又加上还没来得及成家，心态一直很年轻，所谓的老成持重半点没学到，对风谣的教导也是随她野生野长，随意程度比现在的她对顾凌铎还要放任。

但江老师真是个好人，风谣还吐槽过他五行缺子，他要是养个儿子女儿什么的一定是个孩奴。因为他对风谣真的很好，特别特别好，好到工作第一年过父亲节的时候，风谣脑子里浮现出的第一个发祝福短信的对象不是她亲爹，而是江年。

于是，后来，她活着从那扇本不该进入的大门出来了，而江老师永远地留在了里面。

风谣曾无数次地自责、无数次地在深夜熟睡之后在梦中回到当时的场景，指着那个年轻的、意气风发的自己破口大骂：你为什么要多事？为什么不能好好在那儿待着当作什么也没看见？为什么自己作死最后却把江老师给害了？

汪清曾经试探地问过她，当年她在那扇大门里面究竟看到了什么。可她从来都只是摇头笑着说，过去了过去了，别想了，安安心心做条咸鱼不好吗？

可现在顾凌铎把三年前的那秘密连肉带血地给挖了出来，在他拿出来的照片下面，当事人记者小谣（化名）的话就这么明晃晃地写在上面：“我看到里面有很多盛放红色液体的试管，可能是血，有人在里面做人体实验，我还看到了我们国家的文字，我怀疑，这也许和我们国内的某些机构有……”

她记得，当时调查的人打断了她：“风记者，作为一名记者，请不要随便说这种未经证实的话。”

风谣心说自己该怎么证实呢？要怎么证实呢？等你们赶来的时候，我当时看到的所有东西都被搬空了。

那些毒贩子操着本国话告诉那些调查人员：“他们未经许可闯进了我们的工厂里面，我们的看守按照规定击毙了闯入者，手段确实过激，但是并没有违背本国法律和我们事先约定好的拍摄准许范围。”

华国对 J 国政府进行了外交谴责，赔偿了受害人家属。如果不是汪清找人证明她出现了“严重的心理障碍”，她可能会丢掉饭碗。

从此，那位意气风发的年轻记者消失了，取而代之的是混吃等死的软文高手风谣。然而，风谣心里却非常清楚，自己根本就没有什么所谓的“严重心理障碍”。

那头，顾凌铎还在喋喋不休：“我看上面写的你作为当事人的现场描述，那件事情明显就有问题啊！后来为什么不查了啊？反正现在这种情况我爸也不让我上班了，我们要不要重新把这件事情翻出来查？嗯？”

风谣额头上的青筋暴跳，用力地将文件袋摔在茶几上：“顾凌铎！你以为这是过家家呢！还重新翻出来查？嗯？”

一只手伸到茶几上，摸走了风谣刚才怒摔的文件袋，手指一动，快速地翻阅了一遍，忽然，林司南看到了什么，眉梢讶异地挑了一下，然后“啪”的一声合上了它。

这头，风谣和顾凌铎的“师生辩论大会”还在如火如荼地进行着。

林司南撇了下嘴角，开口：“我饿了。”

风谣、顾凌铎回头看他——吵架呢哥，求你有点眼色吧。

林司南指了指时钟：“快七点了。”

风谣：“……”你一个外星人，生物钟怎么比地球人还严谨？

厨房内，风谣系着围裙开火做饭，林司南手指泡在水里，慢条斯理地一片一片地清洗着青菜。

顾凌铎原本也想帮忙的，但是看着他一把就掐掉了一半韭菜花的花的时候，风谣眼皮一跳，随即便毫不犹豫地把他请出了厨房：“您别来了，坐沙发上等着就行。”

风谣往锅里倒了油，问林司南：“切菜会吗？”

林司南：“不会，怕切到手。”

风谣：“谁切菜会一次飙血经历都没有？留道小疤也算是长经验了嘛，这有什么好怕的？”

林司南顿了顿：“太疼了。”

风谣笑了一声：“啧啧啧，没想到林医生这么娇气。”

林司南："我长生的代价就是伤口破溃的痛感较之普通人要强烈数百倍，正常针扎的痛感在我身上体现得会比你们地球上的孕妇生产所产生的痛感还要强烈数倍……我在自己身上做过痛感评级实验。"

风谣一听，鸡皮疙瘩都要起来了。

蚊子叮一下那么点大的伤口痛感都要往十级飙了，那再大点的伤口不是得直接炸了？

她想起那帖子里说的"分食"……然后代入林司南的痛感，简直生不如死，她简直怀疑林司南的休眠原因根本不是失血过多，而是他的脑神经承受不了那么高的痛感。

思及此，她毫不犹豫地把菜板上的刀挂回了吊钩上："你也出去，麻烦离有刀的地方远点。"

林司南"嗯"了一声："我有话要说，说完就走。"

风谣应了句："什么话？"

林司南："顾凌铎拿出的照片，在现场的人里面有一个我见过。"

风谣一怔："哪个？"

林司南："站在调查员身边的那个，几年前，孙带着我跟那个人一起吃过饭。"

站在调查员身边的人？风谣仔细回忆了一下，好像是有这么个人，和当时的调查组一起来的，调查员在记录现场报告的时候，这个人时不时地就会小声对着调查员说几句。当时，风谣还以为他是被带过来的翻译。

风谣手握着锅铲："这么想起来，医院里的人血实验和那里的红试管确实一样……林医生你卖血卖到J国去了？"

林司南听到她的调侃，淡淡道："煳锅了，你没闻到煳味吗？"

风谣一吸鼻子：！！！

她连忙转身继续去翻炒，边翻炒还边愤愤不平："你看我现在忙着呢，你刚才怎么不说？"

林司南再次点明真相了："顾凌铎拿出东西来，你想查，但不想让顾凌铎掺和。”

确实如此，她在看到那张照片的第一眼，当初因为江年死得不明不白的那股无名之火就又烧了起来——当然，或许那把火这些年就没熄灭过，只是暂时被她藏起来罢了。但是，她又不得不顾及她自己的学生顾凌铎，她不希望顾凌铎年纪轻轻的再被她坑成第二个江年。

风谣不得不佩服这老妖怪的眼光毒辣，长叹一声：“林医生，你老是这样，以后我在你面前还有没有点隐私权啊？”

林司南拿眼睛睨着她，他个头原本就比风谣要高很多，这么一望，平白生出了一股居高临下的气势：“你这么怕我看透你，是准备以后和我朝夕相处吗？”

他的嘴角微挑着，似笑非笑的样子，不熟悉的人看到了多半会以为他这是在嘲讽，然而并不是，他其实只是凉薄惯了而已。

“我……”风谣被噎得哽了一下，随即立刻否认，语气有些酸溜溜，“当……当然不了！你不是说了吗，我就是一个寿命几十年的普通人，哪有命和你朝夕相处啊？”

林司南不依不饶：“既然我的寿命这么长，分几十年出来其实也没什么吧？”

风谣：“……”所以你是想表达个啥？

她败了，伸手用力地把林司南往厨房外面推：“行了，你给我离厨房远一点，去沙发上和顾凌铎相亲相爱去，乖。”

把人推出厨房之后，风谣拍着胸膛，不住地深呼吸：“这老妖怪，他是真不知道还是装不知道，在地球上说这种话是什么意思啊……虽然吧，他的口气不怎么好，但真让人听得怪脸红的。”

林司南出来的时候，顾凌铎从那个巨大的背包里摸了台笔记本电脑出来正在敲敲敲，看到他出来，还招呼了一句。

“我以为你俩共度二人时光呢，被赶出来了？”他语气里带着些幸灾乐祸，

“话说，你真看上我这位风老师了？”

林司南抬眸看向他：“你对她意见很大？”

顾凌铎：“那是，她干啥啥不行，混日子第一名，遇事就是𡲬字当先，好字排后，长相也不是万里挑一，这世界上的好姑娘一大把，风谣有什么值得喜欢的……啊对，她也就名字好听点。”

林司南：“既然你这么不待见她，那为什么你遇到麻烦了第一时间想到避到她这里来？”

顾凌铎打字的手一顿：“我……”

林司南怼人不停：“不是觉得她会护着你？”

顾凌铎愣了一下，随即把头摇得跟个拨浪鼓似的：“当然不是！我……我这不是因为跟她关系差，我要是躲到她这里来，人家肯定找不到我！”

林司南想起自己在风谣那儿看到的那张市长秘书交给她的名片。

呵，早就被发现了。他为顾凌铎的天真冷笑了一声。

那双凉薄的眼睛跟杀手似的，望得顾凌铎一身的鸡皮疙瘩全起来了，他可没有风谣那么能扛。

好在这时候风谣的声音拯救了他：“过来吃饭了！”

风谣从电饭锅里盛了两碗饭，回来的时候便看到顾凌铎心不在焉的，时不时用眼睛的余光瞥林司南，看得她心里有点怪怪的：“你干什么呢？林医生的美貌是闪瞎了你的眼，还是扭曲了你的性取向？”

四道视线直直地朝她射来。

林司南是因为“美貌”二字冲她不悦地扬眉，顾凌铎则是在用眼神 diss 她出卖队友。

风谣被这两人盯得浑身发毛，轻手轻脚地将饭碗摆在这两位大爷面前，微笑：“OK，算我口误，我错了。”

四道视线收了回去，三人相安无事地吃了一会儿饭，顾凌铎再次放下筷子带头挑事：“唉……不是，林医生你那个美瞳能不能摘了，看得我真瘆得慌啊！”

风谣刚想解释“人家眼睛是天生的”，就听到林司南开口甩了两个字：“忍着。”

顾凌铎：“……”

风谣：“……”还真是熟悉的语气，分分钟让人回想起第一次见他时的样子啊。

饭后，顾凌铎从大背包里拿出一个砖头一样硬的压缩袋，然后将气门栓一拔，风谣看得直接气笑了。

好啊，毯子和枕头都带了，他怕是上她家野营来了。

风谣环着手臂看他：“麻烦问一句，您看上了哪个地方搭铺呢？”

顾凌铎抬手一指二楼右边的衣帽间：“那儿不空了一间房吗？”

这户小 loft 一共两层，上面挑空了一个二楼，楼梯在二楼中间。上楼后，一边去往玻璃墙半挡带连排衣柜的衣帽间，另一边朝南有一扇巨大的落地窗与一楼客厅的窗户相连，两面都安了窗帘，楼梯尽头还设了一扇滑门保护隐私，这一间是风谣的卧室。

隔着二楼的玻璃围挡墙，风谣挑眉：“你打算睡我衣服堆里啊？”

顾凌铎一屁股坐在沙发上，倒头一躺，两只脚搁在沙发外头悬空晃荡：“你这沙发太小了我睡不下啊！”

风谣：“行，你开心就好。”

这时，她听到一声轻咳，回过头去，听到林司南淡淡发问：“他的安排好了，那我呢？”

风谣还没来得及回答，就听到那边顾少爷已经回答了：“你跟我一起呗，咱俩挤一个房间应该挤得下。”

林司南：“衣帽间灰尘太大了我不习惯。”

顾凌铎：“让她打扫一下就是了。”

林司南：“你手断了自己不会动手吗？”

顾凌铎崩溃：“行行行！我打扫就我打扫！”

林司南：“哦，可我不想和你一起住。”

顾凌铎："……"

一旁的风谣看不下去了，小声跟林司南咬耳朵："算了算了，你都这么大年纪了还跟一个小孩子计较。"

听到"这么大年纪"的时候，林司南的嘴唇微微抿了一下："我还是回医院吧。"

风谣蒙了："这是又怎么了？"

林司南悠悠抬眸："年纪大了我要回去好好休息。"

风谣："……"好想给自己一个嘴巴子让自己闭嘴也让这两人闭嘴哦。

最后，风谣还是自己把衣帽间的架子全部推到墙角收了起来，然后肉痛地把挂在上面的大衣勉强折好收进了柜子里。顾凌铎就在旁边看着她收，风谣也不准他动手，生怕这没轻没重的臭小子把她衣服给折坏。

顾凌铎："一整个房间用来放衣服不嫌浪费空间啊，原本这里做个卧室多好！现在都不用收拾了！"

风谣扭头，无语："大哥，我就一个人住，要两间卧室做什么？摆这里好看吗？"

收完之后，她警告顾凌铎："明天除夕早上我出去买东西，你给我乖乖待在家里把我所有的大衣都给我重新熨好听见了没有？"

顾凌铎撇嘴，小声："我明天还得研究带过来的东西呢……"

风谣一听他还要掺和三年前那个案子，瞬间头大："熨衣服！不准看！明天我回来检查！不合格就把你打包送回给你老爹！"

顾凌铎一听"打包回家"，立刻老实了："熨衣服而已，熨就熨！"

"嘭！"

房门立刻被关上，震得衣帽间半挡的玻璃墙晃了晃。

风谣："顾凌铎你给我轻点！墙塌了，你就去死吧！"

收拾完顾凌铎，风谣沿着挑高层的玻璃过道下了几级楼梯，又上行一小段，深吸一口气，平复了刚才在顾凌铎那边的暴躁状态，轻手轻脚地敲了敲门，连声音都温柔了许多：“林医生？”

林司南：“请进。”

她拉开门进去，靠墙的地板上已经铺上了一层厚厚的烤火毯，屋内那张写字台被移动到了床和毯子的中间，正好将两人休息的地方隔开。

风谣：“这个 loft 楼用的是商业用电比较费钱，所以我没装地暖，你睡地上不冷吧？要不要我给你在下面再垫一层被子？”

她这副细声细气的状态，完全和刚才在顾凌铎那里是两个态度，这要是顾凌铎在现场绝对会被她双标的样子给气死。

“没事，我不是特别怕冷。”林司南顿了顿，“毕竟，也在地下躺了那么多年。”

风谣：“……”林医生您可太会说话了，这一开口我小心脏都疼得在抽搐，您可饶了我吧。

林司南：“你桌上的那些东西，我搬动的时候不小心弄倒了一些，就重新帮你归位了一下，你看看有什么问题吗？”

风谣连忙摆手：“没有，没有！特别整齐！”

林司南盯着她：“有时候我觉得你很奇怪，面对我的时候总隐隐有一种小心翼翼的感觉。”

风谣叹了口气，也很是委屈，心道，这能怪我吗？谁让你说不了两句就敏感得要死，我这不是怕你万一一个不开心就又要丧失人生意义躺回地下去了吗？

林司南似乎猜透了她的想法，淡淡道：“算了，我要睡了。”

风谣连忙叫住他：“那什么，我还有点事想问你……”

“什么？”他躺下去的动作一顿。

风谣从抽屉里抽出一个文件袋：“这个。”

——是顾凌铎带过来的东西。

林司南垂眸：“你什么时候拿出来的？”

风谣嘿嘿地笑着：“收拾东西的时候从那小子的包里顺出来的，他还没发现。”

她往床边一坐，唰唰翻开几页，林司南没吭声，就在她边上坐了下来，看她翻。

风谣翻了几页，忽然“咦”了一句。

那件事后，由于是她自己违规闯了毒工厂，主要责任也在她，汪清虽设法保了她，但她那会儿仍旧焦头烂额分身乏术，等到回过神来，事件早已尘埃落定。

当初那个调查员打断她的话，让她不要说没有证据的话，林司南之前又说认识那个当时在现场不停地和调查员咬耳朵的人，导致她本能地认为这个调查员绝对是收了钱的。

结果，好像不是这样的？

“……从现场的制毒试剂瓶身上检测到了小剂量的凝血剂，操作台上喷洒鲁米诺试剂和激发液后，有荧光反应。对此，当地毒工厂解释部分药剂是制毒过程中所使用的反应溶剂，鲁米诺反应为前一日受伤工人处理伤口后未清洗干净台面所造成的，但仍存在目击者所说的血液实验可能性……”

难怪顾凌铎能够在翻完资料后能那么肯定这件事对她很重要，原来那位调查员虽然在现场报告中隐去了她的真实姓名，却引用了她当时说的很多话。这些话虽然过去了几年，但她并没有忘记，她知道是自己当时告诉调查员的，调查员强调并质疑了血液报告的事情。然而，这份报告的审核批语却是证据不足，结案公示。

所有的质疑到这里突然就被抹平了。

林司南看着文件末尾的那个调查员签名，停顿了一会儿，他好像认得那个名字。

这个名字他在医院里的中层管理人员联系表上见过，院里每张办公桌的电热玻璃里面都有这么一张纸。这个人，好像是医院采购处负责医用器材质检的。

联系表每年都会更新一次，今年的原本应该换了，但是碰上了这次的传染病所以没换，上一张表上没有他的名字，也就是说，他来医院的时间应该不会超过两年。

不过他为什么要去坑了他前途的人所在的医院？

林司南想，或许是因为孙许给了这个人更好的前程，或者在他最难的时候拉了这个人一把。毕竟，孙一直都很喜欢玩这样的把戏。

想象一下那个调查员在三年前遇到了瓶颈，可能被所在工作单位责难或者别的什么，生活压力巨大或者正常生活都受到干扰，那么这时候如果有人向他伸出唯一的援助之手，设身处地地想一下，你会怎么做？不要太轻易为人性下论断了，正如当初的自己永远也想象不出，自己会“死”得那么惨。

但这些话，他一句都不会告诉风谣。

对他来说，风谣是比一般人要特殊那么一点点，但还没有特殊到让他愿意违背自己的原则向普通人类施以援手的地步。

果然，没有林司南这些信息作为线索的风谣研究顾凌铎的资料研究了半天也只是通过调查员的报告，证实了自己当年确实没瞎也没产生幻觉，实验是真的。

她回过头，看到林司南已经躺下去了，手枕在脑后，一双眼睛平静地注视着明黄色的顶灯。她干咳一声，把手中的文件夹搁在了床头柜上：“睡觉吧，明天我还得出去买东西呢？”

林司南：“你要买什么？”

“过年当然是要买年货了！当咸鱼这几年呢，我每天除了工作就是做饭做家务，然后差不多忙完了到晚上九点钟的时候就瘫在顾凌铎刚刚躺过的那个沙发上看电视或者看书，我过得真的挺自在的……但是，”说到这里，她话锋一转，望向林司南，面上露出如昙花一现般的笑容，原本平和的五官忽然好似生了辉，绽放出寻常难见的异彩，“如果要我因为三年前的那个案子，而结束现在这样自在的生活，我觉得非常值。”

岁月静好并没有使她失去锋芒毕露的勇气，三年如一日。哪怕是十年，仍如一日。

林司南听完一怔，顿了顿，开口道：“明天你不是要去买年货？自己提得动吗？要不要我帮你？”

风谣立刻高兴了，嘻嘻笑着："哎呀，我居然能差遣林医生帮我提东西啊，真是感觉太荣幸了，简直想发表一下获奖感言，我……"

林司南淡淡道："你再多说一个字，我立刻收回刚才的话。"

风谣果断闭嘴，生怕他反悔似的，伸手按掉了床头灯。

睡觉吧还是。

第五日·除夕

新年快乐，林医生

//

L I M I N G Z H I Q I A N B A O B A O N I

（1）

第二天早上七点半，风谣睁眼从床上爬起来的时候，第一反应就是看向床边，只见桌子已经摆回原位了，林司南不在，地上的行军毯和被子也安安分分地躺在柜子里原来的位置。

她心里一慌，急忙踩着拖鞋“嗒嗒”地跑下了楼，看到林司南坐在沙发上喝牛奶，终于长舒了口气：“呼——你在啊，我还以为昨天晚上其实是我做梦呢！”

林司南抿了口牛奶，抬眸看向她跑得只剩一只脚穿着拖鞋，似乎也觉得好笑，居然开口揶揄了她一句：“做梦会梦到我，不应该自己想想原因吗？”

回过神来的风谣难得闹了个大红脸，如果可以，她甚至想捶自己的脑袋：“晕啊，我到底在干什么……”

楼上传来地动山摇的脚步声，玻璃楼梯被踩得“砰砰”直响，她如蒙大赦，立刻扭头转向罪魁祸首：“顾凌铎你拆家啊？”

顾大少爷一头鸡窝被自己抓得蓬乱，睡衣松松垮垮的，半边肩膀都露在外面。报社里那些暗地里恋慕着他的年轻小姑娘估计怎么也想不到顾少爷早上刚睡醒的时候其实就这副德行吧。

顾凌铎的声音有些慌张：“你看到我那个文件袋了没有？我刚翻了包里没有，房间里四处找了也没有。我看你们家就是一栋临街的大厦，连个小区大门也没有，不会是进贼了吧？”

风谣无语：“大哥，这里是28楼，这要是都能爬进来那进的不是贼，怕是蜘蛛侠吧？”

坐在沙发上喝牛奶的某位“前·蜘蛛侠”闻言眉梢微微挑了一下，随后便事不关己地继续喝他的牛奶。

顾凌铎也不知道是不是刚睡醒所以脑子有点不利索，抓着他那鸡窝头干着急：“我放包里了啊！”

风谣：“在我房间床头柜上，我昨晚拿走去看了。”

顾凌铎扬眉：“你不经我同意偷我东西！”

风谣回敬：“你查我事情的时候经我同意了吗？”

其实她这话诡辩的成分居多，奈何顾凌铎现在寄人篱下，吃人嘴短，顶嘴也顶得不是那么有底气。

早饭过后，风谣带着个购物袋和林司南一起出了门，走之前问了顾凌铎一句：“你有没有什么特别想吃的或者要我们带回来的？”

顾凌铎：“太多了，我待会儿发你手机上。”

风谣：“您也是真不客气。行，待会儿发我手机上，我看着买。”

顾凌铎：“哦对了，出去之后记得锁门！万一我爸派人来抓……”

风谣“嘭”的一声砸上了门。

林司南：“的确是吵，比你还吵。”

风谣：“……”内涵他就不用带上我了，谢谢。

一个小时后。

风谣坐在副驾驶座上，看着手机上的记录本问正在开车的林司南：“我刚刚是不是已经跟你核对了一遍，要不我再念一遍你听听看还有没有少的？”

林司南隔着后视镜望了一眼堆着东西的后座：“别买了，已经够多了。”

后备厢已经装满了，不够放，多的那些容易倾倒出来的东西全都堆在了后座上。

顾少爷生活品质非常高，买东西之前还要指定店和品牌。他也就是运气好，碰上风谣在林司南跟前要脸，不然风谣早一个电话打回去喷他了。

风谣："算了吧，还剩最后一样了……哟！还是标注了一定要买的，前面的都不要但这个一定要有，这臭小子……"

林司南："地址报一下我输到导航里。"

风谣："胜记豆粉年糕，位置是在……"

林司南关掉导航界面："不用报了，我知道这家店在哪儿。"

风谣讶异："你去过？"

林司南一转方向盘，掉头："嗯，就在医院附近，偶尔会去。"

十分钟后，到达目的地，林司南将车停靠在路边。

风谣打开车门，跳下副驾驶座："这家好吃吗？有什么推荐没？我还没怎么吃过这种蘸豆粉的年糕。"边问，边偷偷观察着林司南的表情。

林司南："顾凌铎写了什么你买就是了。"

风谣："你不知道，那小子有怪癖，我以前看他拿白糖拌过饭，口味甜得发齁……我还是比较相信林医生你的推荐。"

林司南："嗯……肉松和黑豆的，都还不错。"

风谣笑了："原来林医生也喜欢吃偏咸一点的东西，收到！待会儿我会多买一些的！"

林司南意识到自己被风谣套话了，然而风谣早已经进了店里。他只好快步跟上去，随后就被门口戴着口罩的接待员给挡在了门外。

他望着那个接待员，冷冷道："什么意思？"

接待员有些为难地看着面前这个给她留下非常深刻印象的灰眼睛男人："那个……我之前见您来过，问过您是做什么的您还记得吗？我记得您说，您是中心医院的医生对吧？对不起，先生！真的非常对不起！我们老板有说过，大家都挺怕这个的，所以在您这医院工作的医生不能进来，怕把病毒传染给其他顾客！真的非常对不起，我不是有意的！"

也不知道是从哪儿传出来的谣言，别的东西不怕，倒害怕在前面挡刀救命的医生了。

此时风谣已经听到声音走出来了，叫住了那个诚惶诚恐的接待员："你别慌，妹妹！这事是你老板的问题，跟你没关系啊！"

林司南淡淡道："风记者你进去吧，我就站在门口等你。"

接待员十分愧疚，深深地对着林司南鞠了一躬："对不起，真的非常对不起。"

风谣隔了一些距离，对着门口一脸懊恼的接待员勾了勾手指，示意她过来，接着小声地靠在她耳边说了些什么，然后接待员就一脸恍然大悟地小跑着进去了。

林司南站在门口等了一会儿，风谣手上拎着两个糕点盒子，身后跟着小跑着的接待员。

风谣打开车门把糕点盒子放在了后座上，回头看到接待员手里拿着个什么东西正站在林司南面前和他说话，然后把手里的东西递给了他。

过了一会儿，林司南的手上拎着一个明显小很多又精致很多的小盒子朝她走过来，问风谣："你的主意？"

盒子上面贴着手写的"对不起"便条，里面还放了两份年糕，都是林司南喜欢的口味。

风谣笑着说："这是人家小妹妹自己的心意，我对林医生你的爱全在后座的糕点盒里。你一盒，顾凌铎一盒，可别说我亏待你。"

林司南顿了顿，然后反问："你爱我？"

风谣蒙了一秒钟之后，有点脸热："不是，你怎么每次重点都抓得这么清奇？"

林司南诧异地扬起眉，似乎是听到了什么匪夷所思的笑话，顿了顿，随即颇有深意地望着她："你居然爱我？"

这……

风谣一时都不知道该怎么接话，只得讪讪道："我说其实是你理解偏了你信吗……"

林司南没说"信"，也没说"不信"，只是垂在身侧的手慢慢抬了起来，向着风谣的脸试探着伸了过去。那双少见的灰色的瞳仁中倒映着她的身影，被这样的眼睛盯着看，风谣的脑海中忽然勾勒出了这样一幅画面：

传说中的吸血鬼在月光下拥抱着稚嫩美丽的少女，他在与他异族的爱人进行一场危险而浪漫的初拥。少女瘫软在他的臂膀间，沉醉在他迷离的眼神中，吻得不顾一切，飞蛾扑火……

“风记者！”

有人在叫她！

风谣猛地回神，看到面孔已经近在咫尺的林司南，忙不迭地往后退了一大步，还脚步虚晃了一下险些没站稳。要不是林司南眼疾手快地托了一把她的腰，估计现在她的后脑勺已经碰上瓷砖了。

市长秘书沿着斑马线从对面跑过来的时候，看到的就是林司南半搂着风谣站着的场景，一时有些尴尬：“啊……风记者，好巧在这里碰到您，正好，顾市长有些话想跟您说。”

风谣回头，看到马路对面果然停着一辆黑色的轿车，挂着市政府的车牌。

她顿了顿，冲着市长秘书意味不明地一笑：“路过？”

市长秘书：“林医生，请您稍等一下，风记者请随我来。”

风谣跟着市长秘书走到后座门边，市长秘书拉开车门，顾市长果然坐在那里，看到她拍了拍旁边的座椅：“上来吧。”

她上了车，坐在离顾市长稍远一些的地方，车门“嘭”的一声合上了。

顾市长：“刚刚去胜记买豆粉年糕了？”

风谣：“是。”

顾市长：“那小子吵着要的？”

风谣微笑：“市长先生之所以路过这里，应该也是想着今天除夕给顾凌铎捎这个豆粉年糕的吧？”

顾市长：“对，本来买完，开了车就准备去你家了。不过，那小子脾气大，我让人带去的，他未必会吃。你买给他倒给姚秘书省事了。”

风谣点头附和：“您是个好父亲，小顾他只是现在年纪小，有些不懂事罢了。”

顾市长盯着她，忽然哈哈笑了起来，笑得风谣一脸蒙。

“哈哈，说违心话啊风记者。”顾市长伸出一根手指，边笑边点着她，“那小子带了东西跑的还当我不知道，肯定什么都跟你说了。怎么，觉得我又是反对顾凌铎去医院，又是因为当年的事情反对你继续做他的实习老师，觉得我这个市长，也是你想象中的……那样？”

这种话风谣哪敢乱接，除非不想要饭碗了，连忙道：“不会，不会！您会这么想自然有您的考量，我没有多想！”

顾市长笑了笑：“没多想就好。其实我反对你做顾凌铎的老师是因为他这孩子的性格，你也知道，正义感强，人又好胜，不合他心意的话十有八九听不进去，本来就冲动，再跟了一个当年那样冲动的老师，那你们两个凑一起不得把天都翻过来啊？不过上次采访的时候，我看你变得稳重了不少，也就放心了。我平时忙，他母亲又不在了，那孩子打小就一个人，今年能跟你们一起过年，也能热闹自在点。”

风谣听出顾市长的意思是真打算把顾凌铎托付给她了，有些头大，但还是点了头：“好。”

“好了，别的我就不多说了，开门下车吧，我们要准备走了。”说完，他便摇上车窗，扬长而去。

林司南走了过来：“完了？”

风谣：“完啦！走吧，回家了……啊对了，今天晚上守岁的时候还可以发一条简讯，呼吁一下，市内仍在坚持营业的店铺，保护顾客值得鼓励，但不要再用歧视的眼光看待你们这些在前线工作的医护人员了。至于事件举例，隐去事件地点，既能帮助你们得到合理对待，还能让那小妹妹免灾，你觉得怎么样？”

林司南点破她：“刚才在店里就想好了？”

风谣嘿嘿笑着：“你还真是我肚子里的蛔虫啊，没错！像我这种老泥鳅可是最懂得怎样又可以保护当事人又可以达到目的了！”

“你不是老泥鳅。”林司南淡淡道。

他觉得自己只是在陈述事实。

风谣没听出他的言外之意，只当林司南是在夸她："那是！不是我跟你吹牛，像我这样的人，就算不做记者，无论去做哪一行我都能做好！"

从前无聊翻杂志的时候，林司南曾经看到过一个观点，说是一些由原生家庭造成心理创伤的儿童，一般会分化为两种截然不同的状态：

一种是自卑、敏感，极度缺爱、患得患失，这也是人们常说的原生家庭对人的不好影响；但还有一部分人会依靠自身强大的心理承受能力自我治愈，渡过这个难关。成年后的他们往往性格外向，比一般人更加坚强，并且可能在长大之后会将成长过程中缺失的那份关爱注入他人的身上。这也就是所谓的原生家庭的伤害并非绝对。

风谣大概就是第二种人。她似乎和家里关系不是特别好，一个年轻女孩子一直孤身一人在一座陌生的城市里漂泊打拼。她曾经遭受过严重的打击，甚至被迫放弃了自己的职业追求，很多人会萎靡不振、郁郁寡欢，但鲜有人像她这样接受现实，把自己放空，然后开始享受生活。

确实如她所说，会适应环境的人，到了任何一个地方，从事任何一个职业，都能够做得很好。

"走，我们回家吧。"他收回思绪，示意风谣该走了。

风谣："啊……走了！你还有什么东西想要买吗？我们还有时间！"

林司南打开后备厢："不要，再买你家就没落脚的地方了。"

风谣："啊……也对，顾凌铎可真能买，你说我刚刚怎么就没想到给他老爹开一张账单呢？"

林司南瞥了她一眼，合上了车后备厢："开呗，现在还来得及。"

风谣讪笑："算了，我开玩笑的。"

（2）

"一，二，三！干杯！新年快乐！"

三只酒杯碰在一起。

风谣："八点了，八点了！赶紧开电视！春晚马上要开始了！"

顾凌铎："我都八百年不看春晚了。"

风谣打开电视，换台："那麻烦少爷您今年就纡尊降贵，赏脸破个例。"

电视换到1台，几个年轻的当红偶像已经一身喜气洋洋的新年红开始表演开场歌舞了。

风谣："去给你的市长爹打个电话报平安吧，否则我很担心这大过年的我们家会被警察围住打拐。"

顾凌铎冷哼一声："你自己怎么不打？怎么？难不成你也是离家出走？"

风谣嘴角一扯："瞎说八道些什么呢！打就打，我还怕你不成？"

看着她拿着手机上了二楼，顾凌铎耸了耸肩："说起来，认识她一年，还是第一次听她提到父母，搞得我还以为她是石头缝里蹦出来的。当然了，保不齐也和我一样有个不靠谱的爹，呵呵。"

林司南睨了他一眼："顾凌铎，我劝你管好自己那张嘴。她觉得你年纪小不和你计较，我可没有你们这儿尊老爱幼的习惯。"

顾凌铎自知理亏，但仍嘴硬："我……"

林司南不喜欢顾凌铎，不愿和他待在一起，就也跟在后面上了楼，正好看到风谣站在二楼的台阶中央揉眼睛。

风谣听到脚步声，回头一看是林司南，愣了愣："哎？你怎么上来了？"

林司南："又是因为家里人？"

风谣："没，就眼睛盯久了屏幕，有些疼，我揉揉。"

林司南："撒谎。"然后趁她不注意，轻轻抽走了她手上的手机。

手机上，她妈妈回复给她的短信内容："上次让你问的事情怎么样了？要是有什么预防的特效药的话你也给家里搞一点，别老想着你自己，家里还有一个弟弟呢……"

风谣背过身去，被人窥破自己秘密的感觉令她有一丝难堪，仰着头用指尖拭掉眼下泛酸渗出来的那几滴泪水，强笑道："咳……我是不是有点太矫情了？可能今天过年吧，真的，我都嫌自己矫情……不好意思啊林医生，让你看笑话了。"

林司南把手机还给她，没有对短信的内容发表评价："你需要冷静一下，我现在下楼去，过一会儿再给你拿纸巾上来，不会告诉顾凌铎。"

说完，他转身预备下楼，这时一只手拽住了他的衣角。

林司南回过头盯着她的手："嗯？"

风谣的脸上难得露出些许脆弱的神情："陪我待一会儿行吗？就一小会儿。"

林司南顿了片刻，忽然伸手把她的头按到了自己肩膀上："哭吧。"

风谣被他突如其来的举动弄得一愣一愣的，停顿了许久，才默默地把头埋进去，低声道："我其实不是很想哭，偶尔还有点想笑。"

林司南终于没有拆穿她这副逞强的样子："嗯？"

"我这么想的，他只不过比我小几个月，现在我已经自己生活几年了，他还待在家里啃老。真可怜，二十多岁的大男人了，连自主生活的能力都没有，与其说我羡慕他，不如说我同情他永远都要受人家异样的眼光。"

林司南淡淡一笑："你想得挺开？"

风谣那点眼泪早在林司南肩膀上蹭干净了，她仰起头来为自己辩解："我说的是发自肺腑的事实好吗？"

林司南眉梢微挑，似乎在问她，哦？

这时楼梯上传来一阵破坏性的"咔咔"脚步声，伴随着顾凌铎中气十足的抱怨："这二楼是会吃人吗？你俩上去了就都不下……我去，屋子里还有个会喘气的活人呢，你们能不能注意点！"

他在楼下干坐着看了两个舞蹈、一个魔术，无聊到要吐，上楼来找人，结果一抬眼看到的就是这两个人抱在一起的画面。他捂着眼睛一声怪叫，背过身去。

林司南松开了风谣，冷冷道："不如你出去？"

顾凌铎身子没转过来，但是吼人的声音很大、气势也很足："这也不是你家，你让我走我就走啊！"

风谣接连两次被自己的学生撞上尴尬的场面，作为老师她的面子实在是有些挂不住，干咳一声："无聊啊？不是给你买了那么多吃的，你去吃啊！"

顾凌铎："刚吃完晚饭又塞那么多零食，你当喂猪呢！"

风谣嫌弃道："你可别埋汰猪了，养猪可比养你容易多了。说吧，你得干点什么才能安生下来？"

顾凌铎立刻扭脖子："你给我安排点工作吧？"

风谣看顾凌铎的眼神瞬间变得一言难尽："过个年不想着吃吃喝喝居然想着要工作……顾大少爷，你别是已经变态了吧？"

林司南轻描淡写地建议道："成全他呗。"

于是，风谣把早上记在本子上的那个关于不要歧视医生的素材给了他。

顾凌铎接了本子，然后摊手："你当时没带摄影机，那手机上有没有店面图？把拍的图给我用一下当配图。"

风谣："没有那种东西，发了人家的店面实拍图你是想让人家被网暴然后倒闭是吗？"

顾凌铎耸肩："那活该啊，谁叫他们不讲道理在先，怕死的歧视救命的，有没有点良心啊？"

风谣指了下沙发上的林司南："我看你啊，什么时候对林医生能礼貌点，什么时候再来义正词严地说这番话吧。"

顾凌铎被噎，自知理亏，闭了嘴。

他抱着本子"嗒嗒"跑上楼，风谣瘫坐在林司南旁边，落下一句："终于清静……"

话音未落，二楼"咔咔咔"的脚步声又响起来了。

风谣无奈，高声问："你又怎么了？"

顾凌铎回她："你那个衣帽间没门没窗没桌子，我跪那儿跪得膝盖上面一道一道的红印子，写东西不舒服！"

风谣磨了磨牙，皮笑肉不笑地问他："那你想坐哪儿呢？"

顾凌铎站在二楼中间，伸手一指对面风谣的房间："那儿有灯有桌有窗帘，还有书架和工作台。"

"行……你坐。"风谣觉得自己年纪轻轻可能就需要一颗降血压的药了，"但你要是敢乱动我东西，我就打断你的狗爪子！"

顾凌铎不屑地哼了一声："嘁，谁稀得看你东西！"

房间里，顾少爷效率极高地发完了风谣嘱咐他发的稿子，边发边吐槽："连配图都没有，看来只能写短讯了。"

做完这些之后，他抬头看了眼书柜上的电子钟，才发现现在连晚上十点都不到，太早了，他真的不想下楼坐到那两人中间去看节目了，真是要多无聊有多无聊。

于是，顾凌铎便打开笔记本电脑，百无聊赖地在各个软件里瞎点，看看能不能找点别的事情做。

这时，他听到自己的电脑传来一声"叮咚"的提示音，是邮箱收到了新邮件。

顾凌铎"咦"了一句，随即点开了邮箱，看看是谁给他发消息了。

然而只这一眼，他的视线便黏在屏幕上，再也动不了了。

与此同时，楼下。

风谣和林司南两个人并排坐在沙发上，电视上正好在放一个讲相亲的小品，内容极其尴尬，看得风谣"尴尬癌"都快犯了，扭头想跟林司南吐槽几句，却发现对方居然把无论在室内室外一直系得紧紧的领带给卸了。

之前护士站的小护士有说过，林医生有一大怪癖就是一年四季脖子上围东西，冷天戴围巾，热天戴领带，生怕人家看到他脖子。刚听到时她还觉得这位林医生禁欲人设立得真是做作到飞起，后来才知道是要挡他脖子上面这些黑色的文身。

林司南似乎察觉到了身旁的目光，回过头来，发现风谣在盯着自己的脖子看。

他怔了一下，随即了然。当初重华在的时候，怕别人看到他脖子上的这个花纹把他当成妖怪，还特意让他每日在脖子上围一条白巾。

果然，风谣也不例外。

他的心中平白生出一股厌恶的情绪，伸手盖住了那片黑色的花纹，起身淡淡道："我明白了，我这就去把领带重新系……"

说着他就要起身，风谣似乎反应过来他误会了，连忙伸手拉住了他，语速飞快："遮什么遮？哪里奇怪了？这个花纹好看！特别好看！我刚才那是看傻了！实话跟你说，我第一次看到你脖子上这个就觉得自己看过的所有西幻小说的男主从此都有了脸。盖住干什么？好看！别人想长还觉得脸配不上呢！就比如，就比如……你让顾凌铎长一个他脸搭吗？"

林司南怔住了，他还来不及做出反应，二楼就传来一个悠悠的声音："倒也不必这样背着我拉踩。"

风谣惊讶："小顾你可以啊，冲浪达人啊，连拉踩都知道。"

顾凌铎的脸上是一目了然的骄傲，他半倚在楼梯扶手上，姿势中二又做作，看得风谣眉毛一挑："别在那儿凹造型了，有话快说！"

顾凌铎干咳一声："我刚刚收到了一封……咳咳，匿名邮件，里面有些内容你应该会挺感兴趣的，要不要一起来看看？"

风谣联想起下午顾市长的态度，又看着顾凌铎那欲言又止的样子，明白了："行，看看吧。"

顾凌铎原本已经做好了风谣仍然不让他掺和，两人得磨叽很久的打算，没想到她这么爽快就答应了，这让顾凌铎简直有些始料未及。

风谣见他愣怔，嗤了一声："你发什么愣呢？"

顾凌铎："不是，你就……就这么……"

风谣睨着他："啊，那不然呢？"

她是不希望顾凌铎掺和进来的，但是人家亲爹都没意见了，那她还操这个闲心干什么？

顾凌铎听着听着，眼睛慢慢地亮了起来。

风谣看到这种少年亮晶晶的眼神就有点脑壳疼，尤其是在顾凌铎这种以鼻孔看人为爱好的人脸上出现，她脑壳就更疼，你简直对他说不出重话。

憋了半天，她终于甩出一句软绵绵没什么力度的威胁："让你干什么就干什么，没有我的同意不准放飞自我，答应吗？"

顾凌铎转身就往二楼跑："那还等什么！上二楼啊！"

风谣看着顾凌铎匆匆跑上楼的背影，边摇头边叹气，忽然僵住。因为她悲哀地发现，自己面对顾凌铎的样子真的很像他的老母亲。

年纪轻轻的，还没谈恋爱结婚呢，她就先体验了一把老母亲的感觉。

身后，林司南问："你们两个要讨论多久？快十二点了。"

风谣一愣："你不一起吗？"

林司南摇头："没兴趣。"

对于孙做的那些事情，他看不上眼，但也不会去阻碍，这是他的原则。另外，顾凌铎和风谣这两人现在一没有证据二线索也不充足，讨论大概率是白白浪费时间。

不过，后面这句话他不打算说出来，免得泼冷水打消这两人的积极性。

风谣大概也是明白林司南经历了那些事情之后，对他们这些普通人是生理厌恶，不报复回去就不错了，帮助是绝对不可能的，自然也就不会再追问下去了。

"那你要先去休息吗？"她问。

"嗯。"他点点头，"还有，你一点钟之前，必须回来。"

风谣一怔，随即便有些忍俊不禁，揶揄他："林医生，你现在可是在我家，住在我的房间里，你还要给我设门禁？"她言下之意是，你难道是把我当成你什么人了？

林司南倒是没想那么多，他纯粹是觉得要是风谣回来得太晚会打扰他休息。

"门禁……"他顿了顿，随即抬眸凝视着她，望得风谣呼吸一窒，"如果你们这里是这么叫的，那么是的，我在给你设门禁。"

风谣觉得自己又有点上头了，脚步有点虚浮。

林司南见她愣在原地，上前一步扶住了她的肩膀。

风谣不解："喂，你……"

林司南扶着她的肩膀，把她的身子转向楼梯，弯腰对她说："快上去，免得顾凌铎又把房间占了。"

他喷出的热气扑在她耳边，刺激得她一个激灵！

上头了的风小姐三步并作两步上了楼梯，转弯的时候还因为没站稳被绊了一下，踉踉跄跄地来到自己房门口，"唰"一下拉开那扇磨砂玻璃门："走，咱俩抬桌子去对面。”

顾凌铎不乐意：“干吗这么麻烦？”

风谣走进来从桌子上抱起了笔记本电脑：“你要熬夜玩我陪你，林医生要休息了。”

顾凌铎的表情有些酸溜溜：“色心上脑就直说啊，别天天一口一个林医生地遮掩了，重色轻友。”

“哇，你终于把我当朋友而不是仇人了，太感人了。”风谣在自己的学生顾凌铎面前，向来是一副理直气壮、没皮没脸的样子，“我就重色轻友，就是看到林司南那张脸脑子就宕机了，有本事你咬我……不是，你干什么突然一脸幸灾乐祸的表情？”

顾凌铎干咳了一声，戏谑的眼神不停地往她身后扫，悠悠道：“没怎么，就是有点替某些人尴尬。”

风谣猛地回头。

林司南一脸淡定地站在门口，而且看顾凌铎刚才的表情，他显然什么都听全了。

一瞬间，她觉得自己快要尬死在原地了。

林司南一副什么都没发生过的样子：“东西都收好了吗？”

风谣假笑：“好了，这就走。”说着，她一把揪住了顾凌铎的后脖领子，一边对着林司南尬笑，一边将人往外拖。

临关门的时候，林司南又指了指桌上的电子钟：“最晚一点，别忘了。”

风谣微笑：“好的。”

玻璃门被拉上，那张精致的面孔从她的视线中消失。她长舒了一口气，松开了顾凌铎的衣领。

顾凌铎如释重负，趴在地上大口大口地喘气，然后给了风谣一脚：“你想掐死我？”

风谣的脑子已经从宕机状态中回血了，点了点头，口齿清晰：“想。”

顾凌铎恨得牙痒痒。

（3）

桌子被抬进隔壁房间规整好的时候，刚好午夜十二点。新的一年开始了。

窗外响起了一声不高的“噼啪”，然后又很快消失了。大街上没有人，天空中没有烟花，到处都是黑漆漆空荡荡的，楼下电视机里几个主持人说着吉祥祝福的声音，居然显得有些寂寞。

风谣：“城里过年不准放鞭炮，刚才估计是哪家孩子在玩摔炮吧？”

顾凌铎打开了电脑：“现在过年都没什么氛围了。”

风谣点开了顾凌铎的电子邮箱。

里面不是电子文件，居然是拍的照片，看起来有点费眼睛。

首先是一个调任文件的复印本，上面是风谣的名字，记录的是关于风谣调回 S 市的批复同意文件书。这东西她见过，要没汪清，她饭碗早丢了。

接下来的一本是关于实验内容的介绍，顾凌铎下载的公开版本中，否定了调查员所说的“实验”一事，但是在顾市长给的这份文件中，第一次登载了这个实验项目的名称。说起来，这个项目来历还挺大，难怪不能公开。

项目名为“新生计划”，项目的投资来自全球各国的私人基金、商会，一看就是那些有钱人钱赚够了又想永远让自己的财富留在自己手上。长生不老，对于这些有钱多病快死的人来说，确实诱惑力极大。

项目的大致内容和人类历史上各朝各代追求的长生不老区别不大，只不过换了一个好听一点的名称，叫作“无限细胞繁殖计划”。它的逻辑立足点便是之前说过的癌细胞繁殖，是对近几年非常流行的“杀死衰老细胞达到寿命递增”的实验的一次进阶，比全身更换器官这种大手术更是不知道高级了多少个档次，更别提项目的创始人孙爱仁手上有其他人没有的实质研究样本——零号实验样本，也就是林司南的血液。难怪会受到投资人的追捧。他不是说空话，他这是拿出了实际证据啊。

这上头说，他们通过分析零号血液样本，发现该血液样本中的衰老细胞会被原身提取者自身的细胞给吞噬并杀死。从零号样本中提取出的 DNA 链条，也和寻常人存在极大差别，并且当零号血液样本被注入到其他一般血液样本中时，该样本内的DNA链条会发生改变，并和零号的无限趋近。

换句话说，要是有办法把全身的DNA都转化成和零号一样，那长生指日可待啊。但是哪有那么容易，真这样林司南早就被成天绑在椅子上当血包抽了。

他们在研究过程中发现，零号血液样本内的细胞活性在注入其他样本后，活性会急速减弱，也就是说，是可以改变DNA，但是时间很短，不能长时间维持。

所以，他们现在的研究攻克重点就是，该通过何种药剂来保持注入到一般样本中的零号样本内的细胞活性。

此时顾凌铎早就回神了，凑到了风谣的后面跟着一起看，虽然他才刚瞄到一个名字，看得有点慢："这个项目负责人孙爱仁是中心医院的那个院长？"

风谣："嗯。"

顾凌铎："哇，这名儿取得真得劲。"

风谣听出了他的嘲讽，笑了一声，难得有她觉得顾凌铎嘲讽得真棒的时候。

研究所的总部设置在J国有名的制毒三角区，借着混乱的毒品交易掩人耳目。

项目负责人虽然是华国人，但是地点设在海外，注资也在海外，甚至项目在海外还合法立项了。所以严格意义上来说，这事儿不在华国的管辖范围内。

那边顾凌铎好像往下稍微多看了一点："这个零号实验样本哪儿来的啊？真这么反人类啊？"

风谣："人在对面，自己去问。"

顾凌铎整个人蒙了一下，然后直接爆了句粗口："我天……林司南这么异类的吗？"

风谣抬起头，对他笑了一下："相信我，你如果当着他面这么说他的话，我保证就算他不动你，你也会死我手上，记住了吗亲爱的？"

顾凌铎冷哼了一声，闭嘴。

他早看明白了，风谣在林司南那儿，根本就是毫无底线。

两人翻看了一会儿，都没什么头绪。

顾凌铎：“既然你说对面那位林医生是那个什么零号实验样本，那他作为当事人，你和他的关系又……这么特殊，你直接问他不就好了，多省事。”

风谣瞥了他一眼：“别想。我不问，你也不许问。”

顾凌铎这下是真的无语了：“为什么啊？”

风谣别过了头：“别问那么多了。总而言之……他不想说的事情，我是不会多过问的。”

林司南似乎对这些事情很忌讳，每次她提到都会被他不动声色地避开，看来是不想多说。

罢了，那便不问了，自己去找答案也是一样的。

对于她来说，身边的人的喜怒永远是排在第一位的，这是她做人的底线。

深夜一点还差几分钟的时候，风谣蹑手蹑脚地拉开了玻璃门。林司南正和衣睡在地上，身上还盖着她特意给他翻出来的棉被。那棉被非常厚实，就是被套太花了，盖在那么清冷的林医生身上，委实有点滑稽。

之前两人中间摆着张桌子，但刚才他们把桌子搬到对面去了。没了遮挡，她只能小心翼翼地避开林司南的身体，生怕自己一个不留神踩到他身上了。

终于，她一屁股坐到了床上，如释重负地舒了口气，然后伸手按灭了仅剩的那盏床头灯。

黑暗中传来一声淡淡的：

“新年快乐。”

风谣怔了怔，随即脸上露出了微笑。

新的一年已经到了，虽然开局不是那么完美，但这是她今年听到的第一声新年祝福。

“新年快乐啊，林医生。”她喃喃道。

第六日·同行

你喜欢我吧

//

L I M I N G Z H I Q I A N B A O B A O N I

（1）

新年第一天，上午八点整，整个S市中心医院全员到岗，正常上班。

本该在家睡懒觉、看电视、走亲戚的年轻人，一个个返回到自己的工作岗位上，守好生命的最后一扇大门。

风谣他们三个人是一起从医院大门进来的，两男一女，其中一个还是医院里长相出了名的林医生，别提多显眼了。果不其然，经过一楼护士站的时候，好几个小护士看着风谣笑，弄得她非常尴尬。

林司南的手机忽然“叮咚”响了一声。

他拿出手机看了一眼，然后发出一声轻嗤。

“怎么了？”风谣好奇地探过头去看。

是微信院群消息，通知大家八点半开职工代表会，说是院长有重要的事情要宣布。看林司南的表情，似乎是对孙院长要宣布的事情已经有了预料。

风谣：“那你去开会，我和顾凌铎去休息室啦！”

话音刚落，远处走廊里就跑过来一个护士打扮的人：“两位记者朋友，麻烦你们也一起来一下，院长说有重要的事情要宣布，可能需要你们记录一下。”

风谣有点迟疑：“不好意思，这个……我们事先没有接到通知，所以按照规定的话，院内的这种大会拍摄我们……”

她话还没说完，她的手机就先响了一下。她点开一看，是报社那边来的信息，说是今天中心医院有一个重大项目要宣布，和报社这边谈好了要做独家，让风谣和顾凌铎两个人去拍。

项目？风谣眉梢一挑，什么重大项目？

不过，她也没多问。

风谣："流程图有吗？临时通知我这边没准备采访提纲。"

小护士："有的有的，您跟我来……"

S 市中心医院是全省资格最老、规模最大的综合性医院，也是全国知名医院之一，全院在职员工近 3000 人，其中高职评级以上 570 多人。这次支援活动，中心医院派遣了 5 人并入国际医疗援助队，联合接管 J 国的 CCU 重症病房。

顾凌铎揭掉了镜头盖，对准了主席台正中央的孙院长。除了他们两个，报社那边还另外派了两个同事过来负责举拾音棒和负责监控器。

风谣和顾凌铎对视一眼，心说这阵仗弄得还挺大，看来是真有大事要发生啊！

"同志们，"孙院长站在台上，台下响起了雷鸣般的掌声，他点了点头，笑容满面地看着下面的人，"下面，我有两个好消息要宣布。"

"第一件事是大事，事关国家。"他说，"我们很荣幸将派遣本院 5 名骨干并入国家救援队中，对远在 J 国的国际友人们进行人道主义援助。"

台下掌声雷动。

"第二件事，和我们自己院里有关。"说到这里，孙院长顿了顿，居然卖了个关子。

台下杵在摄影机后头的两位职业"表情分析"人员对看一眼，都从对方眼中看到了相同的结论。

顾凌铎虽然年轻冲动，偶尔有点缺心眼儿，但是认真起来脑子是没什么问题的。他撇了撇嘴，望着台上的孙院长不屑道："装得挺云淡风轻的，其实那嘴角都快咧到耳朵根了吧？"

风谣深以为然。

孙院长的眼中隐隐含着些难抑的兴奋与狂热。他本来就是个极不安分的人，只是在距离目标还有较远距离的时候会把自己藏得深一点罢了。

拿这次的突发病毒来说，顾凌铎的报道刚露出一点苗头的时候，孙院长就主动联系了城报，派下来风谣和顾凌铎两个驻院记者。紧接着就立刻将门诊大楼进行分区，划定了隔离区和普通区，分两条通道疏散人群，不但提高了急诊的就诊效率，还尽力争取了在源头上把传播途径掐死。

而他做这些的时候，市内其他医院都还没反应过来。于是，这样的高工作效率立刻得到了市内的表扬，孙院长也就如愿成了被拿出来做优秀典型的标兵、楷模。

严格来讲，对于整个医院来说，他是一位非常优秀的院长，这毋庸置疑。

但事实是这样的吗？

孙院长卖了半分钟关子，终于不疾不徐地做了个手势，一束聚光从众人的身后射来，打在了面前的投影幕布上。

“我要向大家宣布一项即将完成的跨时代的项目，”孙院长的声音已经通过主席台上的话筒传了出来，“它是由我们，以及我们的协作医院和协作科研室共同研究完成的，它的出现将会改变我们人类目前的生存格局，打破生老病死的定律！”

此言一出，四下皆震惊。不光台下的人沸腾了，站在台上吊着拾音棒的报社同事，也不由自主地把举着的东西凑得离孙院长更近了一些。

打破生老病死的定律！这绝对是许多人最梦寐以求的事情了！从人类的先祖开始，就有许多人通过各种方法，不断地追求着终极的长生！如果真的可以实现长生的话，那绝对是跨时代的成就！孙院长这个负责人应该成为院士，不，他应该名垂青史！

顾凌铎站在摄影机后面，正在按部就班地推着机器取全景，现场人的激动和沸腾落在他眼里，就是被愚弄而不自知的愚蠢：“我说，这个姓孙的干什么院长啊，屈才了，有这口才他应该去干传销。”

没错，他展示的正是昨晚风谣他们在电脑上看到的那个“长生计划”，只不过，孙院长公布出来的这个版本可比他们看到的“干净”多了。

风谣偏了偏头，示意顾凌铎看下面欢腾的群众，却在不经意间和坐在人群中的林司南对上视线。

林司南或许是在场少有的几个平静的人之一，他对上了风谣的视线，又淡淡地挪开，仿佛在场所有人在他眼中都是一群在演滑稽喜剧的演员。众人皆沉醉在戏剧荒诞的氛围中，而他，是那个坐在观众席上清醒而孤独的看客。

风谣抿了抿唇，收回了视线，对着顾凌铎说：“可偏偏就是这么一个在我们眼中狂热的传销头子，现在获得了所有人的欣赏和尊敬。”

顾凌铎闻声，不屑地哼了一声。

以他的正义感来说，这种场面真是看得他肺泡都要气爆炸了。

风谣瞄了他一眼，低声道：“安分点别惹事，要吐槽，回去我陪你吐个够。”

顾凌铎小声嘀咕了一句：“谁要你陪着吐槽啊……”

但他还是强行将胸中那股凝滞的郁气压了下去。现在，他倒是想丢掉科学观，恨不得自己能像电影里演的一样飞天遁地惩恶扬善，好歹还爽，不用像现在这么憋屈。

他盯着镜头里的孙院长，似乎想用眼神将对方凌迟了。

忽然，他顿住了。

顾凌铎极小声地“咦”了一句，连站在他身边的风谣都没听到。他的手指转动了前面的焦圈，似乎想看得更仔细一些。

台上，孙院长神色从容地将他的项目内容娓娓道来，然而他的视线却并没有像正常演说者一样聚集在正前方，而是落在了偏一些的地方。不，不对，不是聚焦，是他时不时地会往那边瞥一眼，然后脸上露出似有若无的微笑来。

他在看什么呢？

顾凌铎狐疑地顺着孙院长的视线方向看去，那是会议室的角落里，坐着一个没穿白大褂的中年男人，挺扎眼的。他看上去不是医生，还一个人坐了一整排。

不过，吸引顾凌铎目光的原因却并不在此。

他在疑惑，他觉得，这个人似乎有点眼熟，似乎就这几天在哪儿见过。

在哪儿呢？

他似乎想到了什么，鬼使神差地从口袋中掏出了手机。

旁边的风谣察觉到他掏兜的动作，瞥了他一眼，看到他在玩手机，还有点惊讶："哇哦，今天太阳真是打西边出来了，你居然还有摸鱼的时候？"

顾凌铎翻了个白眼，没有争辩。

风谣耸了耸肩，只说了句"就算再讨厌，这也是工作"就把视线重新转回到台上去不管他了。

顾凌铎用手机登录了自己的邮箱，打开那个匿名账号传过来的邮件，循着记忆双指将图片这么一放大。

是了，难怪眼熟，那位没穿白大褂的仁兄不就好好地在上面站着吗？

在 J 国现场调查图的正中央，那个抱着本子站着的调查员，居然出现在了中心医院职工代表大会的会场上。

职工大会结束后。

风谣走过去和报社的两个同事说话，说完回头一看，顾凌铎连机器都没收，人居然不见了？

她叫住了站在门口负责签到的那几个职工："您好，请问有看到我那位摄影的同事吗？"

职工："哦，我看到他出去了。"

风谣："您记得他是往那边去了吗？"

职工："呃……没注意，不过应该不是去卫生间了，卫生间在反方向。"

风谣看着面前那条闪着荧光绿安全灯的幽长走道，即便是白天，这里的光线也稍显黯淡些。不知道为什么，她总觉得有点心绪不宁，总觉得顾凌铎突然不见了不是什么好兆头。

她顺着那条走道不断地往前走，穿过了好几个关闭的办公室，终于在一扇金属大门前停住了脚步。

她来过这里。

这里是连接普通区和隔离区的安全通道，第一天来医院的时候，她曾经和戴着口罩满身血腥味的林司南撞到过。对方从她的眼前忽然消失，从而提醒了她一切的异常。

那么，顾凌铎现在在哪儿？

（2）

此刻，顾凌铎正死死地贴在一扇门背后，他强忍着不敢大口呼吸，却仍然能够听到自己胸腔内传来的剧烈的心脏跳动声。手里握着的那个小小的录音笔，几乎都快要被他手心里的汗给湿透了。

学生时代他曾被人怂恿着去和班主任叫板，最后校长把顾东源都请来了，在办公室里当众训他的时候，他都没这么紧张过。

他一只手拿着录音笔，另一只手的拇指却放在手机的信息编辑界面上，迟迟没有按下。信息的输入界面上，写着“风老妈子”的名字。在顾凌铎的眼里，处处操心提点他的风谣，简直就是个死盯着他的老妈子。

可最终，他还是没有按下发送键，而是将手机收回了口袋里。

不能遇到什么危险都下意识地找风谣，给她添麻烦不说，他那所谓的早日脱离实习期，不就成了一场笑话吗？

顾少爷在安全和脸面之间，最终还是选择了脸面。

是的，察觉到有异之后，他没有跟风谣打招呼，便偷偷地跟踪孙院长来到了这个地方，果然撞见了孙院长和那位调查员会面。

里面的两人爆发了一场激烈的争吵，不过说是激烈，更多的应该只是那位调查员在对着孙院长怒吼，而被喷了一脸唾沫星子的孙院长只是微笑地看着他，似乎毫不在意他对自己的攻讦。

“别那么大脾气，成林，”孙院长笑着说，“你的声音太大了，容易把人引过来。”

调查员，不，成林冷笑了一声：“院长你都已经做好了公开项目，接受鲜花和掌声的打算了？那按照约定，你是不是应该让我结束这个令人恶心的工作，让我离开了？”

“你要走吗，成林？”孙院长一脸惊讶的样子，“我们之前付出了那么多，现在可是收获回报的时候了。”

成林冷冷道：“不必了，谢谢。”

“这样啊……”孙院长的脸上露出了些许遗憾的表情，“你这样中途离开，那我就很伤脑筋了……”

成林的表情中流露出了一丝警惕。

“别紧张。”孙院长微笑道，“在此之前，我还得先把门口闯进来的小老鼠清理一下，你能给我几分钟吗？”

不好！被发现了！

顾凌铎心中一凛，刚想转身逃跑，就感觉脖子上传来了一阵锥心的刺痛，仿佛有人将针硬生生地扎进了他的骨头里。

真痛啊……

心脏仿佛被人揪住了一般，传来麻痹的窒闷感，大脑缺氧导致眼前的光影斑驳成了成片闪烁的黑点，“扑通”一声，他不受控制地摔倒在地上，从心脏处升起的麻痹感蔓延至全身的肌肉。

他动不了了。

人生第一次，顾凌铎感受到了死亡逼近时所带来的彻骨寒意。

一双黑色的皮鞋踏入了他的视线内，有人将他的头硬生生地扳了起来，看清了他的脸。

“唔……我还以为是那个女记者，怎么是你？”他迷迷糊糊地听到那人这么说，“啧……这就有点麻烦了……”

“嘭”的一声，那人松了手，顾凌铎的头失去支撑，硬生生地砸回了大理石砖地面上。

“再给他补一针，”那人轻描淡写地说，“可千万别让我们的顾大少爷醒过来啊。”

“是。”

顾凌铎那双因为放手机还没来得及抽出的手颤抖着，凭借着最后能动用的力量，摸索到了屏幕最下方的地方，然后狠狠按了下去。

——快拨键，1，通信中。

与此同时，他脖子上一凉，最后一管药剂注入到了他的身体中。

他的手彻底不动了。

“嗯？口袋里是什么？”说话的人没有急着捡走他手里的录音笔，而是敏感地摸进了他的口袋中，“哟，快拨键？”

电话已经接通了，手机传来一个女声“喂”的声音。

说话的人想都不想就切断了电话，将顾凌铎的手机检查了一遍之后，顺带删掉了顾凌铎录音笔里面的内容。

“顾少爷果然不是一般的小老鼠，可真会垂死挣扎。”他笑着说，“走吧，马上就要有人来了。”

风谣发现顾凌铎的时候，他就趴在走廊上昏迷不醒，不知道是不是被什么人给丢到了这里，他身上的东西一样没少，但似乎都被清理过，唯独只有手机里留下了打给风谣的那个通话记录。

可见下手的人心思缜密，完全清楚什么东西该留什么东西不该留。

至于顾凌铎本人，他大概只剩一口气了。

站在一旁的林司南只是扫了他一眼，就下了定论：“快打 120 吧，不然就救不回来了。”

风谣看着倒在地上的人，脑子轰地震了一下，她想起了三年前的江年。

在市里最大的综合医院打 120 急救电话喊另一个医院的救护车来接人，接到电话的那家医院听到她把地址报完之后差点以为她在开玩笑。

“快点！”风谣冷声道，“告诉你的上司，要是不想等着市长追上门问责的话，就赶紧派救护车来救他的儿子！”

在等待另外那家医院的救护车来的空当，风谣也没让顾凌铎就那么躺在那儿干等着，而是迅速找来了医生进行急救。

顾凌铎也不知道是被人注射了什么，居然心跳弱得都快停跳了。来的医生也不敢马虎，连急救室都来不及去了，就地给他做起了心肺复苏。

剩下的一个医生擦了把跑出来的汗，问道："顾记者怎么突然就这样了？他有冠心病史吗？"

风谣："没有，顾凌铎假期时最喜欢滑雪和冲浪，这两项运动里哪一个像是心脏病人的爱好？"

医生点点头，那倒是，心脏病人连剧烈运动都不行，哪里有命做这种极限运动？

于是他对风谣说道："那就有点奇怪了，我看他的状态有点像心肌梗死，但是现在没做检查不太确定……不过风记者，你们确定一定要转去别的医院吗？我们医院虽然擅长的是感染科，但是别的科室综合能力都不差的啊，为什么不就近治疗？"

"一定。"风谣的眼中没有丝毫的犹豫，"我的学生是在你们医院突然倒下的，说不准和你们这里的环境有关系？"

对面的医生虽然想说怎么可能会是环境影响呢，但考虑到病人确实是莫名其妙地倒在他们走廊这边，秉着多一事不如少一事的原则，就不阻止病人家属的决定了。这个顾记者现在半死不活的，万一留在医院里真出了事，他们可担不了这个责任。

风谣其实并不认为这和环境有什么劳什子的关系，她只是明白顾凌铎留在这里，根本不安全，甚至很有可能就真的再也醒不过来了。

另一家医院的救护车很快就到了，几个人跳下车来匆匆忙忙地用担架将顾凌铎给抬了上去。风谣也立刻跟了上去，神色十分焦虑。

她在打电话，林司南看得出来她十分自责。那种自责是从骨子里透出来的，即使她并没有开口表达出来。或许是看到这样的情景，让她想起了三年前的经历。在她的内心深处，一定有一个声音在提醒、暗示着她，是因为她的缘故才把顾凌铎害成了这样。

你看看，三年前是这样，三年后还是这样。

握着电话的时候，她的手指头都是抖的，但即便如此，她居然还能保持清晰的思路，通知顾凌铎的父亲，并向他道歉，顺带向他保证会寸步不离地守在顾凌铎的手术室外，绝对不会让顾凌铎有事。

挂了电话之后，她撑着额头半靠在冰冷的车壁上，疲惫地揉着眉心。从头到尾，她都没有给过林司南一个眼神，仿佛是忘记了身边还有这么个人存在。

林司南在背后静静地望着她，只觉得她摇摇欲坠，仿佛下一秒就要倒下。

救护车的车门即将落下的瞬间，一只手伸过去，挡住了落下的车门。关门的司机看着这个穿着中心医院白大褂的医生，愣了一下。

那双浅灰色的眼睛看似是对着他的，实际上目光却是落在了坐在担架旁一脸焦虑的年轻女人身上。

“麻烦让一下，我也要上去。”他淡淡道。

手术室外亮起了“手术中”的提示灯。

风谣靠坐在手术室外的长椅上，整个人如同一朵枯萎了的花，林司南就在她身边陪坐着。

她没有等来顾市长，却等来了他身边的那位姚秘书。

姚秘书似乎是赶过来的，满头都是汗：“市里还在开紧急会议，顾市长走不了。顾凌铎怎么样了？医生怎么说？”

风谣：“进手术室之前人没有醒过，现在怎么样……还不知道。”

姚秘书皱眉：“怎么会这样？”

风谣听得出来，他的语气中带着些许埋怨。但是，也该。

毕竟，人家老爹把儿子托付给自己，结果还没两天，命都快托到鬼门关里去了，搁谁谁不埋怨？

“你放心，”风谣苦笑道，“我既然向市长先生保证过顾凌铎的安全，就无论如何都不会让他死的。”

姚秘书叹了口气，似乎是想说，都成这样了您怎么可能保证得了？

手术室的门响了一下，里面出来一个护士：“您好，请问哪位是顾凌铎的家属？”

风谣刚想答话，看了眼姚秘书，又把话咽了回去。

姚秘书：“我是病人家属叫来的。”

“病人动脉血流快中断了，心肌缺血严重，需要立刻输血抢救！情况很危急！”出来的这位护士应该是不知道里面躺着的人是谁，听到姚秘书这么说，脸上还有些生气，“这个要直系家属同意了才能签字，都这样了家属还不到场。要是没有提前沟通好手术过程中出了问题，我们医院是不负这个责任的！”

姚秘书推了推眼镜，显然也是没想到是这么个情况：“要不你先把情况告诉我，我打电话征求一下家属的同意？”

护士刚打算点头让他快打，一只手夺走了护士手中的笔，大笔一挥，已经落了姓名：“他的父亲把人全权托给了我，我签。出了事情，我负全责。”

“风记者，您！”姚秘书似乎没想到风谣会想都不想直接越俎代庖。

“签完再问。”风谣瞥了他一眼，似乎一眼就看透了他不敢负责的心思，“等电话通完了，顾凌铎的尸体估计都冷透了。”

护士：“您是家属吗？这个只有家属能签！”

风谣面不改色：“我是他的意向监护人，有手术签字和代理的权利。如果需要的话，之后我会出示公证书。”

护士急匆匆地抱着本子回去了。

姚秘书在旁边听得一脸愣怔：“风记者，您什么时候成顾凌铎的意向监护人了？”

风谣：“之后去公证处拿一个书面证明就好了，很难吗？”

姚秘书被她弄得说不出话来，重重地叹了一句：“您啊……”

说着，他重新拿起了手机。

“我问问顾市长到哪儿了。”他边说边看着风谣摇头，“风记者您太冲动了，万一顾凌铎的手术出了问题……唉……算了，签都签完了。”

大约二十分钟左右，刚才那个抱本子的小护士又探头出来了：“病人大出血！要一袋A型血！”

不多时，就有人捂着一袋血浆飞快地跑了过来，跑动的过程中还不住地对着血袋哈着热气，门里伸出一只手把血袋接了进去。

风谣和姚秘书只能拽住那个送血浆的人问情况：“怎么样了？”

送血浆的人：“病人服用了大量的氯丙嗪，他是之前精神状况有什么问题吗？那药是治精神分裂的。现在他身体里心脑供血严重不足，一袋血输进去可能不够。在他之前抢救了好几个重症病人，院里的血浆可能不够用。”

说话的人或许没注意，在听到“氯丙嗪”三个字的时候，风谣的脸色骤变，垂在裤腿边的手指猛地缩紧又慢慢松开。她虽然面色仍旧不大好看，却有一种如释重负的感觉，似乎已经找到了解决的办法：“果然，我就知道……”

一旁，在椅子上安静地坐了许久的林司南缓缓抬起了眼眸。药物过量引起的急性心肌梗死反应，如果说白血病是凝血功能太差，那么这个就是凝血功能过强导致在血管内形成了血栓。

唯一能保证绝对将顾凌铎抢救回来的方法，不是去等待从别的血库紧急调血回来，而是迅速抽上一管林司南的血注进去，顾凌铎的生命线就能立刻拉回来一半。

林司南想，这么显而易见的事情，风谣会怎么做呢？

果然，他看到风谣转头看他了。这是她发现顾凌铎出事之后，看向他的第一眼。

“林医生。”她有些抱歉地开口，“小顾的事情我真的很急，所以才把你在旁边晾了这么久。现在估计还要请你帮我一个忙，真的不好意思。”

林司南察觉到自己的嘴角似乎微微勾了勾，也不知道是不是笑了，或许是吧。虽说早有预料，但是等到事情真正发生的时候，他还是不免有一种难言的悲凉感。

原来好听的话终究不过是让人听听罢了。人类总是喜欢平白地对别人做出一些令人心醉神迷的承诺，然而听者有意，说者却是无心。再信誓旦旦的承诺，一旦碰上他们所谓的不可避免的现实打击，就全然成为空谈了。

林司南垂眸看向自己手腕上交织着的青蓝色的血管，从某种程度上来说，他和这些地球人的身体特征真的很像。

呵，那就来看看吧。

看看，他到底要为他的“人生意义”，付出多少CC血的代价呢？

风谣站直身子伸了个懒腰，似乎是在纾解着连续几个小时都不曾松弛下来的紧绷神经。她拍了拍边上姚秘书的肩：“劳烦你在这儿守着，我去挂号窗口那边开个验血单，准备一下，待会儿献点血给那臭小子灌进去。”

林司南怔住了。

风谣回头望向长椅上的林司南，看着他明显错愕的表情，愣怔了一下，随即便立刻反应过来他误会了些什么。她无奈地笑着摇了摇头：“林医生啊林医生，你觉得我也会拿你当血包用？你就这么看不起我，觉得我会是那种背信弃义的人？”

她弯下腰，把脸凑到了林司南的面前，戏谑地看着他。

“咔嗒！”

坐在长椅上的男人听到自己胸腔深处，传来一声轻微的碎裂声，似乎是什么东西破开了一条小小的裂缝。

林司南脸上的表情由错愕转为恼羞成怒，最后又回归以往的高冷。

“靠这么近做什么？”那双浅灰色的眼睛仿佛能释放出嗖嗖的冷气。

然而风谣这次难得读懂了他的心思，胆子大得仿佛翻了倍，微笑道：“嗯……我在看，原来林医生也有不好意思的时候啊……”

林司南无言地睨着她，毕竟许久不曾被她堵得这般无话可说了。

自从风谣当着他的面说出那句“不如把我当成你的人生意义”之后，她见他就跟老鼠见了猫似的，小心翼翼都来不及，哪敢像今天这般放肆。

“所以说，你到底想让我帮你做什么？”林司南冷脸。

“我是想让你给我带点吃的来啦！耗能太大我要补充营养！”风谣的思维跳脱到让林司南生平第一次有了吐血的欲望，偏偏这位始作俑者还冲林司南眨着眼睛，说得一副理直气壮的样子，也不知道是不是故意的，“我待会儿打算给那臭小子贡献至少800CC的血，救不回来就继续。总之，只要我不死，就一定能把这小子好好地还给他老爸！”

（3）

林司南面无表情地握着手中的菜刀，对着一块煮熟的牛肉比画着，神情严肃，似乎是在思考从那个地方下刀比较不容易伤到自己的手。如果顾凌铎现在还醒着的话，一定会义正词严地请他立刻把刀放下。

原因无他，林司南面无表情举着刀的样子实在是太像变态杀手了。

今天是正月初一，街上能找到的餐饮店铺基本上都是歇业的状态，林司南开着车转遍了全城，也没找到风谣的晚餐，最后只能把车开回了住处。

他站在明显是个摆设的厨房门口，沉思了良久，最后终于从冷冻层中翻出了一块熟食店买回来的牛肉。

林司南循着记忆里切东西的样子，一手按得老远，一手用力地把刀往下切。

“咚！”

菜刀直接立在了木墩子上。

林司南：“……”

他轻描淡写地喃喃了句：“唔……看来力气应该小一点……”说着，一把拔起菜刀，飞溅的木屑喷了他满手。

林司南：“……”

“哗——”他冷着脸，拧开了水龙头，把手伸到水流下冲洗，表情阴郁，仿佛和它有仇。

关于林司南是“厨房杀手”这个事实，其实九十多年前就被孙重华盖了章。

那一年是地球公历的 1932 年，也是林司南被孙重华从深山老林里捡回来的第一年。

农历六月十八，正赶上孙重华的生辰。

大早上，孙夫人忙着生火揉面，在那个没有生日蛋糕的年代，过生辰吃一碗长寿面是再正常不过的事情了。孙夫人刚揉好面，正巧院子外面卖零嘴的挑货郎到门口喊了一嗓子。

“您等会儿走！”孙夫人叫住了他，从灶台上摸了个白瓷大碗，匆匆走出去装零嘴。

这些糕饼炸货之类的吃食，平日里为了省钱他们很少买，但今天日子特殊，就不管那么多了。

走之前，孙夫人对灶台边帮忙洗菜的林司南交代了一句：“待会儿我要是回来晚了，麻烦你帮我把水烧一下，面条下热水锅啊。”

“好。”林司南应了一句。

这是他刚学华国话的第一年，很多句子说快了他可能都听不连贯，刚才孙夫人交代的话，他只听明白了几个词：烧、面条、下锅。

林司南的学习能力很不错，理解能力也很不错，有时候只听懂了几个词，就能把完整意思给拼出来，比如这次，他就拼出了孙夫人的意思：下锅烧面条。

一盏茶的时间过后。

孙夫人跟挑货郎聊完了天，结了账，端着一大碗东西喜气洋洋地走回院子里，结果就看到半掩的厨房门此刻正大敞着，往外冒着滚滚的黑烟。她的丈夫靠着仅剩的那只手，架着被烟熏得满脸黑灰，眼睛都快睁不开的林司南从厨房里猛地冲了出来。

“咳咳咳……”孙重华被黑烟呛得不住地咳嗽，还得分神去拍打林司南身上的炉灰，“你在里头干什么呢？怎么搞这么大阵仗出来？”

林司南第一次接触这种地球炉烟，呛得满脸是泪，杀伤力简直堪比他母星的瓦斯弹。

“咳咳……烧……烧面……”他边咳边断断续续吐出几个字。

孙重华想起锅里那团东西脸都有点黑：“那你也不用真的把面条丢锅里干烧吧？”

干面条直接就往锅里扔，水没烧，火又大，锅底糊着冒烟的那团东西要没点白的掺里面，他还真认不出来那是一锅面条。

“你也是，”孙重华冲妻子埋怨了一句，“他什么都不懂你放他进去干什么？”

端着东西的孙夫人有点郁闷也有点蒙：“我交代他了啊？烧水，面条下热水锅，没问题啊。”

林司南也点点头：“嗯，对，烧面。”

孙重华听完，脸更黑了。

等到浓烟散得差不多了之后，孙重华把林司南拖回了厨房：“虽然从理智上来讲，我预感你可能这辈子都最好别和灶台扯上什么关系，但是现在世道这么乱，谁也不能保证自己明天会不会死，所以我们迟早有一天是会分开的，到时候你要还是什么都不会，万一活活被饿死，可就真的要被人笑掉大牙了。”

他这段话太长了，林司南没听懂，只能眨了眨眼睛，疑惑地看着他。

彼时他们还没发现林司南的特殊性，包括他自己也不知道，未来的他会因为血液特殊，长生不死，从此被人们恶意地渴慕、追逐。

孙重华盯着他那迷茫的眼神，长叹了一口气：“唉……算了，本来也没指望你能听懂……”

孙重华手把手地教林司南煮了他人生中的第一碗面，也至今为止他唯一会做的。

孙重华的预感是对的，直到九十多年后的今天，林司南仍然是个不折不扣的厨房杀手，而且随着科技进步，他的杀伤力还在不断地扩大。

自从三年前他从一地狼藉中把新买的锅连肉带锅一并甩进垃圾箱之后，他就再也没进过厨房了。

此刻，林司南正拎着个小勺子，按照记忆里的方法将调料一勺一勺地舀进盒子里：一勺盐、一勺鸡粉、一勺酱油、一勺香油，再把电水壶的盖打开，连开水带面条一并倒进盒子里。

这就是重华当年教他的东西。

不用碰刀，不用倒油下锅，只要把水烧开就行。近二十年里地球上发明了电水壶之后，问题就变得更简单了。

重华当初说，人和人之间的联系，说紧不紧，说松也不松，无外乎只是遇上了看着顺眼的就结伴走一段，几年也罢几十年也罢，不过只是时间长短的区别。

而林司南回想自己在地球上待过的这么九十几年，唯一能称得上是结伴走过的，也就只有一个孙重华而已。如果未来或许还会有的话……

他的目光下意识地落在了眼前的保温盒上。

风谣最终还是奉上了自己800CC的血，把离下病危通知书只差几步路的顾凌铎硬生生地给捞了回来。手术虽然还没结束，但是听出来的护士说，已经有好转的迹象了。

医生说，最多再躺个十天半个月，顾凌铎就一定能够醒过来。

顾市长在姚秘书打第三个电话的时候，终于结束了那漫长的会议，匆匆忙忙地赶到了医院。那会儿风谣已经结束献血好一会儿了，正恹恹地靠坐在手术室外的长椅上，边上还围了好几个人。

顾市长在看到风谣的第一眼，就拨开人群径直走了过去，激动地握住风谣的手，不住地晃着，连声道谢。他已经听姚秘书说了，要不是风记者大无畏地把血输给他儿子，他以后还能不能再见到这个宝贝儿子都两说。

顾凌铎出事的第一时间，风谣就打电话跟顾市长说明了情况。开会的时候，他的心一直是悬着的，连带着后悔自己没能一直把顾凌铎好好地锁在家里，甚至还隐隐在埋怨风谣没看好他儿子。

但是，当他来到这里看到手上按着棉签、脸色发白的风谣的时候，不满的话就都说不出口了。人家小姑娘给他儿子又是献血又是一直守在这里，尽心尽力地照顾他儿子，亲生姐姐对弟弟都未必会有这么上心，更是比他这个成天不见人的老爸不知道强了多少倍。

顾市长说不出别的话来，就只能握着风谣的手不停地说感谢了。

风谣本来因为失血头就有点晕，被他这么抓着一晃，更晕了，连忙阻止了顾市长："没事，没事，就这么一点血而已，说到底也是我没看好他。"

顾市长发自肺腑道："给你添麻烦了。"

风谣摆着手，表示没放在心上。

其实，给顾凌铎输血这件事情，确实给她添了不少麻烦。她的血源自林司南，能救命，但又不像林司南一样能快速再生，跟长生不老更是没什么关系，她就只是一个意外拥有特殊血型的普通人。

就在她签验血单，抽血化验的时候，医院里的人才发现，居然有人的血型是不属于现存已知的四种血型中的任意一种，甚至也不是RH阴性的“熊猫血”。

然而，这个神奇的血液样本虽然不属于已知的任意一种血型，却神奇地能和每一种血型样本相互融合，且细胞内蕴含着强大的造血功能。

正如当初那个西洋医生说林司南的血液是“医学奇迹”一样，医院里的那些化验人员对着检验器里风谣的血液样本，也差点没把眼珠子看掉下来。

化验人员拿着单子，火急火燎地去了注射室：“请问，风谣是哪一位？”

注射室内的护士愣了一下，随后直接指了七楼手术室。

风谣被化验科的人找到的时候，其实还是挺平静的，毕竟早有所料。只要联想一下林司南和那个西洋医生的故事，化验人员看到样本会有多惊讶她早已想到了。

化验科的人问她：“请问您知道您血液的特殊性吗？”

风谣点了点头：“以前不知道，最近知道了。”

不是每一个孩子生下来之后都会进行血型检测，有很大一部分人到二三十岁了都搞不清楚自己的血型到底是哪个，尤其是像风谣这种从小到大几乎没怎么生过病的，就算生病，最多就是个小感冒，几包冲剂下去就能原地回血的那种。

当然了，现在仔细回想起来，里面有林司南的血液的影响也说不定。

化验人员激动道：“那……是这样的，您介意我们留一点样本进行研究吗？我可以向上面为您申请和我们职工一样标准的医保，以后您要是有个大病什么的，报销比例会非常高呢！”

风谣：“我不介意，但我希望匿名，关于我是血液提供者这件事情越少的人知道越好，我不想要志愿者的荣誉，对这种出名也没什么兴趣，可以吗？”

化验人员：“当然，肯定以您的个人意愿为主。”

风谣："谢谢。另外，我还有一个条件，您能先帮我抽血输给我朋友吗？您刚刚已经化验过了我的血，应该知道……"

"这……"化验人员显得有些为难，"按照规定，除O型血外，不同血型的人之间彼此是不能进行输血的，按照规定我们没法往手术报告上写，因为这种行为没经过临床验证，是不具备……"

"我负全责。"风谣微笑，"需要签承诺书吗？"

化验人员见她坚持，顿了顿："好的，我去帮您请示医生。"

风谣暗想，看来，林司南的血是真的很特殊，居然这么不合规定的要求都有得聊。

化验人员很快带回了结果，但是他们希望风谣能够签下一份无偿献血书，大概每隔半年就提供一份800CC左右的血样。

风谣答应了。

猩红色的液体从她的手臂静脉缓缓导出，她看着面前的血袋上逐渐攀升的血线，默默地把自己代入了林司南。

林司南被抽血的时候，心里又在想着些什么呢？

还带着温度的血袋被送进了手术室，风谣按着胳膊上的棉签，慢慢地从注射室往七楼走，边走边听化验人员讲述着待会儿需要她签署的协议书的事项。

化验人员把面色稍稍有些发白的风谣送到了手术室外的长椅上坐着，就回去打报告准备协议书了。

风谣靠坐在上面疲惫地等啊等，等来了顾市长，却一直没有等来她的晚饭。

她昏昏沉沉地想着，林司南到底跑到哪里去了，为什么这么长时间了还不回来？他不会其实是假装答应自己，然而却是恼羞成怒走人了吧？

思及此，风谣有点头痛地揉着自己的太阳穴，早知道就不那么嘚瑟故意去调戏林司南了。林医生脾气大脸皮还薄，她又不是不知道。

下午六点多钟的时候，顾市长提出让姚秘书带风谣去吃点东西，然后再开车送她回家，自己则在这里继续等待顾凌铎的手术结果。

他很少在儿子的身上花时间，今天，大概是他人生中陪着这个儿子时间最久的一次。

风谣摇了摇头："我还得等一份协议呢。"

顾市长一愣："协议？"

说曹操，曹操就到。

化验人员似乎在离开的这四十来分钟里已经办好了所有的手续材料，抱着它们笑容满面地走了过来："风小姐，您看一下这些东西，没什么问题的话，就可以在这上面写一下您的身份信息，然后再在后面签个名字了。"

风谣："好的，谢谢您啊。"

边上的顾市长问："这是什么？"

风谣笑道："没事儿，就一个科研项目。为国家做贡献是每一个公民应尽的义务！字签哪儿……是这儿吗？"

"是的是的，您在这里签名就行。"

风谣接过那人手中递来的笔，刚打算在空白处签上自己的大名，就听到一个冷冰冰的声音传来："你们在干什么？"

不知是不是心虚，风谣在听到那个声音的一瞬间，手一松，圆珠笔便落在地上，骨碌碌地滚了出去，撞在一双运动鞋上。

林司南弯腰捡起了滚到他脚边的那支笔，提着保温盒走了过来，淡淡道："上面写的什么？不如也给我看看？"

那是绝对不可以的。

风谣的手收得比任何时候都快，然而有人比她还快！那只手直接将她快要藏起来的纸截住，咻地抽走，完了他还要送她一句："一个普通人就不要和我比速度了。"

风谣："……"

林司南粗略地将那张纸看了一遍，眉梢微挑："谁给你的？"

风谣心中暗道不好，没人比林司南更讨厌这种抽血做实验的事情了。这张纸摆在他面前，根本就是在恶心他。

她刚想打圆场，边上站着还没走的那个化验人员就这么乐呵呵地接上了话："啊……您是风小姐的男朋友吧？哎，是这样的，您别多想，协议上说，每半年我们才取一次血，绝对不会伤害到风小姐的健康的。"

林司南的眼风淡淡地扫过去，化验人员的后背莫名渗出几分凉意。这位风小姐的男朋友，气场还挺强的。

"既然对健康没有损害，那为什么她现在一副死狗的样子趴在这里？"他用下颌点了点半瘫在椅子上的风谣。

风谣："……"虽然知道他是在关心我，但为什么这话听上去就这么不好听呢？

化验人员抹了把头上不存在的汗："呃……这个，大概是由于以前没有抽过，这是第一次抽，然后又因为情况特殊抽了800CC，所以可能身体一下子没适应过来，就……"

"半年一次，"林司南顿了顿道，"那你们又怎么保证她之后就能适应得了呢？每个人的体质都各不相同，如果她的体质是那种无法适应的情况呢？或者下一次再碰上这种特殊情况呢？这么短的时间内连做一次大规模体检的时间都不够，你们就想逼她卖血？"

他的语气一句严厉过一句，配上那越发冰冷骇人的眸子，直逼得那个化验人员连连退后，几乎快要站不稳。

风谣在一旁看得一愣一愣的。直到现在她才明白，林司南以前对顾凌铎是有多亲密友爱了，看他把这个化验人员吓得一愣一愣的，连看都不敢多看他一眼。

"所以，"林司南两指一动，"刺啦"一声，协议便在众人错愕的目光中被撕成两半，"这种既不成熟又不合理的东西，还是不要存在的好。"

他把手一扬，众人的眼前立刻下起了一场白花花的纸片雨。

全场蒙了……

林司南垂眸看着风谣，语气中带着不容置疑："你还要在这里坐多久？回家。"

一句话，便成功地把已经和椅子黏在一起的风谣从座位上撕开，面对气势强大的林司南她根本不敢造次。

前头的林司南长腿一迈，脚步不停，已经走了老远。

风谣回头对着顾市长和姚秘书点了点头，还对着发蒙的化验人员说了句“对不起”，然后就赶紧跟了上去。

停车场。

林司南正好在开车门锁，风谣小跑过来：“哟，林医生自己的车？”

“上去。”他还是只给了她两个字，然后把手里拎着的保温盒给了她，“抱好。”

风谣抱着保温盒上了车，看着林司南发动汽车。

保温盒摸着热气腾腾的，隐隐还有一股淡淡的香味，风谣抿了抿嘴角，笑问：“送我回家？盒子怎么给你？明天上班的时候还？”

林司南还是只有两个字：“不用。”

风谣耸了耸肩，行吧，既然林司南不要了那这盒子就当送自己了吧。

然后，她就瞥见汽车的行驶路径有点不对头。

“等会儿林医生，不是说送我回家的吗？我怎么感觉这路有点不太对头？”风谣蒙了，“走错了？”

林司南淡淡道：“没错，是回家。”

回我家。

风谣看着外面全然陌生的路段，心说我瞎了？

她迟疑片刻，斟酌道：“您是看那献血的玩意儿不顺眼，一怒之下要把我卖了？”

林司南：“……”

风谣看着他的脸色：“哦，不是啊。那就好。”

林司南偏过头去，一副请教她的样子：“你觉得如果我现在把车门保险栓拉开会怎样？”

风谣讪笑一声，对着自己的嘴做了个拉拉链的动作：“不必了，不必了，我给自己的嘴上一道保险就行。”

林司南总算放过她，把头扭了回去。风谣长舒一口气，心里疯狂吐槽林司南的玩笑过于血腥。

林司南偷偷瞥了她一眼，知道她又在腹诽，嘴角不自觉地勾了勾，这大概是他“重生”之后第一次对一个普通人产生保护的欲望。

呵，还真是荒诞。

（4）

“哐当”一声，银白色的金属柜缓缓向两边打开，露出了一扇闪着冷光的电梯门。

林司南：“这架电梯除了我以外，平时不可能再有第二个人上了，走吧。”

他按了一下按钮，电梯很快从一楼升了上来，然后装着两个人不断下降，显示屏上的数字越来越小。

林司南：“这里以前是战地医院，挖了很深的防空洞，所以停车场往下还有很大的空间。”

电梯越往下走，风谣眼中的惊叹就越明显。

她怎么也没想到，林司南平时工作的办公室底下居然藏着一个这么大的空间！难怪她当初会拍到林司南半夜还在医院里！难怪医院里从来都没人知道林医生的家在哪！

因为按照常理来说，如果那些小护士或者女患者真是铁了心要追林司南的话，等他下班之后跟踪他回家也不是什么难事，住址早该被公开了。

——当然了，这种打着所谓的“追求真爱”的名号，暗地里罔顾他人意愿追踪、尾随的行为，无论男女，都是违法的。如果真的喜欢一个人喜欢到想要随时随地跟着他，偷偷地看着他，那么鼓起勇气当面对他说出来就好了，被礼貌拒绝总比被人当成跟踪狂报警要好。

林司南不出办公室，也很少开车出去，自然没人发现这个秘密。

电梯“叮”的一声，停住了，电梯门缓缓打开，露出了里面巨大的空间。

风谣忍不住惊叹出声：“哇……好大……”

大概是由于这一整层也就只有林司南一个人住着的缘故，进门的客厅看上去非常空旷，沙发对面甚至摆放了一个足有三米高近十米长的巨型书架，上面摆满了书，有些甚至还是线装本，一看就是很早以前的东西了。

林司南：“我搬过很多次家，有些东西不想要了就直接扔了。”

换言之，现在放在这个房子里的东西，都是他“想要”的。

光是客厅里，就有报时的时候会有小鸟从里面弹出来的珐琅钟、小巧的鼻烟壶，还有已故书法大师的“疑似真迹”……

风谣好歹也算是走南闯北见多识广，考古学家也不是没采访过几个，屋子里这些东西她一眼看过去，简直真得不能再真了。

她在看到墙上挂着的那个指针犹在走动的珐琅钟的时候，眼睛都直了，喃喃道：“现在我是发自肺腑地相信你是真的活了好多年了……”

就凭林司南皮相上的这个年龄感，要攒下这么满满一屋子有价无市的东西，除非他本人是个超级富二代，爹妈富可敌国，不然就只能解释为，这些东西都是他在漫长的时光中一点一点地收集起来的。

他收集的不是这些价值连城的古董，而是这些年属于他自己一点一滴的时间。东西越多，你就越能体会到他那永无止境的孤独。

林司南：“你喜欢哪个房间就自己打扫一下住进去吧。放心，里面很大，不用你睡在衣服堆里。”

风谣脸一黑。这是在内涵她让人睡衣帽间吧？

这她就不服了：“那最后不是顾凌铎去了衣帽间吗？我都把自己的房间分你一半了，也没欺负你……还有，我什么时候说我要在这里住下了？”

林司南脱下外套，搭在了进门的衣帽架上：“孙知道我不喜欢其他人进入这里，所以我把你带到这里来，他就能明白我的意思。”

风谣顿了一下，讷讷道：“呃……知道，我被你罩着了？”

林司南颔首：“你要这么理解，也没什么问题。”

风谣脸有点热，也有点纠结，一边隐隐有些开心，一边又觉得林司南做出这样的决定，大概只是因为他作为外星人对地球上社交逻辑的理解有欠缺。

毕竟在她看来，林司南看待她和她看待林司南的感觉是完全不一样的。

毫无疑问，风谣对林司南是动了心的，但是林司南呢？风谣明白，是自己当初的那番话引起了他的注意，让他产生了借她打发无聊时光的浓厚兴趣，但，也仅仅只是兴趣而已。

难怪大家总是说做个笨蛋美人最快乐也最讨喜，毕竟，过于清醒总归是会对自己的心情产生影响。

林司南瞥了她一眼，似乎看出了她的迟疑和欲言又止："想发表意见就快一些，不然我就当你是默认了。"

大哥，你这么简单粗暴的吗？

风谣斟酌着开口："虽然我很感激林医生你这么好心要保护我的安全，但是，我们两个……单身，未婚，同……啊不是，住在一起，这样不好吧？"

林司南反问："我有说要和你睡在一起吗？"

嗯？

看到她被雷劈了一样的表情，林司南干咳一声，淡淡道："你可以挑远一点的房间，我也没打算让你睡我房间床下。"

风谣：又开始内涵了。

我家就我一个人，我又没有收藏癖，我准备那么大的房子干什么？你睡得这么不满意，你当初倒是直说啊！

风谣在心里疯狂吐槽。

当然，这些话她也就在心里吐吐槽，对着林司南是一个字都不会说出来的。

林司南见她闭嘴，终于有心情解释给她听了："你没有选择了。我很早就提醒过你，你不过是脆弱的鸡蛋，孙才是那颗石头。你的那个小跟屁虫已经半死不活了，下一个，恐怕就是你了。

"风记者，"他道，"你的那位老师还在地下躺着，你还这么年轻，也想去陪他吗？"

风谣沉默许久，忽然开口："林医生，其实你要是直说，你只是因为心软了害怕我就这么死掉，我也会乖乖留下来的。"

林司南皱眉："什么？"

"我其实挺怕死的。"风谣抬起头来真诚道，"这种时候我心里虚得很，没人在旁边支撑着，我可能多半要玩完。

"林司南，我特别讨厌吃白萝卜，有的时候咬到一口，那个带着些半甜不苦的味道啊……我都会很想吐。但是，如果我今天去晚了，食堂里只剩下白萝卜的时候，我就会把它们全部吃掉，吃得精光。

"不是因为多喜欢，而是没得选了。既然没得选，那我就不选了。"

她拎着保温盒自作主张地霸占了正中间那张漂亮的玻璃茶几，然后"咔嗒"一声打开，热气蒸腾的水珠滴了一桌子。

风谣看着里面的东西，愣了愣，随即一副"原来如此"的样子，唇边展露出一抹微笑："其实，我也想选自己真正喜欢的东西。"

林司南低头看了眼里面已经糊得惨不忍睹的东西："不能吃了，倒了吧。"

"还好吧。"风谣从盒子边的卡扣里拆出了筷子，勉强将那团面疙瘩搅开了些，挑进嘴里，"林医生都亲自给我下厨了，不吃我岂不是亏了……嗯，我喝口汤看看……好吃。"

林司南愣了一下，随即冷冷道："在保温桶里就一定是我做的？也有可能是外面买的吧？"

风谣又挑了一筷子面吸溜进去："哦。"

外面谁家店要是把牛肉切成这种块不是块片不是片的乱七八糟样子，怕是早就歇业关门了。

不过……谁说做得好的东西就更讨人喜欢了？她就喜欢吃这种乱七八糟不成形状的东西，不行吗？

林司南看着她那闷头吃东西的模样，波澜不惊的心中不知为何居然升起一丝烦躁。他伸手夺走了风谣的筷子。

风谣嘴角还挂着些残余的面汤，显得整个嘴唇油润润的，透着些晶莹，她抬起头一双眼睛迷茫地冲着他眨了下："又干什么？"

林司南的喉咙有些发紧，他拿走了风谣面前的保温盒，"啪叽"一声扣入了垃圾桶中。

"去做饭，我饿了。"他道，"难道你想白住？"

风谣听完，摸着下巴点了点头："也对，我住在你这里，确实应该交点房租。"

于是她去了厨房，打开了林司南家的冰箱，然后脸立刻黑了。

风谣对着空空如也的冰箱，回头对着林司南假笑："什么都没有，你是打算让我煮空气吗？"

林司南顿了顿："太久没打开，忘了。"

风谣想起那些被切得乱七八糟的，最后还被无辜倒进垃圾桶里的牛肉块，那些东西多半是林医生冰箱里最后的库存了。最后的库存都给了她，想想还挺感动。

她的目光落在外面架子上的挂面上，沉吟道："要不，我重新煮点面？"

林司南："随便。"

十分钟后。

风谣将两碗青白相间的面条给自己和林司南面前一人放了一碗："清汤面简直是人类美食界最伟大的发明，做起来简单快手得让我想哭。"

林司南慢条斯理地挑了一根起来，尝了尝："怎么做的？"

风谣掰着手指数："盐，鸡粉，酱油，香油，葱。全世界的清汤面不都是这么做的吗？"

林司南顿了顿："比我做的好吃。"

"那当然，哈哈哈……"风谣得意地笑了好几声，然后瞥见对面的林司南抬头时那不善的目光，得意的笑容瞬间收了回去，快速给他找补，"但是，林医生做的味道，就很让人感动，世间少有，闻者伤心，吃者落泪。"

林司南："……"如果不是为了雅观的话，他一定会因为这满嘴跑火车的话对风谣狠狠翻一个白眼。

饭后，林司南主动收了碗去洗，风谣想说反正自己手指已经沾了水，无所谓了。

结果林司南看了一眼她的手指，淡淡地留下一句：“洗洁精伤手。手是女性的第二张脸，你看你一个女孩子，手都成什么样子了。”

风谣愣愣地把自己的双手翻过来倒过去地看了几下，还好啊。除了指头摸着比刚毕业的时候粗糙了些，指缝间有点脱皮以外，好像也没什么太大的问题吧？

林司南洗了碗，从抽屉的药箱里拿了一个小罐子，丢给她：“拿去擦手。”

十多年前他第一次坐飞机去了华国以外的地方，见到了一位如今已经享誉全球的护理品的配方师，拿到了一个可以淡疤去死皮的方子。那会儿他的血包生涯刚刚开始，情绪还不稳定，看到自己满身满手的疤就觉得背叛、痛苦，恨不得没有了才好。现在他倒是已经习惯了，别说是疤，就是拿刀子硬捅，痛到浑身破碎，他也无所谓了。

不过，这个方子倒是还能派上用场。

风谣打开小罐子，凑到鼻子边上闻了闻，欣喜地看着他：“给我的？看这罐子没标签……你配的？”

林司南：“算是吧。”

“那我就收下了！”风谣兴致勃勃地挖出来一些在手上抹匀，然后献宝似的把手举起来给林司南看，“现在有没有看着顺眼一点，林医生？”

林司南干咳了一声，微微侧开脸避开她那灼热的视线：“嗯……”

风谣心下暗诽，都活了快一百年了，脸皮还真薄。

林司南给风谣准备的房间和他自己的卧室离得不远，两人中间只隔了一扇衣帽间的门，推开房门风谣就知道林司南所谓的“你自己收拾一下”只是句磨不开脸的面子话。

房间内干干净净，几乎被打扫得一尘不染，甚至床边还放了一双女士拖鞋。有那么一瞬间她觉得，对方是真心实意地希望她一直在这里生活下去。

林司南见她愣在原地，以为她对这个房间并不满意，那自己心血来潮的收拾就显得有点自作多情了，于是他冷冷道：“不喜欢的话，还有下……”

话音未落，他就看到身边一道虚影飞了出去，然后床上就多了一个正抱着枕头幼稚打滚的人。

林司南：“……”

风谣抱着床上柔软的羽毛枕不住地拿脸蹭：“啊——我最喜欢这种软软的枕头了！当初搬家的时候，给我推荐那种贵得要死又硬得要死的什么记忆塑型乳胶枕头的导购一定是和我有仇！你知道吗！我后脑勺都快被那个枕头给枕塌了！”

林司南对她那吱哇乱叫的样子有些不胜其烦，心下开始后悔为什么要把这么一个多话的家伙带回来打扰自己的清静：“那你就在这里住着，有什么事就敲我房门。”

床上蹭枕头的那位百忙之中抽空应付了他一句：“嗯！”

林司南揉着自己被摧残的耳朵走了。

下一刻，床上蹭枕头的那位立刻停下了动作。

她“扑哧”一声笑了出来，抱着枕头躺倒在床上，仰头看着顶上的天花板。

林司南家的天花板很高，人站在屋子里，有时可能会因为这过高的穹顶而产生过于空荡、冰冷的感觉，安静下来的时候，还能听到屋内空气循环机运作的“嗡嗡”声。

风谣夹着枕头，坐起身来，一下一下地刮着枕头的正中央，仿佛那是什么人的鼻子：“你喜欢我吧？喜欢我吧？你还不承认？你还傲娇？害我来的时候还忐忑不安了那么久？嗯？林司南？你说说？你说说？你这个人讨厌不讨厌？”

被唤作是“林司南”的枕头一动不动地躺在她怀里任她蹂躏，毫不反抗，风谣看得“咯咯”地笑了起来。

她弯下腰，把手中的抱枕卷在自己怀里，低声问道：“喂……你说，林司南他到底什么时候才能意识到自己喜欢我呢？”

与此同时，林司南卧室。

“喂。”他正在接电话，从他阴郁的神色可以看出，他对电话对面的人似乎没什么好感。

“听说，你把那个女记者带到自己家里去了？”电话那头，孙院长的声音中带着些虚假的笑意，“林司南，你不是从不允许任何人到那里去的吗？怎么，转性子了？”

林司南：“我乐意。”

孙院长似乎被他噎了一下：“你要是早说你喜欢女人，我给你找就是了，要什么样的没有，何必守着那个女记者不放？”

“是吗？”他缓缓道，“可是我不乐意。”

孙院长终于被他这副油盐不进的模样给激怒了，声音中那虚假的笑意瞬间消散：“林司南……你是打定主意要和我对着干了？”

“我只不过是想选一件自己喜欢的东西，保护她不被不怀好意的人毁掉，”林司南面前的桌上摆了一些崭新的洗漱用具，他嗤笑了一声，“难道只是这样也不行吗？”

第七日·对峙

不娶何撩

//

LIMINGZHIQIANBAOBAONI

（1）

风谣打着呵欠从床上醒来，翻身下床，一脚踩进了柔软的脚垫里时，才彻底清醒过来，这里不是她家，她现在和林司南“同居”了。

这种认知让她一大清早就忍不住有点脸热，她揉揉脸，踩着拖鞋出了门。

地下室温度低，直接踩在地板上会有些冷，在风谣家里的时候，林司南虽然自嘲“在地下躺了那么多年，早就不怕冷了”，但在他自己家里倒是很诚实地把厚厚的白色绒毯铺满了肉眼能见到的每一个角落，让原本冰冷的屋子一下子温暖亮堂了起来。

风谣瞥了一眼林司南的卧室门，是开着的，说明主人已经起床了。

她看了眼墙上的钟，才七点刚过，抓了把自己的头发懊恼道：“他怎么起得这么早？”

这下想做早餐刷好感都行不通了。

厨房里飘来烤面包的香味，风谣看着林司南系着围裙将面包机里的两片面包用夹子夹起来，动作之僵硬、表情之严肃，仿佛在拆炸弹，看到她之后还招呼了一声：“起来了。”

风谣觉得自己年轻，实在是看不得这么“血腥”的画面，揉着眉心摆了摆手：“那什么……林医生，不如我来吧？”

“哦。”林司南迅速地扔掉了夹子，表情淡定。

哦不对，如果不是那夹子落在盘子里发出明显“哐当”一声巨响的话，那他应该是真的挺淡定的。

林司南擦着她的身子走出了厨房，风谣狐疑地走进去，顺手拿起了他刚刚扔下的夹子，然后林司南就听到厨房内传来一声响亮的“我去”！

风谣一把甩掉那烫得跟烙铁似的玩意儿，表情狰狞：“林司南！！！你老实告诉我！这夹子你刚刚从哪儿捞出来的？！”

坐在餐厅里的罪魁祸首低下头，面不改色地喝了一口牛奶：“烤箱。”

风谣：“……”

就这样，林司南成功地打消了一个私下里爱慕他的女性对他刚刚燃起的旖旎心思。

风谣望着刚抹完烫伤膏的五指，再看了看对面指节白皙到一点点烫伤的红印子都不见的林司南，面色忧郁：“为什么同样都摸了那么烫的东西的我们，结局却如此不同？”

关键是，那夹子在林司南手上停留的时间明明更长好不好？

林司南只含糊地答了一句：“体质不同。”

他不耐痛，但是耐伤，基本上只要习惯了前几分钟报复性的剧痛，他的伤口很快就会结痂愈合，恢复速度是普通人的好几十倍。

风谣看着林司南那灵活的手指，生平第一次对他的体质生出了羡慕嫉妒恨的情绪。

她惨兮兮地用完好的左手捏着面包，小口小口地啃着，勉强还能进食，不过盘子里的煎蛋和酱菜就惨了，她可没练过左手拿筷。

正当她纠结是不要脸面直接上手的好，还是要脸饿肚子的时候，一双筷子夹起了盘子里她心心念念的煎蛋。风谣哀叹一声，煎蛋你去吧，进了林医生的肚子，下辈子一定要投个好……嗯？

那双筷子伸到了她的嘴边：“张嘴。”

风谣被送到嘴边的煎蛋的香气诱惑，只觉得眼前这个煎蛋怎么看着那么焦黄鲜嫩。她用力一口咬了上去，筷子的底部舔着有些湿漉漉的，她一下子僵在了原地。

林医生的口……口……

那头，林司南见她不动了，还好心提醒了一句："太大了就分几口吃。"

风谣干笑着，几口咽下了那个煎蛋，颇有些食不知味。

林司南淡定地收回了筷子，继续吃自己的。

风谣只觉脸更热了，一时不知道自己该不该提醒他，那筷子她才刚咬过，然后就看见对面那个吃得专心致志的人抬起了头，狐疑地看着她："还想吃什么？"

风谣："没……没有了。"

林司南："那你一副饥不择食要把我也吃了的样子做什么？"

风谣："……"嗯？自己是这样的表情吗？

好在，林司南只问了这么一句之后就没再多看她了。

风谣有了喘息的时间，终于勉强让自己从甜腻复杂的心思中回神，说起了正事："那什么……我和报社说了，请几天假，去医院看看顾凌铎。"

林司南点了点头，又问："他还没醒吗？"

风谣想起这事就头痛："姚秘书昨晚发短信说的，也不知道是怎么了，虽然手术很成功，各项身体机能也都正常，但人就是一直不醒。"

她都在担心，顾凌铎不会变成植物人了吧？但那植物人不是脑死亡状态吗？顾凌铎现在能自主呼吸，脑袋也没出问题啊，为什么就是醒不过来呢？

"如果你们有什么东西是一定要从顾凌铎身上获取的，就要尽快了。"林司南拨弄着盘子里的面包片，语气平静，"毕竟，孙在这个医院里，大概待不了几天了。"

"咔嚓咔嚓！咔嚓咔嚓！"

"孙院长您握笔的时候记得头稍微往咱们的镜头这边偏一点，我们再照一张！"

"好。"座位上的人面上带着享受般的浓浓笑意，"还是年纪大了，你们年轻人说的什么上镜啊镜头感啊，我都不懂，看来我是真的落伍了。”

对面给孙院长照相的记者连忙机敏地把话接了过去：“怎么会？您都设计并研究出了‘长生计划’，几乎可以说是改变了咱们全人类的未来生存格局！怎么能说是落伍呢？要我说啊，您才是走在咱们这个时代最前沿的人呢！”

孙院长听完笑了：“是吗？不过这个项目可不是我一个人的功劳，我们所有在幕后工作和注资的相关人员，都为这个项目付出了很多，他们都是这个项目……”

来自S城报的记者录完了这段采访，邀请孙院长站到监控器后面来看效果，看看有没有什么不满意的，他们还可以再补录。

孙院长站在他身边，似是无意地问了一句：“哎，你们社之前不是派的一个女记者在我们医院吗？今天她怎么不在？”

“哦，您是说风记者吧？”监控器后的记者浑然没有注意到他的刻意，“她啊，她带的实习生出了点事，她请假探视去了。”

“原来如此……”

“说起来，”那位记者笑着说，“您取得了这样的成就，听说，上头已经打算将您调入科学院了！恭喜您了！”

是的，调令已经下来了。从前期的课题上报，到文件整理，直到最近全部完成之后在全院职工大会上发表，孙院长将手头的一切都处理得井井有条，甚至连调走卸任，都是在所有突发状况都已经处理完毕之后。

现在，他所划定的隔离区和病房正在运行着，所有在职人员也都按照规范的排期表在院内有序地履行着自己的职责，就算接任者没有那么快到任，中心医院仍然能够像他在的时候一样稳定地运行下去。

所有人都在说，他是中心医院建院以来业务能力最优秀的一位院长。不但在学术上取得了极高的成就，甚至在管理方面也十分出色，赢得了所有人的信任。

有野心未必是坏事，只要拥有与之相匹配的能力，一样能够让所有人都心服口服地闭嘴。

现在，唯一的问题就在于，那个不小心被捡回来一条命的顾小少爷，他知道的事情太多了，处理起来有点麻烦，得想办法观察一下，看看那边的情况……

这时，记者出声打断了他的思绪："孙院长，我们最后再拍一两张照片吧！"

孙院长回神，微笑："好。"

医院。

风谣："小顾他还是没醒吗？"

姚秘书摇了摇头："没有。"

顾市长是不可能每天都有时间看着顾凌铎的，唯一的办法就是拜托姚秘书帮忙。于是，风谣的到来，让每天守着"睡美人"百无聊赖的姚秘书，有了一个可以聊天的对象。

风谣望着床上的顾凌铎："各项身体机能都正常，但他为什么就是不醒呢？"

姚秘书苦笑："别问我，我也不知道。"

风谣暗自揣测，如果和治疗手段没有关系，那么……

"你好，查房。"

这时，一个声音打断了她的思绪。

姚秘书赶紧起身，进来的是一位口罩戴得严严实实的陌生医生。姚秘书见了，愣了一下："哎？您是哪位？肖医生呢？"

肖医生，是顾凌铎在这家医院的主治医生。

那位医生答道："哦，是这样的，肖医生今天临时有事请假了，所以我来代他的班。您看，这是肖医生交给我的病历。"

他的手上抱着一本医院的查房本，姚秘书翻了几页，发现确实和每天看到的记录本一样，之前顾凌铎的那位主治医生肖医生的签名也在这个本子上。

姚秘书打消了顾虑，抱歉道："请您谅解一下，之前我们也是在一家医院出了事情，所以现在不可能不警惕一点。如果对您造成不便的话，还请您谅解。"

那位医生点了点头："没事，家属的心情我们理解。"

他询问了一些关于顾凌铎的状况，然后用笔抄录了顾凌铎的各项身体机能的数据：“心跳 65 次 / 分钟，血压……”

最后，他走向了站在输液架边上的风谣，礼貌道：“您好，麻烦让一下，我看看病人的用药情况。”

风谣微微一笑，侧开了身子：“好。”

那位医生抬起手，检查似的伸向了注射管上的输液调节阀，然后在仅差一厘米的地方被人握住了手。

“怎么了？”那位医生似乎顿了一下，随即镇定地笑道，“病人的输液速度过快了，我给他调慢一些，免得不小心让空气注入进去引起静脉栓结可就不好了。”

风谣微笑：“输液这种事是在贵院护士的职责范围内，就不劳您上手了。再说，有我们两个人在这看着，两双眼睛都盯着这个输液架子，不可能会看着瓶子空了然后让空气进去的。”

那位医生不再坚持，松了手：“好吧，毕竟，我也只是好心。”

说完，那位医生步履匆匆，似乎打算就此离开病房。

“请您等一下。”风谣开口。

那位医生脚步一顿，回头笑道：“还有什么问题吗？”

风谣微笑地伸手，握住了医生手里的查房记录本：“倒没什么别的事情，不过，能请您把手里的查房记录本交出来吗？”

那位医生口罩外裸露出来的眼睛，带着些勉强的笑意：“这是医生用的记录本，抱歉，按规定我们不能随便把它交给病人家属。”

“那不如这样，我打一下肖医生的电话问问？我这里有他的手机号。”风谣掏出手机，对着他歪了一下脑袋，面色不善地看着他，“这位医生您也真是特立独行，来查个房还是一个人来的，连个护士都不带。第一天上岗业务不熟练吧？出来演戏，剧本都不读熟？”

那位医生听完，面色一变，丢了手中的查房记录本便直接冲了出去。

“站住！”风谣追了出去，一旁的姚秘书想追，却被她回头喝住，“我追！

你留在这里！谁知道是不是调虎离山？”

这个时间走廊上来回的病人并不多，只见那个医生穿着白大褂一路奔逃，撞倒了好几个病人，闪身进了消防通道。风谣气喘吁吁地追进去，然而人却已经不见了，气得她忍不住骂道：“神经！跑这么快！”

只不过一眨眼的工夫，那个冒牌医生就不见了，甚至走廊里连他“咚咚咚咚”下楼的声音都听不到。

手机响了，姚秘书的电话：“我和医院的人说了，让他们拦一下这个时候从大楼出去的人，你赶紧回来吧……”

（2）

“叮——”

电梯的数字不断地减少，最后定格在了“1”这个数字上。

扒掉了伪装的白大褂的他混在一群来看病的病人中进入了电梯，成功甩掉了那个精明得跟鬼一样的女人。

先前他用尽全力跑到了消防通道里，却没有沿着消防通道下去，而是脱掉了醒目的白大褂，往上走了一层，混进了电梯内的人群中。

不过，还好……

他长舒一口气，虽然那个女人拿走了他的记录本，不过……

他按了按自己身侧的裤子口袋，里面鼓囊囊的，似乎塞了什么坚硬的东西进去。

电梯降到一楼，他周围的病人立刻出去了大半。电梯外传来不少人跑动的声音，许多站在电梯门口的病人都忍不住回头张望，想看看外面究竟发生了什么。

哦，大概是那些人想对自己来个瓮中捉鳖。

他隐秘地笑了一下，然后掏出口袋里的手机，若无其事地玩着，等着电梯继续往下降落。他打算从停车场出去，那里有一条供车子进出的狭长的斜坡车道，通往医院里面。只要进了医院，再绕到别的侧门出去就行了，量他们也只敢封锁大楼，不可能把整个医院全都封住。

外面等电梯的人迟疑了一会儿没进来，似乎大家都看到了电梯是下行的，打算等电梯重新升上来之后再上楼。

他点着手中的手机，和对面的人发了条“成功出来”的消息。

一个瘦长的身影从外面进来，站到了他的旁边。他没抬头，只当对方是要去停车场开车的人。

电梯门在两人的眼前缓缓合上。

“交出来吧。”电梯下行中，身旁的人忽然开口说话了。

这人突然开口，他没听太清：“什么？你在跟我说话吗？”

他抬起头来，这人手上提着一个精致的果篮，像是来看望病人的，面部被巨大的白色口罩遮住，只剩一双眼睛露出来。不过，只这一双眼睛，就让他猛地心悸，一双腿仿佛灌铅似的，再也走不动路了。

浅灰色的眼睛……

他认得这双眼睛！

“别让我再说第三遍了。”提着果篮的人平静地向他伸出了手，四周空气平稳，他却非常清楚，如果他拒绝的话，那么现在看似平稳的空气便会立刻演变为一场巨大的风暴，将他整个人都吞噬进去，他知道这双眼睛的主人到底是个什么东西。

“交出来吧，你口袋里藏着的那支录音笔。”

“叮——”

电梯停在5楼，提着果篮的人从里面走了出来。这时，正好一位保洁阿姨从那边过来，那人从口袋里掏出一根金属质的物品，丢进了保洁车里。

保洁阿姨看了眼车里的东西，出声叫住他：“小伙子！你这电子产品看上去还是新的吧？不要了？”

他没回头，摆了摆手。

保洁阿姨摇摇头，现在的年轻人可真糟蹋东西，就拉着车子走了。

那人提着果篮，一路到了 507，敲门。

里面传来一个喘着粗气的女声："请进。"

他推门进去："怎么了？"

风谣看着面前提着果篮的林司南，揉了揉自己跑得酸痛的膝盖："别提了，来探路的，被我发现了，结果让他跑了。不过还好他手上的记录本被我截下来了。"说着，她冲林司南扬了扬手里的本子。

林司南点了点头，也不知道听进去没有，淡淡开口："吃水果吗？"

风谣："这不是给顾凌铎的吗？"

林司南随便拉了把椅子坐下来，用手剥着橙子，剥完往顾凌铎嘴边一凑。

床上毫无知觉躺着的顾凌铎："……"

他收回手，淡定地把橙子塞回了自己的嘴里："他吃不了，别浪费。"

风谣："……"放过小顾吧，他都不能动了。

姚秘书在一旁给看得蒙了一下，他没怎么和林司南接触过，一下子被这种毫不掩饰的行为给惊呆了。

风谣有些头痛地揉了揉眉心，眼皮子底下递过来一瓣橙子。她抬头望去，林司南倒是吃得挺自在，这么短的时间里，他第二个橙子都已经剥好了。

她接过那瓣橙子，送到嘴里，极具刺激性的酸味瞬间从舌尖冲到太阳穴。这水果店老板怎么这么坑啊，给的什么早熟的橙子这么酸？她伸指揉了揉自己的太阳穴，混沌的脑袋在酸味的刺激下，好像清醒了一些。

林司南："清醒了？"

风谣这才反应过来林司南给她递橙子的原因，无奈地叹了一声："清醒了。"

她见林司南还在吃，一时间都看得牙龈有些发麻，简直想问他一句："不酸吗？"

林司南又吃完了一个橙子，从边上抽了张纸巾，慢条斯理地擦拭着沾上橙黄色果汁的手指："接下来做什么？"

"不知道啊……拿到了东西但是人跑了，肯定会回去说，但是，要顾凌铎的数据做什么呢？难不成又是做……"

她原本想说“实验”，但是顾及姚秘书在边上，又把话咽了回去。

姚秘书不明所以：“做什么？”

“没什么。”风谣笑了笑，后半句话是对林司南说的，“可是小顾不是，拿走他的数据没用。”

林司南还在擦手指：“有用没用都是相对而言的。”

风谣疑惑：“普通人的数据对他们有什么用？”

林司南顿了顿：“我不知道。”

姚秘书在旁边听他们半截半截地说话，有点蒙。不过好在他的职业素养还是让他从这一团乱麻中牵出了一根线头：“说起来，风记者，我刚才就想问您，既然您连来人的目的都不清楚，怎么能那么快地分辨出来他是个冒牌货呢？”

说“那么快”都是含蓄了，姚秘书一直在边上看着，等到风谣追出去，他才后知后觉。这位风记者根本就是从那个冒牌医生进门的第一秒起就在怀疑他，从头到尾都没对他放下过戒心。不然她怎么会在那家伙进来的第一时间，就挡在输液架前面呢？

风谣耸了耸肩：“顾凌铎患上的是药源性心肌梗死，这和我之前碰到过的事情差不多，所以就举一反三，前车之鉴咯。”

林司南擦手指的动作一顿。

姚秘书疑惑道：“前车之鉴？”

三年前，风谣于J国制毒工厂亲眼见证了江年的死亡现场，她被解救出来后被送入医院，等待精神稳定后调查员来进行现场复盘询问。

在她住院休养与等待的那七天内，每天都会有所谓的心理医生来给风谣进行心理疏导，并且会在她半梦半醒的时候给她服用精神镇定类的药物。

最后出院的时候，医院清洗了她的枕头和床铺，结果从她的枕芯里挖出来整整四十九颗药，早晚各两片，中午三片，全是氯丙嗪和奥氮平。

那些天医生喂下去的药，她一颗也没有吃。

当她在手术室外听到顾凌铎的病因是“精神类药物过量导致的药源性心肌

梗死”的时候，她瞬间就明白过来是怎么回事了，原来是一样的套路又被人拿出来玩了一遍。

因为氯丙嗪和奥氮平就是精神类药物，如果当初她没有遵循自己的直觉，坚决不碰那些药，是不是就会像今天的顾凌铎一样？那个时候可没有人会拿着这特殊的血液给她救命，她真的会死在那里。

“风记者？风记者？”姚秘书的呼唤把她从跑神的状态中拉了回来。

风谣：“嗯？”

姚秘书：“您还没告诉我，您的前车之鉴是什么呢？”

风谣：“一些陈年旧事……总而言之，姚秘书您记住，您在这里的时候，不要让任何人随便接近顾凌铎，医生护士都不能信，药也不能乱吃，一定要查清楚副作用和剂量再给他服用。”

姚秘书推了推眼镜：“这些您放心，我能想得到。”

林司南在一旁静静地听了半晌，似乎终于确定了些什么。他将擦手指的那张纸巾丢进了边上的垃圾桶，站起身来：“我出去一下。”

楼道内的人不多，再加上林司南戴着口罩，所以并没有什么人注意到他。他顺手关上病房的门，半靠在墙上，好似一尊冰冷的雕像。

风谣的话让他想起了一些不太久远的记忆，让他意识到，他们从前似乎曾有过一面之缘。

那大概是三年前吧，具体什么月份他不记得了，被放血的时间越长，求死的心就越迫切，他对生活中发生的很多事情的关注度都在降低，然而唯一有这么一件事，倒是依稀给他留下了点不轻不重的印象。

他记得那会儿孙告诉他 J 国新成立了一个实验室，说是如果从国内远途运输血包的话，费冰不说，时间还长又难通过检查，但是把林司南运过去就很容易了，只要一张机票就行。

为此林司南没有太多的异议，于那时的他来说，怎样都没有分别。

到J国的第三个月，林司南供应完了他们现阶段需要的全部血液，暂时从束缚带上被放了下来。他离开了孙的视线，在边境的J国街道上漫无目的地闲逛着，然后便接到了孙打来的一个电话，说是需要林司南帮自己做一件事情。

“实验室这边惹上了一些小麻烦，用得上的人现在都被控制起来在做笔录和策划，我的人从国内过去还需要一点时间，所以需要你帮我一个小忙。”

孙说的小忙，就是要他乔装进入当地的一家医院，给一位“年轻的朋友”送点东西。

J国这座城市地处三国交界区，当地的治安体系和医疗体系都很混乱。按理说孙想要安排一个人进入医院也不是什么难事，但是因为多疑的性子他却没有这么做，而是选择让人不着痕迹地潜进去。

孙的想法其实也很有道理，非常时期风声紧，在那里安插人手，不但需要伪造证明，事后撤退起来也需要花上不少的精力去善后，能够干干净净地把事情做完再脱身，才是他一向追求的完美目标。

更何况，相信别人不如相信林司南。对人生没有任何追求的人，是永远不会出卖和背叛他的。因为，那样的人甚至找不到出卖和背叛他人的意义。

于是，林司南就以这副一身白大褂、口罩覆面的形象，见到了他这次的任务对象——一个躺在病床上的年轻女人。

虽说是年轻女人，但那也只是他的直觉罢了。毕竟病床上躺着的那个人面容枯槁，失去神采的双眸黯淡得如同两个黑黢黢的大洞。她的眼睛是睁着的，林司南进去的时候她也不知道在看什么，视线从头到尾都没有离开过天花板。如果不是她的病床上用阿拉伯数字写着她的年龄“22”，他完全不觉得那双黑洞似的眼睛的主人是一个年轻女孩。或许，风烛残年的老人都不会像她一般。

林司南顿了顿，用华国话开了口：“你该吃药了。”

年轻女人没看他，只是淡淡地应了一句：“华国人？”

林司南“嗯”了一句。

年轻女人道：“挺好，起码说话能听懂。”

林司南不愿与她多话，按照孙说的用纸杯从热水壶里倒了杯水，从口袋中拿出一板药片，掰出三片喂进女人的嘴里。女人没有异议，安静地吞了药片，又喝下一口温水。

“再见。”

林司南做完事情，转身离开病房。刚出病房没几步，他忽然脚步一顿，察觉出什么不对来，蓦地转身回去，正巧撞见女人手里握着什么东西预备扔掉。

看见他回来，年轻女人似乎愣住了，收拢的掌心一松，手里的东西便“骨碌碌”地滚到了地上。

林司南弯下腰，捡起了滚落到脚边的药片，一看，果然是他刚刚喂给她吃的。

年轻女人愤愤地捶了一下床：“你为什么又回来了？”

说话间，她那双黑洞似的眼睛短暂地恢复了一下神采，但很快又消失了，像是海上被浪泼灭的航灯，只是瞬间，便又迷失了前路。

林司南：“我戴着口罩进来，还在J国境内操着一口华国话，你连我是不是真的医生都不知道，就把药吃下去了……这不对。”

“既然被你发现了，那你就杀了我吧，反正害死了江老师，我也没什么脸面继续活下去了。”她嗤笑了一声，倒回床上，仰面瘫着，像条脱水濒死的鱼，“床头柜里有水果刀，怕动静太大被人注意的话护士站有注射针头，你这身打扮拿一个应该很容易……只要往我的手臂里推一管空气，我就能解脱了。”

他一向觉得地球人怕死，为了生存，一部分地球人甚至可以扒掉自己身上唯一像样的人皮，沦为野兽。再坚韧的人，在面对死亡的时候都难免流露出几分怯意，和平年代尤甚，而面前这个人居然是真心实意地在给他出主意。她这么说的时候脸上没有半分的悲伤和害怕，似乎要被杀死的不是她自己。

林司南没有回答她的话，只是手心里握着药静静地走到了她的床边。

年轻女人的唇边露出一抹解脱的笑：“你已经想好了？那……喂，你要干什么？”

她忽然停住了，一脸错愕地望着面前这个陌生的华国人。

“你要是想死的话，就自己动手，我嫌脏。”他不疾不徐地说着，两根手指捏住了她的枕套拉链，“刺啦”一声，在寂静的病房里显得格外刺耳。

“但如果你想活的话，可以这样做。”

他把掌心里的药片塞入了枕芯的棉花内，淡淡道。

“林医生你又在装什么深沉呀？”林司南感觉到自己的脸颊被人轻轻地扯了一下。他回过神来，风谣不知道什么时候已经从病房里出来站到了他的身边，饶有兴致地揉捏着他的脸，像是揉面团一样。

风谣：“我的天！我感觉你的脸比女孩子的脸还要软哎！捏得好舒服哦！”

林司南垂下眼眸，有些无语地看着她。

察觉到林司南身上渐冷的气场，风谣手一松，笑嘻嘻地退到了一边：“这样还好歹像个人啊！刚才我在你旁边站了快五分钟，感觉你整个人都快入定了。”

林司南本就生得清瘦，身体的温度又较之常人要低很多，站在那里整个人就像一个人形的冰坨子。不过，就算他一直是个人形冰柱，风谣也能看出来，这根冰柱今天的温度，比平常要更低一些。

他冷冷地指着自己被她掐得有些泛红的脸颊：“好玩吗？”

风谣嘿嘿一笑：“这不是看你今天好像不开心啊。开心也是一天，不开心也是一天，那我还不如开心一点，你说是吧？”

林司南顿了顿，盯着她的脸看了半晌，似乎是想将眼前这个笑容满面哄他高兴的女人，和三年前那个枯槁灰败到毫无生气的人重叠起来，半晌，无果。

他淡淡道：“看来的确是变了很多。”

风谣一怔：“什么？”

“你那个小跟屁虫还没醒吗？”林司南突然转移了话题。

说起顾凌铎，风谣也是一头的雾水：“对啊……就很奇怪，明明检查的时候什么问题都没有，但人就是醒不了，也不知道为什么。哎，林医生，你说，是不是因为那血有什么副作用啊？你以前给人家用血的时候有碰到过这种血输进去昏迷不醒的情况吗？”

林司南：“没有。”

……但是，风谣的血有没有副作用，他就不知道了。

（3）

屋子里弥漫着一股淡淡的血腥气。

林司南戴着护目镜，胶皮手套包裹住的两指小心翼翼地捏着一支滴管的胶皮，将一滴暗红的血液滴入了试管内红色的液体中，试管内翻滚出几个微小的反应气泡，然后重归于寂静，又一滴注入到另一管淡粉色的液体中。

“嘭——”

淡粉色液体的表面居然直接冒起了一簇蓝色的火苗，那火苗漂浮在液体的表面，随着它的不断燃烧，试管内的粉色越来越淡，接近于透明。

林司南盖住试管，隔绝了里面的空气，火苗熄灭。

他摘掉了脸上的护目镜，将试管放到边上的水槽内冲洗。

两支试管内的液体，红色的那支是被藏在冰柜里的普通血液样本，淡粉色的那支是自己的一滴血混上了一些实验用的稀释溶液，至于那个暗红色滴管里的东西，那是他今天上午取到的风谣的血。

取血的过程非常地简单粗暴，当时，他用打火机烤了一下顾凌铎床头的水果刀，又用酒精擦了一遍，然后对着风谣说：“把手拿过来。”

风谣可能是本能地察觉到了危险，把手一缩：“干什么？”

林司南：“给我割一下。”

风谣：“？？？”我说您能不能不要板着一张脸说这种话？真的很像变态杀手啊！

两人大眼瞪小眼地看了一会儿，最终还是风谣从他那张扑克脸里读出了并无恶意。当然了，风谣从来都没觉得林司南会对她有什么恶意。毕竟他要真是一个充满恶意的人，在遇见风谣之前就该抱着从前的怨念去胡作非为了。

风谣：“要我的血做什么用？”

林司南：“研究一下顾凌铎为什么不醒。”

“行吧。”她乖乖地把手交给了林司南，剩下的那只手夸张地捂住了自己的眼睛，“给我来个痛快的吧。”

林司南：“……”

最终，林司南到底还是“良知发现”，没能直接下死手去割，而是管护士要了支测血糖的针。闭着眼睛的风谣只感觉自己的手指像是被蚊子用力地叮了一下，再睁眼的时候，血珠就已经挤了出来。

现在，实验结果已经出来了。

林司南已经完全明白了顾凌铎为什么不醒了，甚至还找到了如何解脱自己的办法。

一滴风谣的血注入到普通人的血液中，会产生和他的血液相同的杀菌治愈效果，只不过由于治愈效果要比他的差一些，产生反应的时间偏长。在这个过程中，接受输血的人可能会陷入短暂的昏迷，有点像电脑死机之后的休眠重启时间。

但是，如果风谣的血注入到他的血液中，就完全不一样了。

原本的治愈效果完全不起作用，一滴血，仅仅只是一滴血，注入到已经将他的血液稀释得非常稀薄的溶液中，就能引起如此剧烈的燃烧反应！如果将她的血完全推入到他的身体中，大概五脏六腑都会全部烧毁吧。

许多年前他还在母星 BF-444 号的迁徙飞船上时，就曾听族中的长辈说过，宇宙从诞生伊始就一直维持着一种微妙的平衡，万物的生灭、时间的运动、质量的守恒，这是它的本质，是它的天然法则，也是它的终极意义。

那位长辈摇着头告诉他，即便他们星球的人的寿命在整个宇宙生命体中都十分可观了，也仍然逃不掉化为尘埃的一天。

现在看来，确实如此。

林司南握着手里的试管，居然觉得十分新奇。

这意味着他终于可以摆脱这漫长又无聊的苦熬生涯，而可以将自己的生命完全掌握在自己的手里，什么时候腻味了，就可以自己亲手结束掉。

重新醒来之后这么多年，他还是头一次像今天这样高兴，笑容直接洋溢在这张万年不化冰的脸上，居然带上了几分久违的天真。

他现在甚至想要立刻就打个电话跟人分享他的喜悦。林司南摘掉手套，从口袋里拿出手机，准备打电话给什么人。谁知，电话铃忽地响起，他想要分享的对象居然主动打来了电话。

心有灵犀？

林司南接了电话，脸上难得带着笑意："喂？"

风谣在听到他的声音的第一秒时，稍稍顿了一下。

林司南的声音总是冷冰冰的，此刻电话里的声音却让她听出了几分毫不掩饰的轻快。什么事这么高兴？早上不是还一副苦大仇深扑克脸的样子吗？

"你在哪儿？"电话那头的人似乎很开心，"下班之后有什么地方想去吗？我有个好消息想要告诉你。"他说完，似乎还低低地笑了两声。

听上去是真的很开心啊。

"我现在回医院啦。"风谣半靠在护士站的柜台边，边上围着几个笑嘻嘻看热闹的小护士，她只得不住地用手指比在唇边做"嘘"的口型，"对了，什么好消息让你这么开心？隔着电话都能感觉到你在笑。"

林司南："嗯，待会儿见面告诉你。"

风谣挂了电话，边上的小护士凑了上来。

"哈哈！我听到啦！是林医生的声音吧？约你出去？可以啊风记者，年前那会儿还管我们要人家电话，现在就已经钓到手了！"

"所以，现在是等男朋友接你下班的吗？"

风谣脸上的笑比当初套消息的时候多了几分真实。

护士："对了，之前那个被救护车从医院带走的顾记者他怎么样了？"

"我来之前人已经醒了。"风谣笑着，眼神有些微闪烁，"所以，我也就回来上班啦！"

"醒了？"孙院长愣住了，"那个市长家的公子就醒了？不对啊，他现在应该醒不过来才对啊？"

顾凌铎怎么可能会醒？或者说，他应该是短时间内都醒不过来才对。

他已经听说了昨天风谣在那家医院为顾凌铎献血的事情，更是早于林司南之前就知道了风谣这种“次级替代品”的血液和林司南这种“原装货”的区别。

早在他第一次把风谣弄倒绑在办公室密室内的时候，他就抽取了她的血液进行了实验。

风谣血液的治愈效果和林司南大体相似，但是会有一点点“小毛病”，被救治者醒来需要一定的时间。

其实，打从一开始，他就没打算真弄死顾凌铎。毕竟，要真把市长的儿子玩坏了，他也得吃不了兜着走。风谣献血把人救回来可以说是在他的意料之中。他之所以派人去医院抄录顾凌铎的身体机能数据，也不过是为了看看他发现的那个小毛病究竟起效了没有。

他需要的是时间，调离这座医院的时间，只要保证顾凌铎在他调离之前不会醒来，等到他扬名立万离开这座城市，他就有一万种方法抹掉这些“污点”。那个时候，所有的指责，都只不过是外界泼给他的脏水罢了。

虽然派去的人被风谣发现了，录音笔被林司南销毁了，但情况却和他估计的差不多——顾凌铎身体基本恢复了，却处在持续昏迷中，并且医生也不知道他什么时候才会醒过来。

他几乎可以说是松了一口气，毕竟他也怕林司南万一真的被那个女记者迷晕了头，忍着恶心把自己的血交出去。林司南有多反感拿他血的人，他最清楚了。那个女记者看上去人不蠢，不像是会去踩林司南的禁忌，做这种杀鸡取卵的事情的人。

不过现在，顾凌铎醒了，他就有点吃不准了。

难道林司南真的捏着鼻子把血交出去了？

不对，那个女记者确实献了血，他们没本事买通整个医院替他们撒谎。

难道说……

孙院长思索半晌，终于露出了一抹瘆人的笑容。

“哎呀，没想到这几只小老鼠还挺聪明的……明天找几个人去那个医院，看看那位顾大公子是不是真的醒了。要是真醒了，我就送他们一份小礼物吧，毕竟人家也辛苦了这么多天了……”

“顾凌铎醒了？”林司南坐在风谣对面皱了皱眉，“什么时候？”

他们现在正坐在医院附近的一家餐厅里，风谣说既然林医生有好事，不如请她这个小记者吃点好的。毕竟风谣对林司南那满屋子价值不菲的古董是真的印象深刻，感觉随便哪个都能让她生出“打土豪分田地”的怨念。

林司南沉吟，这不可能，按照他下午的实验结果来看，顾凌铎应该还要休眠至少一周才能抵消掉风谣的血给他的身体带来的那些副作用。

风谣见他皱眉，一副百思不得其解的样子，“扑哧”一声笑了，将身子前倾凑到他耳边小声说：“当然是我骗人的啦！”

林司南的眉毛扬了扬。

风谣见他是真的没懂，压低声音解释：“你之前不是告诉我说院长快要调走了吗？怎么可以让他这么满身鲜花荣誉地走呢？他要是真的离开这座城市可就是天高皇帝远了，当然要在他离开之前让他自乱阵脚啊！”

顾凌铎在倒下之前一定看到了什么不该看到的东西，因为他的手机和录音笔都被人仔细地清理了一遍，没留下半点痕迹。孙院长甚至不惜派人假扮医生到另一家医院去，足够证明他非常在意顾凌铎是否会醒来这件事。如果这时候顾凌铎醒过来了，他会怎么做？

林司南：“所以，你想假装顾凌铎醒了，骗他上钩？”

风谣打了个响指：“BINGO！以其人之道还治其人之身！总是被人牵着鼻子走，不如自己主动出击。具体的方案你不在的时候我已经和姚秘书商量好了，只不过没提人血实验的事情，只是说想要找出背后对顾凌铎下手的人。他很支持我，剩下的事情，他会和相关的人布置好，你觉得这个计划怎么样？”

林司南：“目前来说，没看出太大的问题。”

但是，不排除被孙识破的可能。

风谣似乎看出了他未说出口的顾虑。

“……就看看这几天会不会有人去医院查看情况吧。如果真的被识破的话，”她苦笑一声，“那我就算再丢一次饭碗，顺带把汪清给气老个十岁，也要在他离院的项目发布会上揭穿他……这是我唯一的机会了。”

风谣眼睫微垂，眸中却透露出无比坚定的光。

林司南看着她的样子，恍惚间想起三年前他把那些药片塞进她背后的枕芯里，转身离开病房时，病床上的人叫住他：“你的脸用口罩遮着，想必也是不想让人家看到。你救了我，但是今天过后，大概就算我想报答你，也找不到你了。”

他没有回头：“我没有救你，你也不需要报答我。”

“我向你保证！”她在背后高声喊道，“在实现我的目标之前，我一定会顽强地活下去，开开心心地活下去！不会白白浪费掉你留给我的这条命！我再也不会随便自暴自弃地去求死了！”

林司南脚步不停：“加油。”

……

她还真没忘啊，林司南想。

林司南开口：“放心吧，就算你失败了也不用冒着丢掉饭碗的风险，我想，我已经找到方法揭穿他了。”

说着，他拿出手机，将记录下来的照片给风谣看：“成品我已经销毁了。孙的项目不可能成功，他不是说从我的血里提取出来的活性细胞可以延缓人的衰老，甚至完全消除人类对衰老和疾病的困扰吗？但是你看……”

他手指一翻，淡蓝色的火苗在视频里跳动，也同样在风谣的眼睛里跳动，跳得她一阵心悸。

“只要把你的血滴进去，什么长生，什么无病无灾，就全都结束了。”

视频已经播完了一遍，正在重播，一下子蹿高的火苗映在她的瞳孔中，衬得她的面色越发古怪：“林司南，你想要告诉我的好消息，不会就是这个吧？”

林司南收起手机，似乎很不理解她为什么会突然变了脸色：“难道这不是一个好消息吗？”

坐在他对面的风谣沉默着，这家餐厅的菜味道很不错，桌上点的也大多都是她爱吃的东西。她低着头，一声不吭地吃了好几口，仿佛是被口腹之欲吸引了全部的注意力。

然后，她摔了筷子。

安静的餐厅里传来一声瓷器碰撞的“嗡呜”脆响。

“林司南！你摸着你的良心说你开心是因为可以搞乱实验？难道不是因为你终于可以求死了吗？把我带回家，对我那么温柔体贴那么好，口口声声说要把我当作活着的意义，现在你开心够了就打算自己一死了之，你也太过分了吧！‘不娶何撩’听没听过啊！”她吼道。

大半个餐厅的人的目光都被吸引了过来，张望着是哪对小情侣吵架吵这么凶。林司南怔怔地看着风谣，似乎是没料到她会因为这件事情不管不顾地发这么大的脾气。

风谣现在心里真是有无数句脏话想说。

原本以为自己顺着他，慢慢安抚他，就可以一点一点把林司南心里扭曲的那部分慢慢地掰过来，让他放下求死的意念，意识到这个世界其实还是很美好的，结果……

不仅没成功，好像还往另一个错误的方向偏了老远。

那头的林司南眉头紧紧地蹙起，十分惊讶地望着她，他迟疑道：“你……就这么害怕我死了？”

片刻后，他嘴角勾了一下：“我明白了。”

对面的风谣却在气头上，根本没听清他后面半句话。

很好，男人，你成功地惹怒了我。

她阴惴惴地看着他：“你不是特别想死吗？那你试试看啊，本姑奶奶就让你想死也死不了。”

当晚，林司南家。

面前的女孩刚洗完澡，拿着吹风机半露着大腿坐在床沿吹头发，整个房间都散发着一股沐浴露的淡淡馨香。

画面很和谐，林司南想，但如果这不是在他的卧室里，大概能更和谐。

吹风机“嗡嗡”地响了一阵子，风谣摸了摸自己的头发，已经半干了，于是拔掉插头，翻身上床，背靠在床头上，皮笑肉不笑地看着面前的林司南。

林司南沉默了片刻，出声：“你在干什么？”

风谣微笑：“吹头发。现在我吹完了，准备睡觉。”

林司南：“你的房间似乎在隔壁。”

“哦。”风谣点点头，然后说，“但我就想在这里看着你，防止长夜漫漫，林医生孤寂无聊，而又心生死志。”

林司南：“……”

风谣故意探过身子，慢慢向着“警惕”地坐在另一侧床头的林司南靠近，摆出一副女流氓的样子：“林医生啊……我觉得我以前真是错了。”

林司南一双眼睛不带半点波澜地凝视着她：“哦？”

“错在……我太要脸了。”风谣见他无动于衷，万分心虚藏于轻浮的笑容之下，她心下咬牙，这时候千万不能退，硬着头皮都得上，“我早就说了，我对林医生垂涎已久，当初你在我家里的时候，睡在我床边，其实我每天晚上都在心里暗搓搓地幻想着林医生。要不是当时太要脸了，你早就被我吃掉了，嘿嘿嘿……”

哇，真是难以想象，这种羞耻的话居然是从她嘴里说出来的。

她的脸距离林司南大概只有不到半寸的距离，只要林司南稍微一低头就可以碰上。那么近的距离，近到他眼眶中的那两颗灰色如琉璃般的眼珠都只能倒映出一个萤火般小小的竖尖尖——那是风谣紧张到发颤的瞳孔。

林司南垂眸看着她略微有些发颤的手指，强作镇定地探上了他的脸颊。她笑得是挺像那么一回事的，但是这些小动作早就出卖了她，偏偏她还不自知。

他忽然往后一靠。

风谣的手指一顿。

啧，尴尬了，现在他往后倒是要怎样？因为抵抗不了，所以干脆任凭她动作？

本来她是真的挺生气的，她一直以为自己在林司南心里应该多多少少有那么一点点的分量，至少不能说是个无足轻重的陌生人，起码能够让林司南对这个世界还抱有一丝期待和留恋吧？

所以，当林司南用那么轻松，甚至可以说是庆幸的语调说出“终于可以解脱了”这话的时候，风谣的心是真的梗塞了一下。一是平白有一种被渣男撩了之后又被毫不犹豫甩掉的感觉，二就是对他轻易放弃自己生命的失望和惋惜。

三年前，自己曾经也有过“这个世界上没有什么特别值得牵挂和留恋的事情了，不如放弃生命好了”的想法，但最后她还是爬起来了。

她都可以，林司南为什么不可以？

林司南见她僵在原地半天没动，淡淡开口：“继续啊，怎么不动了？”

风谣忽觉后背一凉，一只手按在她背后，把她整个人都按到了面前的人身上。

林司南的声音不轻不重地在她的头顶响起：“难道是想让我帮你一把吗？”

她忽然觉得，好像哪里不对的样子？

林司南又伸手把她往下按了按，捉弄一样地蹭了一下她的鼻尖：“嗯？”

眼看两人之间只隔毫厘之距，她镇定道：“林医生，我跟你说，以我阅片无数的眼光来看，你这个动作太套路了。”

林司南：“哦。”

风谣眨了眨眼：“基本上会这样做的，都是虚张声势，是不会真的对女孩子做什么的，对吧？”

“风记者。”林司南按在她背后的手收了回来，两指轻轻地捏住她的下巴，淡淡道，“我虽然不是地球人，但好歹也算是个正常男人。

“所以，你这样的暗示，未免也太明显了一点吧？”

说着，林司南把身子往前靠了一点点。

风谣的眼睛微微睁大，他居然真的亲上来了。

第八日·转机

我错了，但我不后悔

//

L I M I N G Z H I Q I A N B A O B A O N I

（1）

“嗯……”

风谣哼哼了一声，从闷热中清醒过来，动了动手肘，没成功，被什么东西箍住了。

她睁开眼睛，一双浅灰色的眸子映入眼帘。

林司南似乎是刚醒，沙哑的声音中还带着些困意：“早。”

风谣意识到两人都已经醒了，却还抱在一起，脸上一热：“你早就醒了为什么不起来？”

林司南低头，在她的头顶上落下蜻蜓点水般的一吻：“弥补一下你昨天早上抢厨房失败了的遗憾。”

虽然他面上没什么太大的表情波动，但风谣还是能从中听出满满的揶揄。

风谣：“……”

林司南淡淡道：“我昨天确实有想过离开这个世界，但这个打算的实施时间并不是现在。不过，让我惊讶的是你的反应。风谣，你就那么担心我死吗？还是说……”

他垂下眼眸，眼神深邃得仿佛能把人吸进去：“你想要我？”

风谣一听，脸立刻涨得通红：“你瞎说什么呢！能不能用词含蓄点！”

什……什么叫“想要你”啊？你……你会不会说话，弄得她好像欲求不满的变态一样。

不过，等一下，昨天晚上她的行为，好像确实有点……

她想起昨天晚上自己勾着林司南的脖子不肯撒手的样子，瞬间就不好了。真是低估了这个老妖怪的情商，他哪里脸皮薄了？哪里内心脆弱了？他明明就什么都知道！

林司南平静无波的目光落在她眼中，忽然就成了一种明晃晃的嘲讽和戏谑。

呵，昨天晚上，她是主动把自己送了上去。

风谣挣开他的手臂，猛地翻身坐起。

林司南嗓音慵懒："回神了？"

风谣现在满脑子都在播放自己昨天的羞耻行径，恨不得在地上挖个洞自己钻进去。

"我去做早餐。"

林司南看着她从房间里出去，几乎可以算得上是落荒而逃。

她好像真的一直是这样，有时候瞧着清醒精明，有时候又迷糊到不行。她不是一个外在有多么貌美出挑的女人，但她身上就是有这样一种奇怪的魅力吸引着你。你好像能猜透她，可她又时不时地会做出一些出人意料的举动。

他已经记不清楚自己有多少次是因为风谣的一句话而猛地怔住，然后就那样定定地望着她。耳朵里仿佛能够听到自己的心墙一点点破碎的声音，从坚硬的石块到细碎的流沙，山泉漫过荒原，催生出无数新嫩的绿芽。

原来不只是风谣想要他，他也想要拥有她。

林司南想，或许，从她主动靠近的那一刻起，就注定了他会因她满心欢喜，为她心上成林。

507 病房门外。

"您好，您找哪位？"推着消毒车的护士看见一个男人站在病房门口隔着玻璃往里面张望，疑惑地叫住了他。

"啊，您好……"男人转过头来礼貌道，"我是 507 病房病人的朋友，来看看他。请问这里面怎么没有人，是安排他做检查去了吗？”

“507 的病人？”护士从口袋里掏出对讲机，“我帮您问一下。”

稍后，对讲机那头很快就回复了。

“507 的病人昨天晚上就办好手续出院了，主治医生也同意他出院了。”护士放下了对讲机，建议他，“您的朋友可能出院了还没来得及告诉您，要不您打电话问问？”

“啊……是这样。”男人点了点头，“那不麻烦您了，我打电话给他吧。谢谢啊。”

护士：“不客气。”

护士离开之后，男人从口袋中掏出手机，编辑好一条短信：顾已出院。

“叮咚——”

风谣嘴里的煎蛋咽到一半，就听到手机响了，她拿起来一接通，果然是姚秘书打来的。

姚秘书：“问询台那边说，刚才已经有人来问了 507 的病人，监控拍到了人，您看怎么做？”

风谣：“再等等吧。”

肯定不能抓人，在没有证据的情况下，人家跑到医院问一句 507 的病人也不违法啊。再说了，抓这么一个小喽啰有什么用，她还指望这位仁兄把消息给带回去呢！

如果孙院长知道顾凌铎醒了，一定会非常害怕他说出点什么东西来，以他的聪明，会立刻把那个被抓到的把柄扔掉。

现在线索断了，她就等着孙院长自己将把柄交出来。

“行。”挂电话前，姚秘书说了句：“不过，风记者……说实话，那人就这么走了也不查证一下，我总觉得哪里怪怪的。”

三十分钟后，中心医院。

护士站内几个值班人员凑在一起不知道在小声说些什么，脸上或惊讶或疑惑。

新年值班第三天，医院里就出事了。

出事的人是医院采购科的科长成林，有人电话举报，说中心医院这位成科长利用职权之便，私自倒卖公款所购的医疗器械。

孙院长十分生气，就在刚才，他已经打电话报案，一旦查证属实，绝不姑息养奸。

风谣到医院的时候，感觉到的就是这么个紧张的氛围。

几个护士看到她是从医院里面走过来的，都愣了愣："风记者你什么时候来的，我们怎么都没注意到？"

风谣心说林司南的家就在医院里面啊，我根本就没出去过好吗？

"哦，就……刚刚，没多久，我看你们聊天聊得挺热烈的，就没打扰你们，去放了一下东西回来。"

"这样吗？"一位站在外围的小护士皱了皱眉，"我刚刚一直对着走廊站的啊，怎么会没看到？"

"哎呀！总之，你们聊什么呢？"风谣生怕她继续往下深思，发现自己就住在医院里的事实，赶紧转移了话题。

"啊……采购科出了点事。"护士说，"那边的办公室都被警察给包了，准备带走问话呢。风记者你要不要去采个新闻啥的？感觉这种时候和贪腐挂上钩的社会新闻，还蛮有看点的。"

风谣问："出事的是谁啊？"

护士："就他们的科长，成林。"

成林？风谣听到这个名字的时候愣了一下，她总觉得有点耳熟，似乎在哪里听过。

她点点头："行吧，我去准备一下，希望能赶上。"然后立刻转身回了休息室。

休息室里已经坐了一个人，看到风谣进来，还招呼了她一句："风谣姐！"

她一看，这人她见过，是之前在顾凌铎被他老爸关禁闭的时候来代班的那个小严。

风谣笑道："你不是回家过年去了？这么早就回来啦？"

小严："啊，对！我昨天晚上回来的，社里说这里又缺人了，我就又被派过来填这个空缺了。"

风谣点了点头。

她背对着小严，掏出手机翻了下三年前的那个调查记录。

找到了，她的记忆力果然没有出问题。

J 国毒工厂枪击案卷宗，调查员签字：成林。

原来，这就是那天被顾凌铎发现的秘密。

成林坐在自己的办公桌后，正一丝不苟地收拾着自己的工位。几个警察抵在门口，拦住了外面嘈杂的围观者。

如果顾凌铎现在还清醒的话，一定能认出来，这就是那天他录到和孙院长说话的人。

这一天，终于还是到来了。

想到这里，成林似乎松了一口气。从踏上这条错误道路的第一天起，他就想到了自己会有这么一天。所以，当接到孙院长打来的"弃子"宣布电话的时候，他的第一反应居然是平静，平静到让那个多疑的男人在电话里都忍不住问他，是不是有什么别的打算。

没有打算了，他真的什么打算都没有了。

今天这一步，说到底是他自己走出来的，怪不得任何人。

外面的警察喊了他一声："稍微快点！"

他迟疑地打开了手中一本黑色的笔记本，笔记本的扉页上有人用水彩笔画了一颗金灿灿的太阳，几朵天蓝色的云就涂抹在太阳的旁边。

成林微笑着用手指蹭了蹭那云朵，仿佛它正在温柔地亲吻着自己的指尖。

这时，门外骚动的人群忽然声音又大了一些，似乎是有人来了，围观的群众自发地给来人让出了一条道。

成林听到动静，下意识地抬头朝着门边看过去。

两个记者模样的人，一男一女，戴着口罩，拿着机器站在门边，看到他，便礼貌地向他点了点头。

边上的警察似乎不是很乐意记者在这种时候还上赶着来采访，态度有些生硬："对不起，我们现在正在执行公务，请两位记者同志不要干扰我们正常的执法程序。"

那位女记者态度很温顺地向警察说着抱歉："不好意思，不好意思，我们就耽误几分钟，可以吗？"

警察皱了皱眉，但看这个女记者态度还挺好，就也放软了不少："可以是可以，但最多给你们五到十分钟的时间。时间一到，人我们就要立刻带走。"

女记者："谢谢。"

成林听到警察要放那两位记者进来，心里有些不太愿意："抱歉，但我个人不是很想……"

他忽然顿住了。

那个女记者当着他的面，拿掉了自己面上的口罩。口罩的背后，露出了一张与他记忆中有些差距，却让他极为印象深刻的脸。

风谣对着怔在原地的成林，淡淡一笑。

看来，他们三年前的那次见面，的确在这位成科长……不，是成调查员的心里，留下了不可磨灭的印象啊。

成林看着这张脸，暗叹了一声，确实也该来了。

三年前，这张脸远比现在要年轻青涩得多。她倒在那个破旧工厂的金属大门外，手上、身上到处都是血，身后拖了一条几十米长的血道，但是她身上一道伤口都没有，那血都是别人的。

大使馆接到当地的侨胞报案，说一家毒工厂内发生了枪击案，死者是华国来的记者。当他们的调查组赶到的时候，她其实已经累得昏睡过去了，眼睛闭得死死的，连梦里都在皱着眉，却在感知到有人靠近她的第一刻猛地睁开了眼睛！

那一刻，他看着那个女孩的眼睛，居然想起了非洲草原上的斑马。

斑马时刻承受着被狮子捕猎的风险，所以它们万分警觉，即便是在进食休息的时候，也不会放下竖起的耳朵。当危险来临的时候，它们不是草原上跑得最快的，却是耐力最持久的生物。

“好久不见啊，成调查员。”风谣冲着他点点头。

人人都以为这只斑马已经被人类驯服了，但成林看到她的第一眼就明白了，这双眼睛里隐藏了三年多的野性，终于又展露出来了。

成林的脸上露出了如释重负的表情：“我一直听说医院里面来了驻院的记者，却没想到原来是你。孙院长或许对你没什么印象了，但我还记得你。三年多不见，风记者比那个时候变了许多，也沉稳了许多。”

摄影机后面的小严一头雾水地看着这两个忽然开始寒暄的人，惊讶道：“你们认识？”

风谣微笑：“老朋友了。”

成林也笑：“是啊——”

风谣打断了他：“我今天不是来跟你叙旧的，摄影机就在这里，不如我们先谈公事吧？”

成林顿了顿：“好。”

那头小严求助警察，将围观的人群往外推了不少，这样可以让收音更清楚一些。

风谣说谈公事就真的只是在采访，大致地询问了一下成林的“贪腐”过程，哪些事情是他做的他都大大方方地承认了。

最后，在小严打板关闭摄影机时，她终于忍不住问了一个自己想问的问题：“你明知道最终会被推出来扛雷，为什么还要心甘情愿地替他做事？实话跟您说，我看过您的调查记录本，从您的调查报告可以看出来，您和他应该不是一类人。”

这个“他”，风谣碍于人多，很隐晦地指代了孙院长。

成林的表情显得有些无奈，他苦笑着摇了摇头：“但凡只要有一点点办法，又有多少人愿意去做这种助纣为虐的事情呢？”

三年前，成林因为坚持要查清楚那个案子的疑点，而被硬生生地从工作了十多年的地方远调，几乎被打落到谷底。他在非洲一个小国工作了一年多，回国的时候才发现，自己唯一的女儿得了一种罕见的绝症，家中入不敷出，家里人为了不让他担心，瞒了他一年多。

如果还是在原来的调查组里工作，那么工资还能勉强维持这高昂的医药费开支，但是如今他被下调，那就真的不够了……

成林动用了一切可以动用的资源，努力维系着女儿的生命，但是这种感觉就好像是在从死神的手里抢人。钱、药、设备，所有能用的东西都用了，但是女儿的生命还是一天一天地流逝着，如同冬季即将开败的花。

渐渐地，他有些绝望了。

刻骨的绝望会滋生出黑暗，黑暗会招来魔鬼。

于是，魔鬼挂着蛊惑人心的微笑，敲响了他家的大门。

“你是？”成林警惕地望着面前的中年男人，男人看上去早就不年轻了，却保养得很好。

对方手上拿着一个低温盒，打开来里面是一管暗红色的血。成林在看到里面东西的第一秒便怔住了，他想到了那个在现场摇摇欲坠的年轻姑娘，还有姑娘口中不停念叨着的“红试管”。

“看来成先生还记得它，”那人看着他的表情，微笑着说，“这个东西可以救您女儿的命，如果您愿意加入我们的话，我将每个月都为您的女儿提供这么一管东西。”

风谣：“试管里面的东西是……”

林司南的血？

成林摇摇头："或许吧。我很抱歉做了这些助纣为虐的事情，但这血确实有用。彤彤自从开始用它之后，连医生都说她的病情有了好转，不像最开始那样随时都有可能失去生命了。"

风谣迟疑着问："抱歉……请问，彤彤她得的是什么病？"

成林："血癌，也就是现在大家说的白血病。"

那就是和她的爷爷一样，风谣心道。

风谣："成先生，恕我直言，那东西治标不治本，只是暂时将你女儿的命吊住了而已。"

这个病如果想要靠林司南的血治好，光每个月输一管是不行的，得像当初她爷爷那样全身换血才行。孙院长每个月给一试管，明显是要靠吊着彤彤的命当作筹码威胁成林。

但是成林只是淡淡一笑："我当然知道，但是知道又有什么办法呢？骨髓移植费用高，风险大，匹配合适的也难，医生说彤彤活不过五年，但如果靠这个药她能吊到十年、二十年，甚至更久呢？总有一天我会给彤彤找到合适的骨髓配型。我这辈子没什么指望，就只有这么一个女儿，我不希望她连自己在这个世界上喜欢什么不喜欢什么都没有弄清楚，就要提前离开这个世界了。"

这个世界就是这样，有些人厌恶冗长的生命，有些人又希望可以活得长一点、再长一点。谁都有自己的无奈。

"所以，我错了，但是我不后悔。"成林说。

"咔嗒"一声，成林的手上多了一副银色的手铐。

风谣要求的时间到了，两个警察搜了一下成林的办公桌，带走了桌面上所有能带走的东西，说是要进行取证。

成林被警察带走的时候，路过风谣身边，低声说了一句："对不起……但是，如果有机会的话，希望风记者能替我去看看我的女儿。彤彤还小，别告诉她爸爸被抓的事情。"

风谣一怔。

成林又强调了一句："记得，一定要去！"

风谣还想开口问点什么，但是前面的警察已经喊了一句："走吧！"

成林被警察带走了。

当天下午，采购科科长被捕这件事情就传遍了医院，人人惊讶，却又在暗暗鄙夷。

听说因为这件事情，孙院长显出一副非常生气的样子，召集了一群人在线开思想教育大会，说是为了杜绝类似事情发生，每一个员工都必须端正自己的思想态度，管好自己那双手，不要动贪念。因为这件事情严重影响了医院的形象，关键的是，听说成林被抓的时候，驻院的那两名记者都在现场，这新闻要是往外一发，还不知道得被外面猜测成什么样。

于是，风谣一整个下午都是在院里各路人马的试探和打招呼中度过的，直到她再三保证一定会手下留情，就算发稿出去也会先给各位领导过目之后，休息室才算是真正彻底安静下来。

风谣和小严两个人将整理好的素材包还有文档传回报社，才算是彻底完成了工作。

这时候已经接近下午五点，她坐在椅子上转着笔，想着成林临走前说的那番话，一副若有所思的样子。

那头的小严收拾好自己的摄影包，见风谣还在那里发呆，提醒她一句："下班了，风谣姐。"

风谣"嗯"了一句，表示自己知道了，小严只好自己先离开。

他打开休息室的门，就看到面前站着一个浑身上下散发着冰冷气息的英俊男人，一双浅灰色的眼睛更是极为少见。

那男人看到他，眉梢挑了挑："你是？"

小严虽然实习还不满一年，但到底有了点经验，察言观色的本事还不错，立刻反应过来："啊！你是风谣姐的男朋友吧？我……我是新来的实习生。"

男人点了下头："代替顾凌铎的？"

"你还认识顾凌铎啊！"小严呵呵笑着，心说看来是经常来这里接风记者下班了。

其实也不怪小严没能认出林司南中心医院医生的身份，因为他来的时候把白大褂脱了挂在了办公室里。他想快点来接风谣下班。

小严很识趣："那，那我就先走了！风谣姐，明天见！"

"在想成林被抓的事情？"林司南用纸杯到饮水机那里接了一杯热水，放到风谣面前，"既然路是他自己选的，你也没什么好为他遗憾的。"

风谣一听就知道早上发生的事情他全都知道了。不过也是，医院里发生了这么大的事情，林司南怎么可能会不知道呢？

"我倒不是为他遗憾，"风谣说，"我是在想……别的。"成林临走之前说的那句一定要去看望他的女儿，强调得非常刻意。

林司南："我对成林的认识虽然仅限于一个模糊的名字，但作为孙费尽心思招揽过来的曾经的调查员，会在这种时候被孙推出来，应该同他也没多同心同德。所以，如果他临走前对你说了些什么，应当都不是废话。"

风谣点点头，以林司南活着的年岁和阅历来看，他对人的判断应当不会有错。但随即，她又猛地抬头："等等！你早就知道成林是当时那个调查员了？"

林司南颔首："你第一次当着我的面翻顾凌铎带来的东西时，我就知道了。"

"早就知道，但是觉得没必要告诉我。"风谣顿了顿，忽然明白了些什么，挑眉笑眯眯地看着他，"那么……现在，林医生又为什么忽然对我毫无保留了呢？"

林司南伸指捏了捏她的鼻根，破坏了她脸上那显而易见的得意神情："你不是已经知道为什么了吗？"

因为喜欢。

以前他只是有一点点在意，但是没到那么喜欢的地步，所以也不会为了她去打破自己的原则。不过从此刻起，她知道，林司南是她的了。

这么想着，风谣抬头对着他笑：“你知道当初护士站那些小妹妹管你叫什么吗？全天下最难啃的骨头！天哪，我感觉我好棒啊，这么难啃的骨头我都啃下来了，居然还没把牙崩掉！”

林司南捏着她鼻根的手微微用力，却控制在了不会让她觉得痛的程度上：“这个比喻我不太喜欢。”

风谣这会儿正得意，才不管他喜不喜欢呢。

“哈哈！我的宝贝骨头！”

林司南挑眉。

“唔！快五点半了！”她看了眼墙上的挂钟，“成林让我一定要去看他女儿！他女儿要是患上白血病的话，过点可能就不给探视了，我们还得赶紧去。”

“白血病？”林司南一听就明白了，“血癌分急性和慢性，急性死亡率高，死亡快，平均生存周期在几天到三个月，有效治疗后转为慢性或长期存活。孙怕是把我的血按月给成林了，既能控制病情，又无法彻底治愈，对他来说，足够控制成林听话了。”

血癌的成因是体内的造血细胞恶性克隆，导致患者颅内出血，或如艾滋一般免疫系统被破坏，死于其他并发症。这种恶性细胞克隆和林司南体内极强的修复功能有点像，但又完全是两个概念。白血病患者体内是不成熟的白细胞，也就是“幼稚细胞”超标了，它不具备正常白细胞的抗体效果，导致面对外界感染时全身的防疫体系几乎失效。这样的状态下，即便是一个小小的感冒，都能夺走患者的生命。

而林司南体内高速增长的，却是完全成熟的白细胞，自然能够暂时缓解白血病患者免疫系统失效的问题，但，也只是暂时而已，患者自身的造血系统如果不能提供足够的白细胞，仍旧是杯水车薪。

“走吧，去看看，”风谣道，“也不知道他的家人知不知道他的这些事，唉。”

“或许多多少少知道一些，”林司南说，“想要在最亲密的人面前瞒下事情，还是挺难的。”

（2）

“是这里吗？”林司南停下车。

风谣看了眼导航上的位置：“没错，本子上说的就是这儿。”

她反应很快，趁着那两个警察把人铐出去的时候，摸走了成林遗留在桌上的黑色笔记本。因为两人交谈的过程中成林一直在收东西，所有的东西都被收到了纸箱子里——除了那本黑色的笔记本。

警察：“哎！别动桌上的东西！”

风谣面不改色心不跳：“这是我的本子，刚刚采访的时候顺手放桌上了。你看，我的笔还夹里面呢。”

警察“哦”了一句：“你自己的东西啊，那拿走吧。”

风谣就这么拿到了成林的笔记本。这个笔记本的内页上用蜡笔画了些太阳和白云的儿童简笔画，说是笔记本，其实更像是一本记账单，记录了女儿的每一笔药费支出，也不知道是不是成林故意放在桌子上的。

风谣：“您好，我想查一下成雨彤的病房号。”

护士抬头：“您与病人的关系？”

“我是她的堂姐，这是她爸爸托付给我的，说最近可能有事情来不了拜托我来看看她。”风谣说着，晃了晃手里的本子。

护士一看上面记的东西就笑了，说：“啊……她爸爸以前经常来问我们情况，我还奇怪今天怎么还没来。B 区 309 号房间，探视时间到 6 点，记得别太晚了呀！”

风谣微笑：“谢谢。”

她转过身，用眼神示意身后的林司南：搞定！

如果顾凌铎在现场，估计会在后面小声叨叨：“太可怕了，太可怕了，谁能想到她走之前还记得去桌上摸个东西来证明身份呢？”

B 区 309 号病房。

病床上靠着床头看书的女孩一脸迷茫地望着这两个戴着口罩的成年人：“你

们找谁？”

林司南在旁不语，风谣立刻上前一步：“你好呀，彤彤！我们是你爸爸找来陪你的！”

彤彤眨了眨眼睛：“爸爸他出什么事情了吗？”

风谣一怔：“没有呀！”

彤彤指着她手上的笔记本：“你手上拿着爸爸的本子，我见过！”

风谣愣怔地望着手里的本子，惊叹于这个小女孩的聪慧和敏锐。

“那，彤彤你妈妈呢？”风谣笑着问。

彤彤：“妈妈出去给我们买饭了。”

话音刚落，门口走进来一个疲惫的中年女人，看到病房内的两个人，神情有些诧异又有些警惕：“你们找谁？”

风谣：“成太太您好，我们是成先生的朋友。”

成太太：“朋友？”

风谣：“具体的我们出来聊，别打扰彤彤休息。”

她和成太太去了走廊上，不知道成林被捕的事情成太太知不知道，不过彤彤是肯定得要瞒着的。

风谣和成太太去了外面，病房里除了彤彤，就只剩下林司南一个一米八多的大男人，他冷淡地瞥了一眼床上的成雨彤，站到离床最远的角落里，靠在那里看手机。

病房里的气氛一时特别僵，彤彤奇怪地看着面前这个好看的大哥哥，不知道为什么，她总觉得大哥哥不是很喜欢她。

林司南确实不喜欢孩子。

不，准确地说，是曾经挺喜欢，后来又不喜欢了。

他刚来地球的时候，是喜欢小孩子的。因为那时候他的华国话说得还不是很清楚，虽然长着一副成年人的面貌，但无论是语言能力还是生存能力，都和几岁的儿童没有太大的区别。

时间推回到九十多年前，当初那些孩子估计都还记得那会儿有一个长得特别好看的大哥哥每天跟着他们一起玩吧。

只不过，后来林司南因为风家的小少爷被人放干血，又被自己看着长大的孙院长背叛，从此就再也生不出对小孩子的半分好感了。

彤彤：“哥哥。”

那头没有反应。

于是，她又叫了一句：“哥哥！”

林司南终于抬起了头：“干什么？”

那双看着像是没有温度一般的浅灰色眼珠转向彤彤，吓得她差点哭出来。

呜呜呜……这个哥哥好吓人啊。

她撇过脸指着上面快见底的吊瓶：“哥哥，我的针快打完了，你能帮我叫一下护士姐姐吗？”

林司南抬头盯着吊瓶里剩余的药液看了一会儿，又把头低了回去：“最少还有二十多分钟，等你妈妈回来让她帮你叫护士。”

彤彤好奇地问：“哥哥你好厉害呀！你怎么看一眼就知道时间了？”

林司南应了一句：“我是医生。”

“哥哥你是医生？”彤彤瞪大了眼睛，“哥哥你真的好厉害啊！哥哥哥哥，那你知道我的病什么时候才能好吗？医生只告诉爸爸妈妈都不告诉我，你能告诉我吗？哥哥哥哥……”

林司南被她一声连着一声的“哥哥”吵得头都快炸了，本来想实话实说甩给她一句“好不了”，但又顿了一下，觉得自己这样对一个几岁的小女孩未免过于恶毒。

于是，他从手机屏幕上抬起了头，淡淡道：“医生不能告诉你，所以我也不能，因为我也是医生。”

彤彤：“……”听上去好有道理的样子。

接着，他话锋一转：“但是我能告诉你，你暂时还很安全，可以继续陪着你妈妈。”

林司南放下手机，走到了稍微离床近一点的位置，表情冷淡：“只要你好好听医生的话，按时吃药打针，起码病情不会变坏。”

彤彤撑着脑袋盯着他看了一会儿，忽然“咯咯”地笑了起来：“哥哥，你不生气的时候，眼睛真的好好看哦！”

林司南一愣。

“哥哥，你的眼睛和爸爸送给我的这个礼物好像哦！”说着，她把没有插针头的另一只手从被子里面拿了出来，手腕上挂着一串小小的淡黄色的珠子。林司南见多识广，认得这是琥珀蜜蜡，传统医论认为它可以入药，有安神、化瘀的作用。

林司南：“我的眼睛是灰色的，你手上的珠子是淡黄色的，哪里像了？”

彤彤用力地摇了摇头：“不是颜色啦！哥哥你过来一点！快过来！”

林司南走过去，病床上的小女孩就直接把自己的小手往他的掌心里蹭。

他无奈地握住了彤彤的手腕：“然后呢？”

彤彤手腕上的琥珀蜜蜡串贴着他的掌心：“哥哥你看！是不是很像！爸爸说这个珠子很神奇的，妈妈的项链我也摸过，都是冷冰冰的，但这个是热热的，是不是很神奇？”

林司南一顿，琥珀蜜蜡因为其特殊的质地，所以手摸着会有一种温温的感觉，比寻常的石头温度要高一些。

“哥哥的眼睛就像这个石头一样，看上去很吓人，但其实是温暖的，就像这个石头一样……”彤彤说完，又有些委屈地低下了头，“哥哥哥哥，你是不是不喜欢彤彤啊？是彤彤做错了什么吗？我很喜欢哥哥的……”

林司南沉默了片刻，缓声道：“彤……彤，我是你爸爸的同事，他很忙，让我们过来看看你。”能撒出这样一个善意的谎言，对于林司南来说，已经算是好感之上的举动了。

然而彤彤看着他的眼睛，忽然瘪了嘴：“哥哥你撒谎。”

林司南：“……”

彤彤：“之前我生病的时候，护士姐姐也是把妈妈叫出去说小话，回来的时候和我说我很快就能离开病房出去了。但是我听见医生跟妈妈说，我快要死了，我却听见了，可是妈妈不承认，说我听错了。可是，我明明没有听错。”

彤彤：“现在那个姐姐说你们是爸爸的朋友，又把妈妈叫出去小声说话了。哥哥，是不是出去小声说出来的话都是假话呢？不然，你们为什么都不愿意当着彤彤的面说呢？”

有很多成年人都觉得小孩子是很好哄的，但其实，小孩子敏感聪明起来，往往比大人的直觉更准。

林司南迟疑着抬手，碰了碰她软软的头发：“等哪一天你长大了，他们就会告诉你了。”

正好这时候，风谣就扶着成太太从外面进来了。成太太的眼睛有点红，像是刚哭过。

彤彤看着妈妈，疑惑道：“妈妈，你怎么了？爸爸呢？”

成太太赶忙收敛表情露出笑容：“没有！外面风大，妈妈眼睛吹着风了……爸爸？爸爸工作很忙啊，现在彤彤生着病，爸爸要努力工作赚钱才能治好彤彤的病啊！彤彤，你快看看，哥哥姐姐给你带来了什么好吃的？”

林司南注意到，彤彤眼中的光明显暗淡了一下，但是很快像是安慰妈妈似的扬起了笑容：“好多吃的！哥哥姐姐怎么知道彤彤喜欢吃这个？”

风谣听她这样说，连忙把东西递了过去，却被一旁的林司南接了过去，她一愣。

“你喜欢吃甜的，还是咸的？”林司南弯下腰来问彤彤，表情十分认真。

彤彤不明所以地眨了眨眼睛：“甜的，我喜欢吃甜甜的东西。”

“啊——张嘴，让我看看你有没有蛀牙。”林司南严肃道，“有蛀牙不能吃甜的。”

彤彤一听，吓得连忙捂住了自己的嘴：“不给你看！我没有蛀牙！”

风谣在一旁惊讶地看着林司南和彤彤的互动。虽然林司南的表情看上去严肃认真，但能看得出来他是真的在努力地转移彤彤的注意力。

看来，他也明白，彤彤或许隐约知道爸爸的事情了。

林司南将手中的袋子高高举起，仗着自己一米八的个子，床上的彤彤只够得着他的裤腰，边拽边喊：“姐姐！你看！他不给我！”

林司南板着脸：“叫姐姐也没用。”

风谣终于出手了，然而她的身高也够不着林司南的手，于是无奈道：“好了，幼稚死了，给人家吧。”

林司南放下了手。

这么一番折腾，彤彤的注意力已经完全被吃的吸引过去了。

风谣对着已经恢复扑克脸的林司南小声揶揄：“没想到啊，我们才出去几分钟，你和小彤彤的关系就已经这么好了啊？”

林司南回敬了她一句：“你从哪里看出来我和她的关系很好了？”

风谣两指比“耶”，然后弯曲一下对准了自己的眼睛：“两只眼睛都看出来了。”

彤彤吃了零食，然后又和风谣玩了会儿，成太太看了眼时间：“彤彤，该吃药啦。”

风谣连忙起身：“药放在哪里，我去拿？”

成太太：“哦，就在柜子下面的盒子里，谢谢你啊。”

风谣打开床头柜，发现里面放着一个长得有些像保险盒子的东西：“是这个吗？”

成太太：“对，就是那个。”

风谣打开盒子一看，一个透明的玻璃试管，里面晃荡着些成分不明的液体，管壁上挂着一层薄薄的水雾，是冷气凝结在玻璃上的水珠。

“这是她爸爸每个月都会派人送来的药。”

风谣下意识地转头看向了林司南。

林司南似乎也意识到了她拿出来的东西是什么，不过反应却不是特别大：“颜色透明或许是因为这是提炼之后的提取物，让她快点喝进去吧。你已经打开了箱子，里面的东西就不能保鲜了。”

确实也是，总不能让护士每个月给彤彤打来历不明的血到身体里去吧，没有哪个医院会同意这么做。

彤彤看着送到眼前的药，瘪着嘴巴："妈妈妈妈，这个药好难喝啊，彤彤以后可不可以不要再喝这个了啊？"

成太太揉了揉发红的眼睛："不可以哦，老师有没有告诉过彤彤，良药苦口利于病。这个药是爸爸拿来的，彤彤想要病好，一定要好好吃药。"

彤彤不情不愿地咽下了喂到嘴边的药："好吧……"

彤彤在喝药，风谣在一旁查看装药的箱子，箱子里面除了试管，还有成林手写给女儿的卡片。

她的视线一顿，举起了里面的卡片："成先生每次都会写卡片吗？"

成太太："对，他以前虽然经常来看彤彤，但是每个月都会给彤彤写这样一封信。我老觉得奇怪，一个星期能见好几回，为什么还要搞这个形式主义的东西？"

风谣眉梢微微挑了挑，确实蛮奇怪的。

"以前写的信还在吗？"她问。

"在的。"成太太从柜子里翻出了以前的那些卡片。

折叠式的生日贺卡，几乎在每一个中小学的门口都能看到，上面写的祝福也很简单，多半都是"祝彤彤早日康复"。

风谣用手指摩挲着这些卡片的表面，手指上沾了一些亮闪闪的金粉。那些金粉是粘在正面的卡通贴画上的，成林每一张卡片写字的位置都很固定，写在靠近贺卡中缝的位置，正中间还贴了一张米妮的贴纸。

风谣指着贴纸笑着问彤彤："彤彤很喜欢米妮吗？"

彤彤眨了眨眼："我今年已经上四年级了，妈妈说我是个大姑娘了，动画片是小朋友才看的东西。"

彤彤不喜欢米妮，但是每一张卡片上都被刻意地贴上了米妮的贴纸。风谣觉得，自己的直觉大概是正确的。

成林被逮捕的时候不断强调要替他去看女儿，真的只是为了要他们来看望一下自己的女儿吗？

风谣盯着卡片上那个贴着米妮的边缝，开口道：“请帮我拿把裁纸刀来。”

成太太从抽屉里摸出一把裁纸刀，递给她：“怎么了？”

随即，她就一脸错愕地看着这位女记者抄着刀，一刀挑掉了边缝上的贴纸。

成太太在边上看得一惊，差点上手来抢刀子：“你这是……”

林司南按住了她：“我想，她有她的道理。”

此时风谣已经沿着卡片中缝刮开了薄薄的两层，唤了句：“嘿！谁来搭把手？”

林司南松开成太太，走了过来，结果风谣看到他就心惊肉跳地把卡片往背后一藏，小刀差点划伤自己的手：“你你你！退后！给我离一切带刃的东西远点！”

林司南：“……”

成太太此时已经回过神来：“还是我来吧。怎么搭把手？”

风谣：“您拿手按着卡片的那两个角，手离得远一点，免得我待会儿划伤您手了。”

成太太：“好。”

话音刚落，风谣的刀子就唰地直接割到了底。一片薄薄的纸，跟着那掉下来的那半张贺卡，飘落在地。

成太太目瞪口呆：“这是什么？我完全不知道这里面夹了东西啊……”

风谣捡起了地上的纸，一看，那张小纸片上只写了一个字：“门。”

纸片上的字迹是打印的，很小很小的一片，两边都带着撕过的毛边，有点像传真件或者从报纸上撕下来的。

把关键内容分拆之后放在盛放冷冻血液的箱子里，这简直就是在玩灯下黑，在孙院长的眼皮子底下把信息送出去。

“成太太，您介意我把所有的贺卡全拆了吗？”她问。

成太太对着地上那张纸片已经看愣了：“当……当然不介意。”

风谣：“那好，我们继续。”

两人花了将近一个小时的时间，拆完了现场能找到的所有贺卡，每一张的夹层里面都拆出了这么一张小纸片。

风谣将所有的小纸片重新组合，其他人就站在她背后。拼完之后，纸片上的内容变成了一段完整的话。成太太在看完那段话之后，红了眼睛，捂着脸大步从房间里走了出去。

身后，病床上的彤彤小声叫了一句："妈妈……"

纸片上写着：

在医院X开门后的隔间里，按下墙上的凸起。对不起彤彤，爸爸没能成为你的榜样。

彤彤："爸爸……"

林司南的右手被啜泣的彤彤紧紧地攥在手心里，他抬手，摸了摸彤彤的头："坚强。"

风谣盯着床上的卡片："医院……开门后，少了一个地点，是卡片少了吗？"

此时成太太已经调整好情绪，重新从外面走了回来："没有，所有的卡片我都是按照时间收好的，一张都没有少。"

风谣："成太太，除了我们以外，还有没有其他人来看望过彤彤？"

"有，他现在的院长……之前来过一次。"成太太应该是多少听成林说了一些事情，在提到孙院长的时候，表情里有一丝不忿。

风谣："那他有拿走过什么东西吗？"

成太太连忙道："绝对没有的！我根本就不敢让他靠近彤彤！"

风谣低头思考，确实如此。

这些卡片每一张都封得严严实实，得用刀子刮开才能看到里面的内容。来的人除非有透视眼，否则根本不可能知道每张卡片的夹层里面写的是什么，又怎么可能刚好拿走最关键的那张纸片呢？

所以只有一个可能，那张纸片是成林自己拿掉的，目的大概是为了防止卡片内的秘密被不该发现的人发现。如果抽掉了关键内容，对方即使发现了卡片里的秘密，也拿不到那个最关键的信息。

那么，最关键的信息会被成林藏在哪里呢？

风谣："成太太，成先生他……平时是一个怎样的人呢？"

成太太："他做事很细心，很周全。你们别看彤彤病了这么久，但是家里的事一直都是由他顶着，他老劝我想开点，工作就安安心心地工作，周末给自己放松，不要给自己太大的压力，也别影响彤彤的心情，这个家天塌下来还有他在……"

成林是个细心负责的人，这一点从当年的调查报告和成太太的话里都能得到证实。彤彤说，成林的笔记本谁都不让看。风谣看了，上面记录的都是彤彤的医药费还有一些别的事情，说明他是一个习惯于自己扛事的人，更偏向于事情都在自己的掌控里。

如果是这样的人，那么那张纸片会放在……

风谣转身面向成太太："今天时间晚，警局已经下班了，成太太，能拜托您明天和我们一起去一趟警局吗？"

她有八成以上的把握，那个东西被放在警局里。

第九日 · 人间

别再让她一个人了

//

L I M I N G Z H I Q I A N B A O B A O N I

（1）

第二天早上八点，警察局。

“就这些吗？”风谣和成太太一起把那箱子里的东西全翻了一遍，并没有发现她们想找的东西，“请问还有吗？”

“你是问我们从他办公桌上收走的那些东西？取证结束发现没有什么特别之后就已经被取走了啊？”警察听她们说完来意之后回答道。

成太太：“被取走了？被谁取走了？我是成林的妻子！除了家属之外还有谁能取走他的东西？”

警察：“哦，是中心医院的人。他们说我们从桌上拿走取证的那些东西都是医院的公共财产，原本就是医院内部职员举报的这件事，我们核实之后就把东西还给人家中心医院的人了。”

风谣：“他们是什么时候来的？”

警察：“我想想……大概，昨天下午五点钟不到的样子。”

五点不到，那么就是在她发现卡片夹层里的纸片之前，不对，应该说，是在她和林司南去医院探望彤彤之前。

该死！孙院长果然知道顾凌铎根本没醒！他这是将计就计，把成林这个定时炸弹给甩了，还骗得成林交出了取到的证物！他们所有人都被骗了！

与此同时，中心医院制药房内。

孙院长的手上捏着一张“制药房”三个字的小纸片，笑了一声：“灯下黑啊，成林这个地方选得还真有点意思。可惜……聪明反被聪明误。”

这张纸片，被塞在成林桌上一支钢笔的笔囊里，墨水已经把字迹染黑了大半，只能勉强辨认出上面的内容。这还是孙院长让人把收回来的每一件东西都拆得干干净净，仔仔细细才翻出来的，可见成林是真的会藏东西。

旁边的人问：“您是怎么知道警察取证的那些东西里面夹了重要物证的呢？”

孙院长：“我了解成林，他是个信自己要高过别人的人。最重要的东西一定会牢牢地握在自己的手里，自己身边比什么地方都安全。”

那头，在制药房内四处翻找的实验人员已经找到了墙壁上的一个暗格，“咔嗒”一声，墙上弹出来一个小抽屉。

“找到了！是一枚芯片！”

孙院长淡笑着将找到的那枚芯片插入读卡器中，过了一会儿，画面出来了。

那画面不住地抖动，视角也很窄，明显是将针孔摄像头藏在什么东西里偷偷拍摄的。

孙院长：“进来之前身上不能携带任何金属制品，否则就会被门口的金属探测仪探到，他倒是聪明，把针孔摄像头藏在实验器械里，看来我这个器械采购的工作还真是给了他很大的发挥余地啊。”

他微笑着，取出读卡器内的东西，“咔嚓”一声，掰成了两半。

警局内。

成太太崩溃了：“这是我丈夫的东西！你们怎么可以不经我们家属的同意就将东西随便交给别人呢？”

警察皱眉：“这位女同志，收缴上来的除了举证要的证物之外，其余的东西我们都是要返还给家属或者物品所有者的。自成林那儿收来的盒子里有业务往来的文件，中心医院说这是内部机密要收回，我们当然要还给人家。而且人家中心医院的人开具了正规文件，证明了该物品的所属，人家取回自己的东西是医院的公共财产，这是天经地义的事情。”

成太太被堵得说不出话来：“你们！”

风谣扶住成太太：“他们也是按规定办事。成太太您别难过，我们再想别的办法。”

成太太摆摆手，勉强站直了身子：“那能让我见见成林吗？我想见见我的丈夫……”

警察同意了成林夫妇的见面。

成太太和成林隔着一层厚厚的防弹玻璃，握着电话泣不成声……

风谣看着这一幕，默默地走了出去。

林司南瞥了眼正在互诉衷肠的夫妻两人，也跟了出去。

风谣听到了自己身后的脚步声，知道是林司南跟出来了：“林医生，线索又断了，我们被耍了。”

林司南：“成林被抓了，但为了女儿的药，他仍然会选择在里面守口如瓶，他妻子也会。”

那药虽然治不好彤彤，却可以为她延长等待骨髓配型的时间。而只要成林保密，孙院长也不敢轻易断掉彤彤的药。虽然听上去有些自私，但这世界上谁又不是自私的呢？为了自己重要的人自私，这不是一件可以简单评判的事情。

风谣：“这也是没办法的事。”

林司南沉默许久，开口：“其实，还有一个办法可以救彤彤。”他对于取血的反感，更多的是缘自他人的强制、对自己不能掌握自身命运的不忿。但自从他知道有东西可以随时让他结束生命之后，那种极为深刻的厌恶感反倒淡化了不少。起码，现在在他自愿的情况下，他没有那么反感用自己的血去救一条幼小的生命。

然而没等他继续往下说，风谣就毫不犹豫地打断了他的话：“不行。”

她知道林司南想说什么。

“我并不介意替那个女孩进行一次换血。”林司南说，“你们地球人不是常说，生命高于一切。只是换一次血而已，死不了的。”

风谣急道：“不会死，但不代表不会痛啊！”

林司南一怔。

风谣抬起头看着他：“林医生，救人不是我们的义务，我们也救不了所有人。

“我做记者之前，还在上学的时候，我的政治老师就曾经告诉过我，这世上没有绝对的善也没有绝对的恶。你明明行的是善举，却没有约束其他旁观者的能力，那么善举很可能就会导致恶果。”

因为这个世界上还有贪婪和嫉妒。

林司南当然可以帮成雨彤换血，也可以成功地救下她一条命，但是这件事情的后果或许他们承担不了。这和她给顾凌铎献血是完全不一样的性质，重症病人在手术台上因血库告急，由亲属或者朋友紧急输血是很正常也很合理的事情，但是，林司南换血必须借助仪器。无论是在医院内进行，还是将成雨彤这个白血病人转院，秘密都有极高的泄露风险。

另外，做记者这行的她不可能不清楚，一个重症白血病人，在没有经过骨髓移植治疗的情况下突然痊愈，本身就是一条极易引起轰动的社会新闻，到时候他们该如何给大众一个合理的解释？难道将林司南的事情公布出去？

被疾病和衰老缠身是人类共同的痛苦，这世上有数不清的人正和成雨彤一样遭受着病痛和死亡的折磨。可世上也只有一个林司南，就算是把他抽干了，把七十多年前的事再做一遍，林司南也不够他们分。这样只会导致比七十多年前更糟糕的结局。

这是善吗？是，但它也是恶果的种子。

“但是，善念本身是没有错的，”她忽然话锋一转，“你会这么想，虽然欠妥当，但是却没有错。你人好，你善良，这不是罪过，就算被他人利用了，错也是别人的。”

林司南定定地看着她，仿佛是被她说愣了一样。

“林医生？司南？”她见林司南一直不说话，以为是自己的话太过武断和绝对，一下子有些慌了，连忙向他解释，“我……我其实是一个很自私的人，比起陌生人，我永远更在意我身边的人。要是你的血像不要钱一样地分出去，你不心疼，可我心疼啊……司南，你那么怕疼的人，当初被他们割了那么多刀，一定很痛吧？”

说到这里，她又想起那该死的帖子，心痛得一阵抽搐，一把握住了林司南的手，小心翼翼地揉着，好像这样就能缓解他当时的疼痛了。

“司南，”她弱弱道，“你不要不高兴啦，要不然我……”

“我”字后面的话还没说出来，就被林司南全部堵在了她口中，以唇。

林司南将她紧紧地抱在怀中，有些失控的力气甚至让怀中的风谣不适地闷哼了一声。他连忙松了一些力道，然而心下又舍不得，动作变得越发贪婪而又夹杂着一些不情不愿的克制。

他这一生最糟糕的事莫过于长活于世不得解脱，而这一生中最庆幸的事又莫过于老天将他所有的好运气攒下，用在了遇见怀中的这个人身上。

她珍视你、理解你，最重要的是，她比你自己还要爱你。这份情意就这么明晃晃地被捧到他眼前，只等他伸手拿起，他还不了，也不想偿还她。

风谣被动地贴在他身上，腿有些站不稳。这已经是林司南第二次搞这种突然袭击了，关键现在还是大白天，她已经察觉到好几道路人不善的目光了。

“嘶……”她感觉唇上一痛，好像是林司南不悦地咬了她一口，而后他又收紧了双臂，把她的头挡了起来，不让外人看到她的脸。

唉，这个老妖怪，又单纯又深沉，不开心写在脸上，保护藏在心里。

她的心渐渐被一种奇妙的滋味所感染，沉溺在林司南越发温柔珍惜的吻中。

许久，两人才慢慢分开。

林司南低头看着面前的女孩，她的脸烧得简直像是天边红透的晚霞。他有些好笑地伸出指头捏了下她的脸，像她之前对他故意作怪时一样：“你不是很喜欢对我上手的吗？第一次闯到我办公室里去的时候还动手掀我衣服，怎么这么容易就脸红了？”

风谣：“我脸皮薄行了吧！”

林司南低笑了一声，伸臂抱住了她：“谢谢你，风谣。”

风谣靠在他怀里闷声道：“林司南，你这样会让我有一种你在给我发好人卡的错觉。”

“那，”他顿了顿，低声道，“我爱你。”

风谣，我爱你。

“风谣。”她听到林司南忽然叫了她一声。

“嗯？”

“我带你去个地方吧。”

（2）

S市，郊外。

“这……这是？”风谣怔怔地看着面前那座简陋的石碑。

这座石碑看上去已经有一些年头了，日晒雨淋兼之风化，碑上刻的那些大字已经有了严重的磨损痕迹。不过这些都不重要，重要的是碑上写的名字：

林司南之墓

没有立碑人，没有碑文，只有这简简单单的五个字。

林司南弯下腰，将一束蓝色的德国鸢尾放在了石碑的旁边：“这是我当初被放干血之后葬的墓，那个年代火化还没有普及，普通人也葬不进公墓里，所以我就被葬到这里了。”他的语气十分平静，仿佛说的不是自己的事。

风谣问：“这个墓碑是你那位朋友替你立的吗？”

林司南：“嗯。不过当时插的是块写了字的木牌子，可惜我爬出来的时候，那木牌已经完全朽空，一碰就碎掉了。所以，现在这块，是我自己立的。”

风谣小心翼翼地问：“所以……你为什么要给自己立块牌子啊？”

“因为我觉得，我总有一天能够安安心心地躺在这里，”瞥到风谣面色一变，他淡淡一笑，“别瞎紧张，我目前还没有躺进去的想法。”

“你可要记住你自己的话啊。”风谣松了口气，随即蹲下来，对着石碑笑吟吟地说，“你好呀，林司南，我是你几十年之后最爱的人，今天，几十年之后的你带着我到你的墓碑面前炫耀来了，建议你半夜有空的时候给他托个梦，在梦里把他暴打一顿。”

背后，林司南的手指头不轻不重地磕在了她的脑袋上：“你可真会介绍自己。”

风谣吐了吐舌头：“你看，他还打我。”

林司南：“你知道我为什么叫林司南吗？”

林司南不是地球人，自然原本也不可能是这么一个名字。

风谣：“为什么？”

林司南：“因为我们的飞船是在深山里爆炸的，爆炸的火星点引发山火，把周围所有能烧的东西都烧干净了，只有我躲在隔热舱里才逃过一劫。重华捡到我的时候我被埋在灰堆里，他想取个有纪念意义的名字，灰字不好听，于是就用了林。”

风谣：“那司南这个名字呢？”

林司南：“司南是指南针的鼻祖，大概他是希望用这个名字来警示我永远不要迷失方向吧。他啊……就是一个彻头彻尾的老好人，而我，到底也没能达成他的愿望。”

风谣面向墓碑，实际上却是在对身旁的人说这句话：“林司南你真是的，有我拽着你，你还怕自己会没有方向吗？”

“不怕了。”林司南反握住她的手，抬眸望着碑上的字，仿佛看到上面刻了一张虚幻缥缈的笑脸。那笑脸只浮现了片刻，又隐没在山林间。

——是他所珍惜的，属于九十多年前的林司南的微笑。

“他会羡慕我的。”

两人拜完了石碑，坐回了车上。

风谣坐在副驾驶位置上，拿着手机不知道在看什么看得聚精会神。林司南系好安全带，发动了汽车，视线往边上瞥了一眼：“在看什么？”

风谣连余光都没挪开自己的手机，却把空闲的那只手伸出来，按在了他的方向盘上：“等会儿再走。”

林司南熄了火：“怎么？”

“线索断了，让我休息一下，等我休息好了我们再去找。我不怕失败，大不了从头来过就是了。”说着，风谣冲他一笑，“请半天假和请一天假区别不大，反正我也八百辈子没休年假了，社里也不会给我攒到下一年去，不如用两天。”

林司南听明白了：“你想去哪儿？”

风谣轻笑一声：“这位先生，作为男朋友，你已经把自己的过去共享给我了，现在是不是该轮到我了？”

我深爱的是现在的你，但我更想知道，你是如何成为现在的你。

风谣要带林司南去的地方是自己的家乡，一个距离S市不远的小县城。

林司南看着车上的导航记录仪：“我们现在在郊区，所以不用绕路可以直接上高架，也就两个多小时的车程。”

“是啊，”风谣笑了一声，看着窗外的风景，“其实我家离S市也没有多远，但如果你不想回去，就有无数个理由告诉自己，那里离你真的很远很远。”

林司南不动声色：“想带我去看什么？”

风谣笑眯眯地道：“说出来多没惊喜，你到了不就知道了吗？”

三个小时后，Y城。

林司南看着眼前的“Y城第一中学”的门牌，然后就看到风谣兴高采烈地向他介绍：“欢迎来到我们的‘Y城之光’，Y城第一中学，这里汇集了方圆……我想想，半个省的学霸，每年从这里考进重点大学的学生可以说是多如牛毛，最关键的是，他们还相当出名哦！”

林司南：“你以前在这里上学？”

“那当然。”风谣笑了一声，然后骄傲地看着他，“我不但是自己考进来的，还是我们那年高考的第一名。顾凌铎那个小辣鸡，成天打着母校的招牌在社里拉仇恨，其实我跟他是一个大学的，算一算，还是大了他几届的学姐呢！我什么时候吹过我自己啊？”

你现在不就是吗？

林司南颔首："厉害。"

"来来来！趁着今天没人，我带你四处转转！"风谣不等他反应，拉住他的手，"人生空虚寂寞冷的林医生啊，没上过学吧？羡慕吧？体会一下我们寿命只有几十年的地球人的人生再来说自己不想活吧。"

林司南像个提线木偶一样被她拉着跑，到现在，他才明白风谣大老远地把他带到这里来到底是想要做什么。不是什么看看自己的成长经历，而是想带他体验一下普通人的人生。

那就看看吧，林司南想，看看究竟是怎样的十几年人生才能养出风谣这么个瑰宝来。

风谣拉着他跑了半天，最后停在一堵墙外，然后转过头笑眯眯地望着他，也不说话。

林司南望着那堵墙沉吟了半晌，猜到了一个理由："你不会是想让我带你翻进去吧？"

"那当然，没有翻过墙逃过课的青春是不完整的。"风谣说这句话的时候，其实心里是发虚的，却仍旧面不改色。她上学的时候其实没有翻墙逃课的经历，毕竟小时候在家里不受宠，要是真的被老师抓到那可就惨了，等到大一点胆子肥了，学校墙上的碎玻璃也插满了。她还没有强悍到有能耐跟玻璃碴子硬杠。

林司南面无表情地指着墙上的玻璃碴："我不能随便使用特异功能。"

风谣愣了一下："啊？不对啊，电视里演的外星人都能随时飞檐走壁瞬间移动的！"

林司南："所以，那叫电视。"

风谣："那我当时被那几个熊孩子坑到差点被当场抓包的时候，你是怎么带我脱困的？"

当时前有追兵后有大锁，除了瞬间移动她想不到还能有什么别的操作。

林司南淡淡道："墙后有暗门，你都待了这么久了还想不到吗？"

风谣："……"对不住，还真没想到。

林司南没说话，绕着那插满碎玻璃的围墙走了一圈，最后停在了一处碎玻璃已经掉得差不多，一看就年久失修的地方。

“这里，勉强能上。”

风谣抬头一看，大惊小怪了一句：“呵！多久没修了这墙！也不怕遭贼！”

刚准备上去的林司南：“……”

风谣一看他脸色就明白自己嘴瓢了，连忙给他顺毛：“不不不，我不是说你，这世界上就不可能有像林医生这样英俊帅气、气质出尘的贼！”

林司南：“……”真是绝了。

最后，林司南干脆不理她了，沿着墙根借了点力就轻轻松松地翻了上去，他半蹲在墙头上，居高临下地看着她。

这一瞬间，风谣感受到了林司南隐匿的恶趣味。

她沉吟片刻：“能搭把手吗？”

林司南毫不心软：“自己上来。”

风谣仰头望着他，瘪了瘪嘴委屈道：“司南，我不是你最爱的人了吗？”

林司南冷笑了一声，然后直接跳了进去。

墙头之上，瞬间空空荡荡。

风谣低下头，开始反省自己为什么没有管住这张动不动就想调戏林司南的嘴。最后，她得出了结论，不是她的错，怪林司南过于惹人怜爱。

她觉得林司南就像一只矜贵的黑猫，那双眼睛尤其像。你不招惹它的时候，它就高贵优雅地趴在沙发扶手上慵懒地晒着太阳，任何动静都不能让它那两只尖尖的耳朵竖起来。但你要是一旦招惹了它，就等着被咬吧！手指上不仅留下几颗不重的牙印，还得再甩你一尾巴。一直要等到气消了，它才会重新趴回到你身边，不情不愿地伸出舌头舔一舔你被咬破的手指。

“你是打算站在下面演雕塑了吗？”头顶上传来一个冷冰冰的声音，林司南又爬上墙头。

风谣老实道：“太高了，我上不去。”

林司南冷哼一声，甩下来一根绳子：“拽稳了。”

风谣不明所以，两手拽住绳子，然后就觉得自己像是被一台起重机给勾住，双脚腾空，“嗖”地就飞到了林司南的身边。她惊魂未定，脸色惨白惨白的，两手全是虚汗。

风谣：“特……特技动作？”

林司南淡淡道：“电视里的超能力，有意思吧？”

风谣：“……”有意思，可太有意思了。

二米二的围墙跳下去，也就是脚后跟蹬地有点痛，当然，她还是死死地抱住了林司南的腰，打死都不肯撒手。

林司南：“你就是这么来完整你青春的？”

风谣的手收得更紧了一些，义正词严：“在电脑前面躺太久，四肢已经退化了。”

林司南极轻地嗤了一声，然后带着她跳了下去，落地的时候稍稍提了一下她的腰，分掉了大部分的地面受力，所以风谣感受到的力道仅仅就是平时跺脚跺得稍重一些的感觉。

他刚打算松开手，忽然感受到了一股灼热的视线射来，低头一看，风谣靠在他肩膀上，望着他目光灼灼。

林司南：“干什么？”

风谣突然福至心灵，凑到他脸上亲了一口：“司南你真好！”

林司南愣了一下，嘴角隐晦地翘了翘，随后重重捏了一下她的鼻子：“走啊，不是要带我去逛逛吗？”

风谣点点头：“对对对！走走走！”

他们从年前开始连续加班多日，都快把过年这件事给忘了，现在看着空荡荡的学校，才终于有了一种原来还在休年假的感觉。

“看到那边那栋教学楼了吗？”风谣用手指给他看，“我以前就在那里上课，我带你去教室吧！”

高三（12）班教室。

黑板上还留着年前期末考试的安排表，风谣一脸怀念地看着黑板上的粉笔字："我小时候可比现在的顾凌铎神经多了，人家都怕考试，就我，一到考试人就特别兴奋。"

因为只有在考试的时候，爸爸妈妈的目光才会落到她的身上，拿她当榜样去斥责那个不争气的弟弟这回考试为什么又有好几门不及格。

她笑了一声："别说，现在想起来，还真挺幼稚的。"

林司南想象着十几岁的风谣坐在考场上意气风发的样子，发觉自己完全想象不出来。

他看着风谣数了几个位置，然后在靠门的一个位置上坐了下来："我以前就坐这儿！每天在学校大概八节课，两节晚自习，回家的话基本上就是睡觉。所以我以前真的醒着的时间基本上都是在学校里度过的。学校是我家，爱护靠大家。"

她两手端端正正地摆在桌子上："呼，这个动作一出来就真的有那味儿了！"说完，还招呼了林司南一句，"你也来试试啊！"

林司南掀了掀眼皮，似乎是觉得这种行为有点幼稚，但耐不住风谣看他的眼神，于是坐到了她身边，不甚熟练地摆出那个端正的姿势。然后他低头看着自己的手臂，眉毛挑了挑，似乎是觉得这个动作让人怪不自在的。

风谣撑着脑袋，偏过去看他："要是我高中的时候真有一个你这么好看的同桌就好了。"

林司南："你高中时候的同桌是怎样的？"

风谣："我高中的时候是按成绩排的座位，那位仁兄大概除了发成绩单的时候会往我这儿瞄两眼，大部分时间都沉浸在自己的世界里吧。"

他们这里是小县城，想要出头就只能考去别的城市，竞争压力大，到了高三的时候，基本班上成绩好的那批人就不怎么跟着老师一起听大课了，都是自己做自己的题，上课下课，没几个能把自己高贵的脑袋抬起来的。

风谣这么说的时候，语气中不自觉地带上了些寂寞。她转过头去，看着透明玻璃窗外的操场和教学楼，忽然想起这个场景她曾经看过很多遍了。

林司南坐在一旁，静静地凝望着风谣的侧脸，冬日的阳光不刺眼，柔柔地洒在她的身上，平白赋予人一种恬静的气质。

她看上去仿佛是阳光下一尊秀美的雕像。

林司南觉得自己被蛊惑了，把头慢慢地靠了过去。

这时，教室的铁门被人敲了两下，一个男人的声音响了起来："你们是哪个班的？大过年的跑学校里谈朋友？"

（3）

林司南看到有人突然出现在教室内，眉头一皱，起身将风谣往后面挡了一下，然后就听到背后的风谣忽然惊喜出声："陈老师！"

中年男人愣了愣，眯着眼睛似乎是在仔细辨认她的长相："你是……风谣？"

林司南回过头，有些疑惑地看向风谣。

风谣笑着介绍："这位是我高中的政治老师陈老师，以前对我很照顾的。陈老师，现在放假，您怎么在学校里啊？"

陈老师笑着说："是你啊，我还以为你们是哪个班的学生躲学校里来偷偷早恋呢。我回来拿点备课资料，放假前不小心落在学校里了。你呢？放假回母校来看看？这是你男朋友？"

林司南礼貌地伸手："你好，林司南。"

陈老师和他握了握手："小伙子长得不错！风谣，你这个男朋友选得很有眼光啊。"

听到陈老师夸奖林司南，风谣显得很高兴："哈哈，那当然了！不过您当年也很帅啊，当时咱们班上有不少女生背地里都管您叫男神呢！"

陈老师虽然今年已经快四十岁了，但是整个人看上去仍然很年轻很精神，一看就是那种心态特别好的人。他笑了两声："是吗？哈哈哈，不过风谣你倒是比读书的时候看着活泼了不少，换作以前你肯定不敢跟我讲这个。"

说话间，三人已经走到了操场上。

“以前的她，是什么样子的？”林司南似乎不经意间问了一句。

陈老师：“你自己说，还是我说？”

风谣：“咳……就，劲劲儿的那种。老实说，你就把顾凌铎代入一下，差不多就是那个状态。”

一个女版的顾凌铎……

林司南想象了一下。

“难以想象。”

风谣讪笑了一下：“是吧？”

她高中那会儿虽然也不能算是黑历史吧，但确实挺中二的，属于那种别人说我不行我就一定要行的状态。

陈老师回忆：“她那时候脾气挺犟的，整个人就好像压着一股劲，人又长得瘦瘦小小的，我那会儿看着真的怪心疼的。”

风谣：“我说您以前怎么对我那么照顾……您还记得吗？就高三那年，学校每天上晚自习，大晚上快十点了才把我们从学校放出去。”她说，“结果有一天突然下了大雨，我又没带伞，其他人都被家长接走了，就我一个人躲在传达室里。”

“记得。”陈老师说，“后来还是我看到了，骑自行车把你送回家的，雨衣全给你罩书包用了，你没淋着雨，我一身全湿透了回去被你师母骂，哈哈哈！”

风谣：“对对对！然后！陈老师您就是我的男神救世主了！”她正笑着，忽然感觉后脑那儿一重，回头一看，是林司南的手搁在了她的头上，揉了揉，动作温柔到仿佛能掐出水来。

风谣一时间有点蒙：“怎么了？突然这么深情？”

林司南顿了一下，然后面无表情地收回了手。

原本他是想表达一下对当年的风谣的怜爱，就像现在风谣对顾凌铎一样。不过现在看来，她并不怎么需要。

真难得啊，不解风情这个词有一天也能用在风谣身上。

出去的时候，他们没好意思再翻墙，跟着陈老师一起出的学校。传达室的门卫见到是三个人出来时还愣了一下，自己就放了一个人进去怎么出来三个？

陈老师向他解释说这是原来的学生，回母校来看看的。

分开的时候，陈老师问风谣："这次回来是打算带男朋友见爸妈？"

风谣愣了一下，然后迟疑地点了点头。

陈老师长舒了一口气："看来你和家里人现在处得还不错，以前可是宁可淋雨跑回家都不肯多说一句呢！"

有了陈老师这句话做底，回去的路上林司南一直在暗暗观察着风谣的表情。虽然从几次短信也能看出来她的家人对她确实不是特别关心，但是自己感觉和从熟悉她的人口中听到终究是两回事。虽然她很努力做出一副没事人的样子，但是林司南还是能从她几次偷偷瞥过来的视线里感受到，她很不安。

最终，风谣还是转过头来对着林司南笑："待会儿如果有让你感到不舒服的地方，你就稍微多担待点儿好吗？"

林司南心下对她的家人的好奇更盛："我尽量。"

风谣家所在的地方，是一个离 Y 城第一中学有大约 30 分钟车程的地方。听之前陈老师的意思，以前，她应当是没人接送，得自己上学的。十年前，小城里的交通还不是特别方便，公交车非常难等，错过一班就百分之百要迟到了。难怪她现在每天都起得那么早。

"前面那栋楼的三楼就是我家啦！"风谣指了一下前方。

林司南将车挨着路边停了下来，这是一个老小区，阳台上飘着各色的衣裤，楼门口的大垃圾桶里堆满了来不及收走的生活垃圾。大概是前两天刚下过雪，桶里白花花的一片，把那油渍污垢全都埋在了下面。

两人一下车，就看到一个头发乱糟糟的年轻人站在垃圾桶旁，一只手甩了垃圾袋，另一只手还在自己的手机键盘上疯狂飞舞。他披着一件崭新的长款羽绒服，光着的两条腿在外头打着战，羽绒服里露出的睡衣领子都泄了，软趴趴地歪在脖子旁。

风谣看到那个扔垃圾的年轻人，无奈地揉了一下眉心，叫了一声：“风琦！”

风琦闻声抬头往这边看了一眼，然后又恹恹地把视线放回了手机上：“哦，你啊，不是说今年不回吗，怎么又回来了？”

风谣扯了扯嘴角，快步走过去揪住了他的羽绒服帽子：“你想在楼下冻死吗？赶紧给我上去！”

“喂！别揪我帽子！勒！”

风琦就这么被她揪进了楼道里。

林司南之前一直以为风谣很讨厌这个弟弟，但现在看来，好像跟对顾凌铎，也差不多？

三人上楼，到了家门口，风琦把门砸得“砰砰”响。

里面传来一个女人的声音：“你干什么呢，这大白天的！让你下楼倒个垃圾给我砸门？你妈喊你几句祖宗你还真当自己……”

女人的声音停顿在打开门的一瞬间。

风琦从门缝中挤了进去，不耐烦地甩了她一句：“我姐回来了。”

风谣叫了一句：“妈。”

风母看到她显然有点意料之外：“你不是说今年不回来……后面那个是？”

风谣刚想开口，后面的林司南就主动把话截了下来：“您好，林司南，您女儿的男朋友。”

他一只手伸到风母的眼皮子底下和她礼貌地握了握，看得风谣眉毛一跳。

林司南是这么温顺有礼貌的人吗？

“啊……你好，你好……欢迎你来家里做客。”

林司南个子很高，面孔精致，声音偏冷，一看就是个家境不错的。

风母侧开身子，将林司南让了进来，还埋怨了风谣一句：“要带男朋友回来也不提前跟家里说一声。”

林司南脚步一顿，回身礼貌地冲风母弯腰致歉：“是我临时起意想过来的，是不是给您添麻烦了？”

顶着一张林司南那样的脸，让他向人卑躬屈膝，简直就是一种罪过。

风母："啊……没有，没有，不麻烦！这样吧，你们在家里坐着，让风琦招待一下，我去买点菜回来！"

说完，她解了身上的围裙，冲着里屋喊了句："风琦！大过年的别天天打游戏，你眼睛吃不消！出来招待客人！"

里屋电脑里的枪声不停，同时传来人声："哎呀，知道了！"

风母尴尬地向林司南致歉："不好意思啊，小孩子不懂事，你们坐！坐！"

林司南摇了摇头表示不介意："风琦今年多大了？"

"呃……25 岁了，比谣谣小几个月。"

林司南淡淡地点了下头："是挺小的。"

风母似乎也知道儿子不成器，尤其是当着疑似"未来女婿"的面，她尴尬地笑了一下："那，我去买菜了。"

风母走后，风谣笑了一声："你刚刚是故意在给我出气啊？"

林司南："刚才我们进门，她全程围着我转。我只是看不惯一个亲生女儿获得的关注度，还不及第一次来家里的客人罢了。"

"没事，我早习惯了。"风谣无所谓地撑着头，"反正我也就是个给风琦攒首付的，关不关注家里都养了我这么多年没把我扔了，我还有什么抱怨好讲的？总不能还像小时候一样跟他们置气吧？除了自己落一肚子火气，换旁人嘴里一句'目无尊长不懂事'，还能有什么价值？"

更何况现在有你在我身边，我早就不是孤零零的一个人了。

"确实。"林司南点头，"看得出来，你没那么讨厌风琦？"

风谣翻了个白眼："一个成天就知道打游戏长不大的啃老小屁孩有什么好讨厌的，我犯得着吗？"

刚好风琦过来了，他不知道从哪儿拎了几大袋瓜子、花生、开心果过来，往茶几上一搁："桌上有盘儿，你们自己倒。"

风谣："你妈就这么教你对客人的啊？"

"说得跟不是你妈似的。"风琦白了她一眼，"老不回来，你还真把自己当客人了啊？"

"你还真是越来越没礼貌了。"风谣嘴上虽然这么说，但手还是老老实实地打开了桌上的袋子，自己倒。

风琦拍了下林司南："喂。"

林司南抬眸看向风琦，风琦指着风谣："你喜欢她啥？"

林司南淡淡问："和你有关系吗？"

风琦似乎是对他的不友好嗤之以鼻，哼了一声走了，走之前留下一句："喜欢就对她好点儿，不然我揍死你。"

那边风谣将瓜子花生倒得"哗哗"响，倒是没听见他们这边说了些什么。等她倒完，风琦都走了。

"那小子又打游戏去了？"她把盘子递到林司南面前。

林司南点了下头，淡淡道："我现在知道，你以前说自己是女版的顾凌铎该是什么样子了。"

风谣："？"

开饭的时候，风父也回来了。他看到沙发上坐着的吸睛的林司南，又看到风母做的那一大桌子菜，反应过来了。

"你带男朋友回来了？"他问风谣。

风谣点了点头。

风父挑剔地看着沙发上坐着的林司南，太白了太瘦了，看着一副营养不良的样子，不过穿得倒还挺好。于是他摆出一家之主的样子："都别坐着了，吃饭吧，小林来，咱们喝几杯。"

林司南："我不会喝酒。"

"不会喝酒？"风父顿了一下，对林司南的印象打了些折扣。如果这小子真的和他穿的一样是有钱人家的小孩，爸妈会不带着他去应酬学喝酒？不太可能吧？

风谣一看就知道老爹又在算计着能从人家林司南身上刮几毛钱下来，心下一哂，出口的谎话就十分流畅了："司南他父母都是学医的，注重养生。"

“哦，医生啊，”风父沉吟，“敢问令堂在哪儿高就啊？”

“就S市中心医院的院长，对吧？”风谣偷偷暗示了林司南一眼。

林司南虽然对莫名被迫认爹有点硌硬，但还是点了下头：“嗯。”

“中心医院啊。”风父重复了一句就不吭声了，大医院院长的公子，难怪。

林司南看到风谣嘴角勾了一下，然后手伸到了桌子下，拿出手机开始“啪啪”打字，几十秒后她的手机出现在了他的手边，他一看手机屏幕——

“我赌三分钟内他会跟你聊结婚花费。”

林司南瞥了她一眼。

风谣对他做口型：“好的，是我幼稚了。”

“小林啊，”风父开口了，“你们现在进行到哪一步了，准备什么时候结婚啊？”

那头的风谣一脸“你看吧”的神情。

林司南：“都可以。”

风父：“这个不用问你父母的意见吗？”

林司南：“我说了算就行。”

风父：“……”还挺任性。

不过看他一问到结婚就不敢提父母的样子，该不会是和家里人闹翻了之类的吧？那他女儿的礼金岂不是……

风谣一听林司南这话就知道他是在故意给自己加戏了，一看老爹，就知道林司南这戏加得贼成功。

之后，无论风父怎么旁敲侧击林司南家里的事，他都是不咸不淡地应付了，回答归回答，但就是不说你想要听的那部分。要不是林司南的表情太过正经，风父真的要以为这是在耍他了。

饭后，风琦回了房间打游戏。

风父因为礼金花费一事一直没有着落，让风母安排林司南和风琦一间房间，按照他的想法，钱没有给够的话，就休想碰他女儿一根手指头！

风谣拽着林司南小声道：“我觉得自己已经挺幼稚的了，没想到你比我还幼稚，这下加戏加过头了吧？”

林司南：“你开心就好了。”

一句话，就让风谣所有的揶揄都化为“怦怦”的急速心跳，她红着脸悄悄地想去钩林司南的手指。

边上传来一声重重的咳嗽。

风琦手上抱着一堆衣服，扯着嘴角看着好事被打断的两人：“别堵我门口。”

风谣：“你不是打游戏吗？什么时候出去的？”

风琦：“妈让我给你男人拿我的衣服换洗，能腾个地儿让我进去吗？”

两人给他让了一条路，风琦抱着衣服大摇大摆地晃了进去，然后把衣服往床上一扔，转向林司南：“你跟我睡一起，还是睡地板？”

风谣还记得林司南当初是怎么怼顾凌铎的，估摸着是不可能和风琦一起睡了，没准儿还得把风琦踹去睡地板。

林司南：“一起吧。”

姐弟两人齐齐一愣。

风琦是觉得这个“未来姐夫”一张扑克脸甩上天要给他来个下马威，风谣则暗搓搓地在想，我天，林司南不会是想把我弟给攻略了吧？

虽说不太想和林司南一起睡，不过既然是风琦自己提出来的，也只好自己捏着鼻子认了。他整个人憋屈得不行，于是打游戏的时候鼠标点得尤其狠，开镜就带走一个，就连队友都忍不住开麦：“可以啊你，今天吃啥火药了，杀气这么重？”

风琦挂着耳机，不耐烦道：“背后都快被人包了，你还有心情哔哔！”

“哗啦——”房门一开，洗完澡的林司南一身水汽地擦着头发进来，毛巾挡住了脖子上古怪的花纹，“阿姨喊你去洗澡。”

风琦：“等会儿，我打完这局。”

林司南点点头，就坐在后面看着他玩。

风琦打游戏的时候向来都是一个人关屋子里，就算风母吼他的时候，也就是吼两声就走，不会像现在这样坐在后面盯得他浑身发毛。

被这么盯着看了几分钟后，他终于忍不住了，回头："你老盯着我干什么？"

林司南："没什么，看你打得挺好。"

风琦这才意识到这位"未来姐夫"不是在盯他，而是在盯他的电脑。他迟疑片刻，问："要来吗？"

林司南颔首："行。"

于是坐在电脑前的人一换。

"这里开镜，这里切背包，这里切视角……"在风琦的指导下，林司南很快就从新手小白快速上手。

风琦从包里翻出从学校带回来的笔记本电脑，和林司南一起加入了战局。等到林司南眼疾手快，一枪毙掉了一个猫在后头对着风琦放冷狙的敌人之后，风琦对着林司南伸出了友谊之手："姐夫你好。"

林司南："……"

男孩子的友谊就是来得这么突然。

11 点钟的时候，林司南关了电脑，风琦一脸惊讶："这才几点啊姐夫，你就睡了？"

"嗯。"林司南应了一声，躺下去，"明天要早起返程。"

"那你这方面就不如我姐了。"风琦耸肩，"她就算一晚上不睡，第二天也能神采奕奕。"

林司南："她为什么不睡觉？"

"要读书咯。"风琦见林司南真的已经躺下了，便也关了电脑躺在他身边，"我们家条件又不是特别好，她能考上一中是真的不容易，我们这一片的孩子，这么多年也就出了她一个。我就不行了，我考不上。"

"姐夫。"风琦胳膊枕在脑袋后面，"她是不是老吐槽我啊？"

林司南也不隐瞒："嗯。"

“嘁，我就知道。”风琦哼了一声，“小学之后她就讨厌我了。”

林司南：“既然你都清楚，为什么不改？”

“我要上进了，她还能活吗？”风琦嗤笑了一声，“我们家这情况你也看到了，我爸妈重男轻女，我成绩特差她成绩特好，我爸妈气我不争气，却也在她身上寄托了一点点希望。要是我成绩和她一样好，估计她……当然了，我也确实不是个读书的料。”

林司南：“她不喜欢你，你却不反感她？”

“一起看着长大的人，长大了之后能恨到哪里去？”风琦笑了一声，“再说了，她不也一样吗？”

他们两个年纪没差多少，就几个月，上小学之前两人甚至都同睡一个房间里。他胆子小，姐姐胆子大，一到晚上害怕他就往姐姐被子里钻，做错了事情姐姐总是帮他担着，会在他被欺负的时候给他挡拳头，吼那些人“不准欺负我弟弟”。

这样一起长大的情分，两人关系再差又能差到哪儿去呢？

林司南沉默了许久，道了句：“也是……”

“对她好点吧，姐夫，”风琦打了个哈欠，翻身准备闭眼睡觉，“别再让她一个人了。”

第十日·罪者

等我回来

//
LIMINGZHIQIANBAOBAONI

（1）

“丁零……”

林司南被一阵急促的手机铃声惊醒的时候是凌晨时分。

整个房间都被笼罩在一股静谧的黑暗中，手机屏幕上的那一点点闪烁在黑暗中发出诡异的光。

来电人：孙。

他回头看了眼睡在旁边的风琦，风琦似乎被枕头边上那光晃到了眼睛，但只是皱着眉头哼哼了一声，翻了个身，又继续睡去了。

林司南起身，去了阳台。

“喂？”

“真抱歉啊司南，打扰了你和你那位亲爱的女朋友甜蜜相处的时光。”电话另一头传来了孙院长愉快的声音，“听说你跟人家回去见家长了？还顺利吗？要是结婚了，可别忘了给我发请帖哦，再怎么说，我们也算半个家人啊。”

听到“家人”两个字的时候，林司南的嘴唇嚅动了一下，淡淡道：“你这个时候打电话过来，就是为了特意来恶心我一下的？”

“怎么能说是恶心呢？”孙院长笑道，“我可是好心来通知你一句，我就要走了，离开中心医院升调了，就在明天上午。”

“时间提前了？”林司南握着电话的手指一僵，之前明明传说，孙至少要等到下一任的接任者到任才能离开。

孙院长："是啊，提前了。咱们医院的副院长在接任者到来之前会暂代院长职位。至于我，越早离开，对我来说越安全稳妥，不是吗？"

林司南冷静道："那你为什么要给我打这个电话？我和风谣都不在的情况下，你这时候离开，等到我们明天回去的时候，已经来不及了，对你来说，这才是万无一失的不是吗？为什么要通知我？"

"因为……"孙院长顿了顿，意味深长道，"司南，你不觉得这样赢得太无趣了吗？我只是想到了一个很有趣的游戏。"

"游戏？"

"啊，对。"孙院长起身，站在巨大的落地玻璃窗前。这里是位于城市最中心的一处商宅，当初他买下它，就是因为它的地理位置和视野都绝佳。他是个十分有野心的人，每当他站在这里俯瞰整个城市时，这种居高临下的感觉都能让他的野心得到巨大的充实和满足，"说起来，司南你还记不记得，我第一次用你的血做研究的时候，从里面提取出了有效成分发表论文？"

对面的林司南没有回话。

他不回答，孙院长面上的表情有一点点遗憾，但也不是特别在意："那会儿我从医大毕业已经七八年了，人也过了三十，很多和我同期毕业的人职称都升了，只有我，还是一个普通的住院医师。（注：医生职称中最低的一种，一般毕业实习结束之后转正，就会成为住院医师。）"

那时候的他很颓废，甚至怀疑自己走这条路是不是走错了。医科本身就比别的专业读的时间长，耗费精力又多，他没有靠山也没有过人的天赋，明明那么努力，但是获得的成就却微乎其微。

渐渐地，他开始觉得，这个世界对人其实是不公平的，有的人什么也不做就能靠着上一辈的积累不劳而获，有的人拼命挣扎，也难逃成为社会的牺牲品的命运。

直到有一天，他因为酗酒过度，酒精中毒被送入医院。那会儿还是真正家人的林司南接到电话，匆匆赶来医院，看到他颓废落魄的样子，不由得心脏一揪。

祖母去世之后，家里就只剩下了他和林司南两个人。小时候他对于林司南的记忆总是很古怪，祖母说，这是祖父最好的朋友，是回来和他们一起生活的，但他不理解，祖父的朋友，为什么看上去就像是他的哥哥一样年轻？

他还记得，祖母离去的时候，床边站着十几岁的他，还有那个看上去永远都是二十出头的样子的林司南。祖母快死了，她那张沟壑丛生的脸，她那已经混浊发黄的眼翳，她那只能张口吐露出几个音节的干裂嘴唇，微微地动着："司南……拜托你了，替我照……照顾好……"

话没说完，她的手便重重地垂落了下去。

所以，那会儿的林司南看到他躺在病床上，到底还是记得他祖母的嘱托，轻声细语地问他，哪里不舒服，是不是需要给他削点水果或者买点粥回来。

那时候的林司南还远没有现在这般冷漠、这般心灰意冷，他脸上的笑意虽然淡了很多，少了很多，但骨子里仍是温柔的。在林司南的眼中，孙院长还是那个他"重生"回到家中，见到的推门而入的小孩子。

他记得，当时他望着林司南，眼里连半点光都不剩了："我……我这样的人，活着究竟有什么意思？"

林司南给他喂了口水，淡淡道："你还这么年轻，就成天这么要死要活的可不行。"

"可是我的人生有什么意义呢？"他嗤笑一声，"事业毫无起色，爱情与我无缘，家人朋友也几乎没有。我都已经三十岁了，可我还是一事无成。司南，你说，这样的我，这样好死不死地赖活着，究竟有什么意思呢？"他重重地叹了一口气，一副行将就木的样子。

床边，林司南握住杯子的手紧了又松，最终开口："只要让你有所成就，你就不会再这样人不人鬼不鬼地颓下去了对吧？"

病床上的他没听清："什么？"

林司南："我说……只要能让你有所成就，你就会幸福，对吗？"

……

"是你在我面前把潘多拉的盒子打开的。"电话那一头，孙院长的声音听上去是那么理直气壮，“是你的错，林司南！是你用血诱惑了我，你厌恶我满手鲜血，但是你难道忘了这一切的罪魁祸首是谁了吗？就是你啊。

“不，你应该没有忘。”他笑了，“毕竟你从不跟我作对。林司南，你是愧疚吧？你也知道吧！你就是个祸端！你带着这一身的血，无论走到哪里都会引起骚乱！那个女记者还有她那个小实习生不也是因为你才倒霉的吗？本来大好的前途，现在一个庸碌度日，一个半死不活。这都是因为你的血！你要是当初不把血交给我，哪里会有现在的人血实验呢？对吧，林司南？所以，客观来说，我能有今天这样的成绩，还应该要感谢你，我亲爱的恩人啊！”他话里带着些奚落。

孙院长字字句句都不啻拿刀直接对着林司南的胸口戳，拔出来仿佛都能看到伤口处模糊的血肉。他太了解林司南了。林司南不恨不怨只是漠然，是因为骨子里自始至终都隐隐认同是他自身导致的这些，现在，孙院长想要让他崩溃，就必须首先击垮他的心理防线。

孙院长听到电话对面的林司南很长时间没有开口，只有微弱的呼吸声从听筒内传出，他愉悦地勾起了嘴角，享受着这份寂静。

直到——

电话对面传来一声轻嗤：“我不一定是祸端，但你现在一定不冷静了。”

孙院长嘴角的笑容一僵，随即便听到林司南平静而淡然的声音：“你现在真像一个小丑，迫不及待地向人炫耀自己的成功。孙，你的心态已经失衡了，是因为计划就快要成功了吗？

“如果换作是从前，或许我真的会被你这些话所蛊惑，陷入自责，但是……”林司南顿了顿，“现在我只觉得可笑。一个犯了错的人，不在自己身上找问题，却妄想将过错推到别人身上，真可笑。”

孙院长怒道：“难道不是因为你？如果不是你，我根本就不知道这世上会有什么让人长生不老的细胞和血液！也就不会走上这条回不了头的路了！”

“不，有没有我都是一样的，你还是会走上这条路，只不过是换一个形式罢了。”林司南淡淡道，“这世上不止你一个人惨，那么多人都选择了坦坦荡荡地活着，阴沟里的老鼠，只有你一个人。”

风谣也是，他自己也是，谁没有因为生活而厌倦、自暴自弃的时候，但是他们都能管住自己的心，让自己慢慢适应，让自己重新爬起来，孙难道就比他们脆弱吗？

作恶就是作恶，再多的理由都改变不了这个事实，所以没有什么好同情的。

那头，孙院长忽然大笑起来，笑得连连咳嗽。林司南眉头一皱，就听见他说：“好吧好吧，不愧是找了个女记者啊，你说话都比以前有道理多了。原本我还想着这游戏到底有没有继续实行的必要，现在看来，是非实行不可了。”

林司南：“你说了这么多，直到现在也没告诉我，游戏究竟是什么？”

“我们打个赌吧，司南，”孙院长说，“你替我做一件事。这件事情如果做成了的话，我就当着众人的面认罪，成全你们，你看怎么样？”

林司南毫不犹豫：“好。什么事？”

孙院长狡黠一笑：“等你回来再说。万一，你反悔了怎么办？”

（2）

风谣在房间内睡得正沉。

她鲜有在家里睡得这么安稳、幸福的时候。原来有人在背后托着自己是一件这么让人安心快乐的事，她居然现在才发现。

睡梦中，她感觉忽然太阳穴一痛，像是被蚊子叮了一口，继而又有什么轻柔的东西拂在上面，湿湿热热地替她舒缓，她挣扎着睁开眼。夜色下，一双浅灰色的眼睛美丽得如同皎洁清澈的月光。

她嘟囔了一声：“哎呀，好害羞，怎么又梦到司南了……”

那双眼睛笑得弯了弯，晃得她心旌摇曳，她伸手一把钩住面前人的脖子，一个重物压在了身上。风谣迷迷糊糊地想着，这梦还挺真实，连重量都感觉得到。

淡色的嘴唇吻了上来，他的眼睛中带着浓浓的笑意和爱意，暖得几乎化不开。

“司南……唔……”她喘息了一声，“司南笑起来特别好看，就是太少笑了。”

有人贴在她耳边低语：“那以后多笑笑好不好？”

他口中呼出的热气喷得她的脖子有点痒。

她难耐地扭了下："那……以后是什么时候呀？"

一只手伸到床头去，扶起了倒扣着的相框。相框内一男一女站在落地监视器边上，女生手上扛着个巨大的摄影机，笑得没心没肺，脸上流露出只有父亲在身边才会有的幸福样子。相框的下方签了一行小字：2026年于J国，江、风。

"等我回来之后。"那人坚定地说。

回来？什么回来？风谣有点蒙，不过她来不及细想，覆在耳边的唇就又一次游移回来了……

次日，风谣在自家床上睁开了眼睛，想起昨晚那个梦，摸着自己的脸，一阵滚烫，忍不住自省，最近是不是把太多心思都放在了谈恋爱上，导致连做的梦都那么……

"起来了？"风母招呼了她一句，"正好，叫风琦起床，等他起来了帮他把被子叠一下。"

风谣揉了揉眉心："他都25岁了连个被子都不能自己叠吗？"

风母刚想生气地说"合着我现在都指使不动你了是吧"，但一想到风谣的男朋友还在里面睡着，又觉得这样似乎不大合适，把话咽了回去："成，那等他醒了，让他自己叠一下。"

风谣抬头一看墙上的钟，七点半，算算吃完早饭回程的时间，今天早上这个假估计还得继续请下去，干脆给汪清写个报告申请调休算了。

原本她是打算暴力拍门的，但是考虑到林司南也在里面，下手就不由得温柔了许多："风琦？司南？你们俩醒了没有？"

里面没有回应。

风谣有些疑惑，风琦没醒也就算了，怎么林司南今天也没醒？他平时一向比她都醒得早的啊。

于是她把门轻轻地推开了一条缝。

床上横躺着一个大大的人，一半的被子乱七八糟地被卷在身上，而另一侧已经空了。

不知为何，看到这一幕，她的右眼皮猛地一跳。

她几步走上前，一巴掌拍醒了风琦。

被拍醒的那位起床气还没消，不耐烦地吼了她一句："干什么啊？"

她指着风琦边上的空当问："我男朋友呢？"

风琦没好气道："你男朋友在哪儿你问我干什么！我又不是他保姆！"

"妈——"风谣冲着外面问了句，"你早上起来的时候看见司南了吗？"

"没有。"那边回完又问，"是出什么事了吗？"

不好的预感瞬间笼罩了她。

她从睡衣口袋里翻出手机，拨打林司南的号码，电话响了几次，再打，就关机了。

风谣面色一沉，一身睡衣直接开门奔下了楼。

没有……

她呆呆地望着空荡荡的楼门口，昨天停在楼下的车子已经不见了，一定是林司南提前起床，然后还把车子给开走了。

难道昨晚发生了什么事情？

她来不及多想，连忙奔回了楼上。

开门的人是风琦，他揉着惺忪的睡眼："怎么还突然跑出去了？你找着姐夫他人了吗？"

"昨天晚上你和他睡一起的时候有感觉到他有什么反常的行为吗？"

风琦一脸莫名其妙："没有啊，打了几把游戏聊了会儿天我们就睡了。"

"算了，就知道你肯定睡死过去了。"她选择放弃追问，回房间换衣服。

对着穿衣镜把睡衣扒下来的时候，风谣忽然看到自己太阳穴上有一小块浅粉色的牙印，她怔怔地用手指摸了摸。

她明白了，昨晚那根本不是她在怀春做梦！

林司南真的到她房间里来过！

该死……她只记得林司南靠在她耳边的时候说了些什么，有什么很重要的东西她给忘了，是什么……是什么呢……

“那以后多笑笑好不好？”

“那……以后是什么时候呀？”

“等我回来之后。”

回来之后！

她终于想起了昨晚“梦中”她觉得疑惑的地方。

回来之后？从哪里回来？

风母正往桌上摆碗筷，风父戴了老花镜捧着份报纸正在读，然后就听见风谣的房门一开，她拎着个包急匆匆地走出来。

风母：“你这就把衣服换好了？小林呢？叫他一起来吃早饭吧。”

“不吃了。”她留下一句话便拎着包匆匆而去。

随后，房门响了一声。

一桌子的人都被她弄得莫名其妙的，风父把眼镜往桌上一摔，哼了一声：“呵！真是越大越没规矩了！”

风琦也哼了一声：“还不是被你们逼的。”

风父一报纸扇在了他头上：“吃你的早饭！”

风谣发誓，从Y城搭车到S市的一路，她都是在焦急和愤怒中度过的，急是不知道林司南现在到底遇到了什么事，气是因为他一声都不吭就直接跑路。

有什么事情是大家不可以好好商量一下再解决的，一定要一个人去逞这种英雄吗？

关键是林司南不是这样冲动鲁莽的人啊，他又不是顾凌铎。

这么一想，她心里就更加没底了。

Y城到S市，几百公里的距离，风谣叫了辆出租就把话撂下了：“只要不违章，您能开多快就开多快，往返油钱过路费我全出，不讲价，中午十点之前把我送到S市，行吗？”

出租车师傅一听这个年轻姑娘这么爽快，挂上挡，一脚踩向油门：“成！咱就让您看看咱开车的技术！”

此时，S 市中心医院。

林司南靠坐在沙发上，睫毛下垂，在眼底笼罩出一片巨大的阴影。

“这就是你要我做的事？”他面前放着一只巨大的恒温箱，里面整整齐齐地摆放着三支鲜红的试管，盒子里冒着森森的冷气。

孙院长微笑：“没错，是那个女记者的血，上次她昏迷的时候我给取出来的。我听说她之前给顾少爷献完血可是整个人都瘫了很久啊。也难怪，一个普通人不到两周的时间内被两次取血，身体不虚弱才怪呢。”

林司南盯着他：“你是什么时候知道，风谣的血能对我起作用的？”

“什么时候？”孙院长抬起头，似乎在冥思苦想，“早就知道了。司南，你不会真的以为我的实验室是好玩的摆设吧？好不容易拿到一个可能成为你休息间隙的替代品的血样，我当然应该将它里里外外仔仔细细研究透啊。

“不过，让我惊讶的是，司南你居然也发现了。这样的话，我今天都看不到你惊讶慌乱的表情了呢。啧，真是无趣。”

林司南抬眸，轻蔑地看着他：“你觉得，我会怕死？”

“对呀，对呀！所以我们这个赌约其实你更占便宜啊司南！”孙院长赞许地点点头，他就坐在离林司南不远的办公桌旁，“如果你敢把试管里那些东西推进去，你就能得到解脱。而我当着众人的面认罪，身败名裂、生不如死。你不是早就活厌了吗？用你最不想要的东西去换我最看重的名誉，明明是你占好处啊司南。司南，你每推进去一管，我就交给你一样证据，你拿去给那个女记者，他们记者不是最喜欢伸张正义吗？看看用你的命换来的证据，到底能不能让她满意呢？”

林司南：“所以你打这个赌的目的究竟是什么？”

“当然是有趣啊！”孙院长笑着，眉目间却染上了几分戾气，“你很喜欢那个女记者吧？有她在，你不想死了吧？我很懂你，林司南，这世上大概没人比我更懂你。你越不想死，我就越要让你尝尝等死的滋味儿！”

林司南冷冷道：“你想报复我？”

“难道不应该吗？”孙院长嗤了一声，“林司南，自从我的人血实验做大，你就开始越来越瞧不起我。可你有什么脸厌恶我？明明就是你自己开的头，现在倒是想演‘白莲花’装无辜了？”

林司南：“我当初提供给你血液是想帮助你，也是希望你能利用地球上现有的技术提取出其中的有效成分，帮助那些被疾病困扰的普通人。可是你的路子根本就走歪了！

“在黑市上倒卖非法药剂，将普通人骗进实验室内，肆意残害那些知道你秘密的人。孙爱仁，你可真对得起你祖父给你起的名字！”

“你别跟我说他！”听到林司南提起“孙重华”，孙院长瞬间暴怒起来，就连之前冠冕堂皇的冷笑都装不下去了。他最讨厌的就是林司南这副失望的嘴脸。小的时候看他就像看着他祖父的一个替代品，叫他学医，教他为人处世，做什么事情都要学着他祖父的样子！他活得就像孙重华的分身，孙重华的影子！怎么，现在他和祖父不像了就对他失望？把他当渣滓看？

凭什么？

他是孙爱仁，又不是孙重华死了之后在这世上的替代品！

“从今天开始，我就要调入科学院了！我前途无量！你有什么资格说我不如孙重华？他算什么？他终其一生也不过是个困顿的残废军医罢了！他的儿子偷东西被人赶出工厂，儿媳逃离这个家，妻子重病缠身而死，他有什么？他能做成什么？他有什么脸面与我相提并论？”

林司南看着他整个人从冷笑到暴怒，到最后因为情绪激动从椅子上站了起来，一双眼睛无悲无喜，好像在看一出滑稽的木偶戏。末了，他才低叹一声：“罢了，确实是我的错。”

孙院长的怒火熄灭。

“我记得她之前说，善恶之间本无定性，若行善举而无力约束，便将铸成恶果。”林司南道，“的确是我让你尝到了走捷径的甜头，我有过错。”

孙院长听到他突然认错，一时之间面上不知该摆什么样的表情，显得整个人都有些扭曲和僵硬。随即，他便看到林司南从恒温箱中取了试管，毫不犹豫地灌了下去，嘴角流下一抹殷红血液，他望得一惊。

林司南把试管丢回盒子里，手指一拂，嘴角血迹便被抹去："直接从食道流进胃里，是不是比静脉注射来得更方便？"

"你居然连犹豫都不犹豫一下，"孙院长讶然，"一支试管里可是有足足300CC 的血。"

话音刚落，他便看到林司南面色忽地一变，一只手撑在茶几上，另一只手则不自觉地按住了腹部，豆大的汗珠从额上滚下，脖子上青筋暴起，纵横在原本的文身中间，越发显得狰狞。

"很痛吧？"孙院长站在林司南面前，居高临下地望着他，眼神中带着一丝怜悯，"实验的时候，那个女记者的血注入进去，烧杯里你的血溶液瞬间就点着了……你的食道和胃现在大概就像是灌进了强酸一样，快要被烧穿了吧？"

"唔……"林司南现在根本连多发一个音节都做不到，他的体质原本就不耐痛，那种灼烧感几乎是瞬间就将他全身的痛觉都给点燃了，身体好像被投进了高温熔炉里一遍又一遍地淬炼，有无数把钢刀在他的胃里一遍又一遍地搅着，然后又被修复，开始新一个轮回。

原本强大的恢复能力，现在反倒成了他痛苦的根源。普通人或许已经痛昏过去了，但他却还清醒着。

"这才第一根呢司南，"孙院长戏谑地伸手拍了怕林司南的脸颊，"接下来，会一次比一次痛苦，你真的要继续吗？"

林司南抬眸，冷漠地看着他，仿佛在看一只蝼蚁。

他的喉咙已经完全被烧毁了，根本说不出话来。

孙院长显然是被他这样的眼神给激怒了，阴冷地笑了一声："好啊，我就看你能撑到什么时候！"

林司南颤抖着从口袋里拿出手机，目光落到界面上一连串的未接电话提示，视线颤了颤，然后哆哆嗦嗦地打起了字：我喝下去了一管，东西呢？

“啊对，东西！”孙院长笑眯眯地从口袋里摸出一枚小小的芯片，目光狡黠，“你们不是在找成林留下来的证据吗？视频就在这枚小芯片里，里面的内容我看了，非常有趣，足够给我定罪。不过，这枚芯片只有特制的读卡器才能读出来，十点钟之前，你把第二管血推下去，我就给你读卡器。”

林司南忍着痛打字：我怎么知道你的芯片是真是假？

孙院长微笑着一耸肩：“你可以选择不信。”

林司南冷漠地收回了手机，这种时候，还由得他信不信吗？

谁知，孙院长一把抓住了他收回去的手，微笑：“先别收回去，司南，让我检查一下你的手机。”

林司南的手指一僵。

孙院长脸上的微笑瞬间更加灿烂，他轻轻抽走了林司南手中的手机，翻了翻：“哎呀呀！这红色的标识是录音模式吧？司南，你是不是和那个女记者谈情说爱把脑子都谈坏了，以为这种录音模式我都看不见？”

孙院长的手指几下便点到了林司南刚才录的文件，然后故意翻转屏幕给他看，当着他的面按下了删除键。林司南一震，手指紧握成拳。

“哈哈哈……没了。”孙院长把手机扔回给他，“收好芯片，别去想其他有的没的。林司南，你知道为什么你和孙重华一样，都没什么好下场吗？”

林司南一脸漠然。

“因为你们无论在这世上活了多少年，都还是抱着那愚蠢可笑的善心。善，是没有好下场的。”孙院长勾起嘴角，一脸轻蔑。

“那你就在这里慢慢想吧，”他起身，“十点钟，项目报告开始，想好了，就来找我拿第二支试管和读卡器，我在会议厅旁边的休息室里等你。”

（3）

风谣赶到医院门口的时候是上午 9 点 30 分。

司机一脚踩了刹车，身子因为惯性还前倾半米多，再“嘭”的一声撞回到座椅上。

风谣连二维码都没空扫，丢下数张她早攥在手上的百元大钞就跳下了车：“不用找了！”

“唉！您要发票吗？”司机在后面大喊，可惜没人听他说。

“这姑娘赶什么啊大早上的，跑两个城市还这么急……”司机摇了摇头，把车开走了。

风谣如一阵风般快步走进医院。

一进门，正赶上一群医生急急忙忙地推着一个病人往抢救室跑，担架上的病人身形修长，一身白大褂看得她眼皮一跳。

恰在这时候，推着担架的医生吼了一句：“感染科这边有人倒下了！手术室有空的没有！让他们快点腾地方！”

感染科？

司……司南？

林司南会死吗？理智告诉她，不会。她化成灰了，他都能好好地在这世界上蹦跶。

可是……真的不会吗？不一定。

他不是做过那什么实验吗？

手机屏幕里跳跃着的青蓝色火焰忽然就跳进了她的眼睛里。

似乎是林司南的身体烧了起来，他的周身都沐浴在青蓝色的火焰里，那苍白的、美丽的面容痛苦地扭曲着，脊背弓成了一只黑色的虾……

这么想着，她只觉得浑身的血都涌到了头顶，脑子里好像炸开了一座火山。她直接冲过去，挤开人群，握住了病人的手。

“？”病床上的男人虚弱地将眼睛睁开了一条缝，黑色的瞳仁疑惑地望了眼她又闭上。

“您哪位啊？”被她突然挤开的医生从愣怔中回了神，可以算得上是恶狠狠地瞪了她一眼，“刘医生连续七十多个小时连轴做手术一直没合眼，这才过劳休克了，您要是没事的话请不要耽搁我们进行抢救！”

她松了口气。

“抱歉……”

不是司南……还好……

已经快要蹦出来的心脏好好地安放了回去，连续经历过大悲大喜，情绪转变过快，让她的脚步一下子有些虚浮不稳，一时间疲惫与沉重齐齐袭来。

边上护着担架的小护士认出了她：“哎，风记者？你今天不是调休……”

等会儿，担架上的不是林司南，那林司南去哪儿了？

风谣少有地不顾礼貌直接打断了她：“请问你们有见到林医生吗？”

护士：“林医生？好像看到了。之前好像看到他往办公室那边去了吧？不过感觉他精神状态好像不是很好的样子。”

“谢谢。”风谣转身就走。

她一定要亲眼确认林司南安全才能放心。

林司南办公室的位置她还认得，普通区二楼走廊尽头最后一间。

门上挂着门牌，有一个高且窄长的玻璃窗能够看到室内的情况。数米之外，就能够看到里面大亮的白炽灯。

大早上还开这么大的灯……

风谣无奈地笑了一下，起码人在里面。她心下暂时松了一口气，抬手敲门：“司南，你在吗？我听护士们说你精神状态好像不太好，是出什么事情了吗？大早上这么急就跑回来，都不等我一下，害得我担心你出事，差点没吓掉半条命……”她的语气带着些嗔怪，却没多少埋怨。

其实来的时候她是真的很生气，林司南一声不吭就自己跑路了，连车都开走了，这事情搁谁身上都得火大。坐上出租车回S市的路上，她在心里把林司南骂了无数遍：自作主张、自以为是、不负责任……

总之，就是要多糟糕有多糟糕。

不过，在经历了医院门口的那次惊吓之后，她就不再这么想了。

安全就好，没事就好，其他的，就都随他去吧。

她只在乎林司南这个人。

叨叨了半天，室内也没有人回应她，她敲门的手一顿。

“司南？”她拧了拧门把手，打不开，有人从里面把门反锁了。

门被反锁了，却没有人回应她。此刻，风谣就算心再大也品出了一点不对的苗头。

于是，她扒着门框蹦了起来，查看里面的情形。腾空的时间很短，室内的情形只能一扫而过，但也足以让她看清那个半趴在办公桌上的人影。

“司南！”

里面握着笔的人手一顿。

他在写什么东西，但现在，他被人打断了。

敲门声停顿了片刻，似乎是问询者忽然静默，随后他便听见门廊处传来风谣的询问声：“司南……你，还好吧？”

她的声音很轻，带着些小心翼翼的试探。

林司南很了解风谣，她一向很照顾他人的情绪，平静时如此，焦急时亦如此。所以现在她即便急得快要发疯了，仍然可以准确判断出林司南或许是遇到了什么难以解决的麻烦，她现在不可以惊慌失措，而是先要安抚林司南的情绪。

于是她压下自己口吻里的焦急，用最平稳、最不以为然的调子状似无意地问一句，还好吗？

这是她作为一名记者需要具备的最基本的情绪控制能力，很专业，发挥得也很好，但至少不该是现在发挥。

林司南慢吞吞地用手指摸索着纸张的边缘，笨拙地将它们叠整齐。手指转到抽屉的位置时，停了一会儿，最后还是将它塞进了口袋里。

他忽然觉得，风谣就应该任性一点、愚笨一点、肆意妄为一点，而不是像现在这样缄默。

林司南搁下手中的笔，想起来很久以前去护士站那边取查房记录的时候，他曾经无意中听到过几个刚毕业的年轻小护士的对话。

她们还很年轻，正是最有青春气息的时候。他甚至知道自己站在柜台前等待的时候，她们会假装认认真真地做着自己的事情，然后再偷偷地用余光往自己的方向瞥。

他听见她们聚在一起小声聊着最近的恋爱心得：

你要是特别在意一个人啊，即便没有看到他，只是他的影子从玻璃窗上快速闪过，你都会情不自禁地在脑海中勾勒出他的身形，通过玻璃窗上人影晃荡的幅度和频率去猜测他此时的神态。

那双浅色的似琉璃的眼珠动了动，没什么生气地望着外面。

此刻，她也是因此而缄默吗？

屋子里的动静消失了很久，久到风谣都以为自己刚刚看到的一晃而过的人影只是幻觉。

她抬起手指，轻轻地敲了三下门："司南？"

屋子里面好像慢慢有了一点动静。

先是一声木头刮在地面上的"刺啦"声，好像有人拖动了椅子，但是动作有一些凝滞和笨拙，然后就是"哐哐"两声闷响，好像是什么东西撞在了桌子上。

不对！她的心脏猛地一跳！

不对……这声音不对……

难道林司南他已经……

林司南拖着沉重的身子，站到了门边。他身体里的灼烧反应比之前好了很多，也有可能是已经习惯了，所以麻木了。他的个子非常高，风谣够不着的玻璃窗，却足够他露出一双完整的眼睛来。

模糊间，他便看到了一双泛着水光的、通红的眼睛。

那双眼睛的主人眼角颤了一下，随后勉强对他挤出一个舒心的微笑："你没事吧？"

林司南也对着她露出一个安心的眼神。

然而，风谣眼中的警惕却没有一丝一毫的减弱，她的口中说着安抚的话，眼睛却始终地盯着林司南，想要分析出他眼里的情感波动："啊……那你能把门开一下吗，司南？我进去后再说好吗？起码让我先确认一下你的安全。"

林司南望着她，然后摇了摇头。

风谣急了，又拧了两下门把手，还是拧不开。

玻璃窗内的林司南眸中露出了些许无奈，他很想说话，但是他现在已经发不出声音来了。

风谣怔怔地望着他的眼睛，眼泪终于顺着脸颊滑落了下来。

又来了。

三年多以前在J国的时候，她和江老师也是这样，隔着一扇厚重的金属大门。大门外的她疯狂地捶打着厚重的门板，砸到整个手臂都几乎要断掉，不停地哭不停地吼，想让里面的江年把门打开。

快逃啊……求求你快逃啊……他们就要追过来了……

她号啕大哭。

门内的江年手指比在唇上，微笑地对她做了一个“嘘”的动作，然后举起手机“嘭”的一下砸烂了门的电子锁面板。

“刺啦”一声短路的电流声，门板彻底锁死。

她呆住了。

门内的江年又笑了一下，他已经快四十岁了，但他看上去还是那么年轻。

他对她做出口型——

快逃。

……

这种感觉真令人讨厌。

林司南低下了头，手机屏幕上的键盘糊成一片，他的视线变得越发涣散，顿了顿，他按下了几个键。

门外，风谣听到自己的手机响了一声，低头一看，林司南的短信。

“不要哭。”

……我没有。

“现在去找成林的妻子，要快。”

风谣攥着手机的手用力地握了一下又松开。

“信我。”

“如果我说……”她抬起头，望着玻璃窗内的林司南，“无所谓了呢？”

医院办公室的门大多是木板做的，做工一般，缝隙很大，隔音效果不是太好。她的声音清晰地传到了林司南的耳朵里，然后，她便看到，那双没有聚焦的浅灰色眸子，转了一下。

风谣仿佛看到了什么希望似的，如果现在她的面前有一面镜子摆着，她一定会惊诧于自己失控难看的表情。这种不知道是哭还是笑的样子，她已经很久没在自己的脸上看到过了。

“让那些事情都见鬼去吧！”她喃喃道，“什么案子，什么乱七八糟的，都见鬼去吧！我不在乎了。那些事情没解决我不也一样过来了吗？解决了江老师也活不过来了，又能怎么样呢？能怎么样呢？难不成江老师还能活过来？”

她像在对林司南说，又像是在安慰她自己。

她觉得自己的情绪很混乱。

一种本能的危险反应告诉她，这时候必须要做这个决定，不能按照林司南说的去做！不然……不然的话，会导致无法挽回的严重后果……

“不管！”她发狠一般用力捶了一下门，“总而言之！你出来！我们走！这里无论会发生什么、要发生什么都和我们没关系了！”

她的眼睛亮了一下，好像已经找到了完美的解决方案：“我把手头的工作给辞了，我们去旅行好不好？以前我就一直有做自由撰稿人的想法，只不过这些年耽误了。虽然你到地球来了这么多年，但一定还有很多地方是没有去过的吧？我带你去好不好？你想去哪里我都带你去！哪里都好，哪里都可以，只要我们离开这里……”

“冷静一点。”她的手机亮了一下，弹出一条消息。

“我非常冷静。”她含混不清地念叨着，“林司南，我这辈子都没有现在这么冷静的时候。”

“你出来吧，司南……别找借口支走我，求你了。”她滑跪下来，将身体贴在门板上低声道。

林司南一怔，无声地叹了口气，果然还是被她察觉了。

木门极轻地晃动了一下，似乎里面的人也和她一样挣扎。她抬起头来，可以称得上是祈求似的望着那扇玻璃窗。

江年已经死了，顾凌铎至今也昏迷不醒，刚才在走廊上遇到的那个躺在担架上的医生又开始在她的脑子里打转。

还要继续下去吗？真的还有必要再继续下去吗？如果……如果林司南他也……

“是我的决定。”

屏幕上跳出信息。

“这与你的事情无关，风谣，你说过，超出掌控之外的善举会导致恶果，我种下了恶果，造成了灾难，现在，我有义务去摆正它。”

风谣猛地抬头驳斥道：“你没有义务！其他人的死活都和你没有关系！”

隔着一扇玻璃窗，林司南居然笑了，那笑容浅浅淡淡的，如同午夜清冷的月光。

这还真不像是风谣会说出来的话。

她那么多事的人，那么为别人着想的人，居然能说出这种像是“林司南”才会说出来的事不关己的话。

真有意思。

林司南有点想笑，于是他笑了，笑着笑着，他看到外面的风谣哭了。

“你说过你不管别人的……”她嗓子完全是嘶哑的，哭得特别难看，难看到林司南的眉头都皱了起来，“你不是很讨厌我们这些地球人吗？你不是很烦我们吗？你为什么还要管我们？自己好好活着不就好了，讨厌这个世界讨厌了快一百年，现在说你要爱这个世界了，你玩我呢……”

“对不起。”

玻璃窗内，林司南忍着痛，艰难地踮起脚，在玻璃窗上留下了一个吻，如同当初亲吻她的嘴角一般深情。

风谣忽然清醒过来，随即坠入了更深的现实噩梦中。

她懂了，完全懂了。现在说什么都没用了，林司南不会再改变主意了。

她忽然用力地拍打起门板，一顿毫无形象的拳打脚踢，虚弱的门板发出不堪重负的“嘎吱”声，但仍然顽强地挺立在那里，和它的主人一样坚决。

“出来！你给我出来！骗子！大骗子！林司南！你说过要把我当成自己人生的意义的？现在我还活着呢，你凭什么去死！林司南你凭什么！”一阵歇斯底里的发泄过后，她好像终于没了力气，头抵在墙角，“你说了等我哪天死了要去给我献花的，你怎么能食言呢……”

时隔三年，那种独自逃生的无力感又一次向她袭来。

不知静默了多久，风谣慢吞吞地从地上爬起来，撑着门板勉强稳住了自己的身形。

“确定？”她低声问。

“嗯。”

“好，你等我回来。”

她跌跌撞撞地跑走了，和三年前一样，每走一步都是惶恐和迷茫。

风谣，我仍然没有对这个世界的恶意释怀，但我愿意相信你，相信你所坚持的善，这是我自己的选择。

所以，请你跑得快一点，再快一点，不要让我失望。

孙院长的发布会场地挪到了一楼的大礼堂。

休息室的门半开着，围了不少记者，林司南甚至还看到了和风谣一起拍摄过的、那个代顾凌铎班的小严。

“哎？这不是风谣姐的男朋友吗？原来你是这儿的医生啊？”身高显眼、长相出挑，又穿着一身白大褂的林司南在人群中十分显眼，在后面调整机位的小严几乎是一眼就看到了他，“哎？你怎么弯着腰走路？哪儿不舒服吗？”

拍摄还没正式开始，小严见他是熟人，便和同事打了个招呼，走过来扶住他：“你还好吧？”

林司南伸手，冲着里面指了指。

小严："呃……你想要进去吗？"

林司南点了点头，然后又指了指门，两手一合，做了一个关门的动作。

实习记者的理解能力一般都很强，所以小严一看就把林司南的意思猜了个七七八八："你要进去……呃，然后，让我把门关上？"

林司南欣慰地点了点头。

"啊？这……"小严看着围成一堵墙似的采访人群，尴尬地搔了搔脑袋，"你这也不告诉我为什么，关上门以后我会被群殴的吧？"

大家都知道今天S市中心医院有特大新闻，早上刚下的紧急命令，各家媒体的头条全给空出来了就等着播报了。现在这会儿发布会议还没正式开始，谁家记者来之前没被主编敲打过，要在正式开始之前从院长嘴里问出几条别人家没有的独家？

他要是现在把门关了，那简直就和砸人家饭碗没区别。

林司南见他不愿意，也不勉强，松开他，摇摇晃晃地用力往人群里挤。他现在浑身上下都剧痛无比，跟块豆腐似的，撞哪儿哪儿碎。

小严在后头看着，这个年轻男人明明个子那么高，看上去却跟个破布娃娃似的好像下一秒就要碎掉。人群挤着他，他已经快要散架了。

他骨子里还没丢掉的人文主义关怀精神瞬间觉醒，几步冲上去，护在了林司南身边，靠着自己年轻，身强体壮，直接从人群里挤出了一条道："让一让！让一让啊！这一个个的！挤什么呢？！"

靠着那条道，他把林司南送到了半开的门边。

"快进去吧！"

林司南感觉到有人在他背后用力推了一把将他推进门内，下一秒，身后的大门被人"嘭"的一声，死死地关上。

"来了啊？"屋内传来一声戏谑，"还有五分钟，再晚，我可就不等你了啊，司南。"

林司南半靠在墙壁上，抬眸看向孙院长，向他伸出手。

孙院长打开恒温箱，从里面取出第二支试管，冷声道："喝了它！"

林司南接过试管，一饮而尽，手指无力地一垂，玻璃试管砸落在地上，骨碌碌地滚着，滚了老远。

孙院长半蹲下身子，饶有兴致地看着瘫倒在地上虚弱的林司南。他的腰弓得像个虾米一样，两手护在胸前呈打拳击状，仿佛有烈火正在焚烧着他的身体一般，连意识都有些不大清醒了。

"真可怜啊司南。"孙院长叹了一声，"这种感觉很熟悉吧？五脏六腑被腐蚀个彻底，一秒一秒地等着自己咽气，一定能够让你想起七十年前的事吧？"

林司南闭上了眼睛，死死地咬着嘴唇，他选择了无视孙院长的话。

孙院长面上的笑容一僵："不用急着闭眼睛，马上你就不用再见到我了。

"你不是一直想见孙重华吗？等你死了你就能在地下和他团聚了。"他站起身来，将读卡器丢在了林司南的脸上，"机会我给你了，有本事的话，就带着那个女记者来揭穿我吧！只要……你还撑得到那个时候。"

林司南没有去捡掉在地上的读卡器，他静静地注视着孙院长，看着对方的皮鞋利落地抬起又放下，行至门边，拉开门，"咔嚓咔嚓"的快门声连串地、急促地响起。所有人都在追捧着这位新出炉的明星学者、专家，没有人注意到房间里面的场景，然后大门从外面被关死。

"嘭！"

他闭上眼睛，眼底的最后一抹亮光，倏地，灭了。

孙院长在解决了林司南之后，心中的最后一块大石头终于卸下。

他并没有骗林司南。芯片是真的，读卡器也是真的，但是以林司南目前的状况，就算知道是真的也没用。第一管喝下去，林司南的喉咙就已经烧坏了，再喝下去第二管，视神经被烧坏也只是时间问题。

按照实验结论来看，他全身的器官机能都将遭受无法复原的毁灭性损坏。

林司南，是真的要死了。

从林司南开始厌恶他、开始拿那种看渣滓的眼光看他的第一天起，他就一直在期盼着林司南死，表面上云淡风轻，内心早就被阴暗和咒骂填满。他以为自己就要把这份怨恨带进棺材里去了。等到他死了，林司南就可以肆无忌惮地唾弃他、嘲笑他了，说他这辈子也比不上孙重华。

但真到了这一天，他却忽然觉得心里有点空落落的，甚至隐隐有些发涩……

“孙院长？院长先生！您说两句吧！”记者们的呼唤声唤回了他的神思。

他整理好自己复杂的心情，冲着镜头微笑：“时间差不多了，我们去会场吧。”

“下面我们有请S市中心医院院长，S市疾病防控专家、教授，流行病学博士孙爱仁先生为我们宣布他的重要研究成果！”

一阵热烈的掌声中，孙院长面带微笑，踌躇满志地走上了台。

在一段冗长的项目介绍后，终于开始了众人最期待的现场实验环节。台下所有的摄影机全部聚焦在了正中间的主席台上，前排只能看到一个个人头和摄影机。

几个助手模样的人端着恒温箱和试管架上了台。孙院长从助手的手中接过了胶皮手套，戴在手上。台下顿时响起了一阵不小的骚动，他们本以为孙院长应该只是做个介绍，实验会让助手来完成，没想到他居然要亲自来做这个实验！

孙院长当然要亲自来做这个实验。

这是独属于他的历史时刻，必须由他亲手来刻画。

“这边，是经由ICU病房中一位白血病病人家属同意，采集到的白血病患者血样。这边，是被我们命名为‘再生’的AWXP136号试剂。”他一手拎着一支试管，“下面，把我们的‘再生’试剂滴入到病人的血样中。”

小滴管仔细地吸了几滴淡黄色的液体，一滴一滴，如同少女的泪珠，摇摇欲坠，即将滴入进去。边上的助手将高清电子显微镜对焦，让大家能够实时观测到显微镜下的反应。

一台台摄影机对准屏幕，记者们的采访纲要上面已经注明了，滴入这一滴试剂过后，显微镜下的病毒将会慢慢被杀死、脱壳，他们只需要清晰地拍下这个过程就好了。

变故，就是在这一刻发生的。

一滴试剂滴落，管内的血样忽然飞溅开来，有如水不慎滴入到强酸中，又好似油锅炸开，猝不及防间，孙院长的手一松。

“哗啦！”

两支玻璃试管砸在大理石地面上摔得粉碎，液体混杂在一起，青蓝色的火苗瞬间蹿起，直接点着了孙院长的西装裤。

重大实验事故！

台下的记者们只愣了一秒钟，便立刻迎来了一轮爆发性的闪光灯！

见证一位医学界的新秀诞生固然是重大新闻，但是实验当场失败，直播画面瞬间流出，会是更大的舆论谈资。

如今那些在网络上观看这场发布会的网友以及业界学者将会或唏嘘或奚落地谈论着这场重大的实验事故。

微博上，“发布会上实验失败 引发药剂爆炸”的实时热搜已经攀升至第一。

几个助理慌乱地扛来了灭火器，拔了栓，对着台上一通狂喷。火灭了，满台的化学溶液、白色泡沫，一片狼藉。孙院长满身泡沫，狼狈地站在原地，似乎是不明白实验怎么就突然失败了，那愣愣的神情看上去还有些怪可怜的。

不过，台下的记者抢新闻的时候，可没有什么可怜他的心情，一家家媒体直接抄起话筒，开始了犀利发问：

“您好？请问您之前有过这样实验失败的情况吗？”

“您有预想到今天这种情形的发生吗？如果药物被投入临床，是否会对人体有害？”

“请问您能告诉我们是什么导致了实验失败吗？”

……

一支支话筒争先恐后地被递到了他的面前。从前孙院长总喜欢把别人亲切地当成他成功路上的小白鼠，难得他也有被人家当成升职加薪的工具人的时候。

孙院长回想着刚才实验失败那一瞬间的反应现象，水入强酸的剧烈反应，青蓝色火焰的燃烧现象……

“林……司……南……”他表情阴狠地念出了这个名字，咬牙切齿。

礼堂的大门在这一刻被人从外面推开。

风谣领着一个惴惴不安的中年女人从礼堂外面走了进来，她面对着台下上百名同僚的摄像机，挤出了作为一个职业记者的标准笑容：“不如，就让我来替院长先生解释一下，实验为什么会失败吧！”

（4）

十个小时前，凌晨0 ： 30，Y 城风谣家。

林司南挂掉了孙院长打来的电话，出门下楼，从后车厢里拿出一套未拆封的针头，折回了楼上。

他进入风谣房间的时候，床上的女孩还在梦中。

他看着风谣的睡颜，表情不自觉地柔和了一些，低头在她的唇上轻吻了一下：“可能会有点疼。”

说着，一根极细的注射针头借着微弱的手机灯光扎进了她的头部靠近太阳穴的位置。这是头部打麻醉常打的部位，比起翻动她的手脚把人弄醒，这个方法会方便很多。

暗红色的血液顺着针管被抽进了注射筒内，林司南一手托着针管，一手轻轻按住风谣的头以防她惊醒乱动。好在，直到针头脱出，她都没有醒来的迹象。

直到林司南的嘴唇贴上她的伤口处，她才发出一声微弱的嘤咛。

林司南靠着她，把这个半梦半醒中的人又重新哄睡着了，才起身离开。

凌晨3 ： 00 整。

林司南将车停在了距离医院不远处的停车场内，从胸口处的衣袋内取出了那管还有温度的血样，趁着夜色，潜入了大楼中。

制药房附近的小房间内还亮着灯，隐隐从门缝中透了出来，有几个实验人员在里面打着呵欠聊天：“最后测试一遍吧，我太困了，明天早上还要去协助他呢！”

“行啊，不过东西放在这里没事吧？”

“没事啊，你锁上就是了，那个地方不是没人知道吗？”

门外的林司南暗暗记下了“那个地方”。

三十分钟后，几个实验员似乎完成了最后一遍测试，屋内传出了冲水洗试管的声音，还有“叮叮当当”的仪器碰撞声，似乎是在收拾东西。

“吃夜宵吗？”

“四点了，吃什么？回去睡觉吧你！”

“吃个早饭再睡啊。”

四个实验员从里面边聊着天边出来，互相往四周看看，确认无人之后，锁上了小屋子的门。

林司南从角落的阴影中走了出来，用钥匙打开了小房间的大门。

或许刚才那四个锁门的实验员都不知道，这间小房间的门锁和院长办公室的锁是一样的。

多年之前，林司南将自己的血送给孙，帮助他研究提炼，发表第一篇遗传病学的论文时，他们就是在这间小屋做的实验。等到孙成为院长之后，这间屋子的门锁就换成了院长办公室的同款。

即，院长手中的钥匙能够开办公室和小房间这两扇门。这件事情孙院长从来没有跟林司南讲过，但是林司南一直是知道的。

他知道以孙院长的性格，只有这样设计才能安心，才能为这个只有自己知道的秘密而沾沾自喜。正如孙院长说自己了解林司南一样，好歹是看着长大的人，林司南也未必不了解他，只不过未来种种实在不是当年关系好就可以预料的。

当初的林司南也曾以为自己能够一直看着这个孩子平顺长大，事业有成，家庭美满，再送他安详离世。可惜，一切都只是以为罢了。

林司南打开门锁，进了屋里，又打开手机灯光照明。

他瞥了一眼自己的手机屏幕，进门之后，信号那一栏就接连掉了好几格，好像里面装了什么屏蔽仪。

架子上的试剂摆放十分整齐。

昨天早上他和风谣去警察局那里没有要到的被孙提前派人收走的纸片上，所谓的 X 处开门后的隔间，应该指的就是这间制药房了。

开门后的隔间？

门被直接推开后是一片空旷的地板，左侧是一个巨大的化学药品试剂柜，右侧稍远一些的位置有一个洗试管用的水槽，拧一下水龙头还能正常流出水来。从客观角度上来说，如果有大隔间或者隔缝的话，应当会藏在试剂柜的后面，因为柜子能够起到一个很好的遮挡作用。

不过……

林司南看了眼手机屏幕，随即转身走向了门边的水槽。

开门后的隔间，意思是门推开到底时抵在墙面上的位置，走廊右侧进门，门开往右，开门之后的位置，指的就是水槽所在的位置。

林司南手握住水槽嵌入墙壁上的孔洞的部分，用力一拔。一大块假墙皮连着不锈钢水管一齐脱落下来，露出一个巨大竖直的长方形空洞。

原来，那看似嵌在墙壁上的水管不过是一个障眼法，水槽的那个出水口是直接与下方的入地管道相连的，只不过贴了一块巨大的假墙板作为遮挡，再用磁铁吸附在墙上。

他的手机信号之所以掉得厉害，就是因为屋内用了巨型磁铁的缘故。

林司南从那个长方形的空洞中，取出一个保险箱，想了想，将密码按键转到了今天的日期。

“咔嗒”一声，保险箱锁扣解开。

——对孙的人生来说，这么富有历史性的一天，他怎么可能不用来纪念一下？

保险箱打开，他将里面病患的血换成了他自己的，将孙准备好的实验试剂，换成了风谣的。

做完这一切之后，他将一切恢复了原样，离开医院大楼返回车内。

上午7点30分，风谣起床发现林司南不见踪影，孙院长在医院办公室内等来了"匆匆赶到"的林司南。

"你为什么一定要和我作对呢，司南？和我作对没有好处你是知道的。"孙院长笑着问他。

"我希望你明白，"林司南淡淡道，"我一直选择不作为，不是因为我真的怕你，而是因为我答应了你的那些长辈们要护着你。但是，孙爱仁，你太让我失望了。"

上午9点30分，风谣赶到医院，隔着林司南办公室的玻璃窗，看到了他通过手机向她传出来的信息："现在，去找成太太，带她去礼堂，要快！"

于是，风谣收起心中所有的眼泪和疑惑，离开现场，将成太太带来了现场。

"现在，当着这么多记者的面，您可以将您丈夫这两年遭遇的一切不公乃至为人顶罪的事情，通通都说出来了。"

台下的记者们听到风谣的话，互相对视，都有些不解，一些认得风谣的记者干脆把镜头对向了她那几个在现场的S市城报的同事。

"你们城报玩的什么大料啊，藏这么深？"

城报的几个同事更是一脸蒙："你们别问我啊！我也不知道发生了什么！"

风谣在心下叹了口气，估计等汪清回来之后要拿着砍刀来劈她了。

不过好在成太太面对那么多记者，也终于意识到了自己的丈夫减刑有望，直接就着离她最近的一个记者的话筒，开始了她的控诉："各位记者同志，我要检举S市中心医院院长孙爱仁！他的实验为什么失败？因为这根本就不是什么震惊的医学实验，这就是一个疯子害人的变态计划！他就是个畜生……"

记者们全去围着成太太要新闻了，一时间围在孙院长边上的只剩下几个给他补狼狈特写的摄影师。

他怔怔地站在原地，实验失败后，他就已经知道，他的前途，他成为全国著名学者的美梦要到头了。以至于风谣带着成太太闯进来揭露他人血实验细节的时候，他居然连一丝辩解的欲望都没有。

“差一点……就差一点点……该死的林司南……”他喃喃自语，状若疯狂。

对于一个为追求名利奋斗了大半辈子的人来说，毁掉他的前途比杀掉他更让他难受。

林司南真是懂他……林司南……根本就没想过要什么录音笔，什么芯片读卡器，他根本就不想要什么证据……他只要毁掉实验就好了……毁掉实验就能杀了他……林司南……这个该下地狱的魔鬼！

一只手死死地扣住了孙院长的肩膀，风谣表情阴冷地看着他：“你要发疯也得等进了警察局把你的笔录签字画押完之后再发疯。我只问你一件事，司南呢？你把林司南藏到哪里去了？”

“林司南？”他听到这三个字时居然像没听懂似的歪了歪脑袋，而后忽然古怪地笑了起来，边笑边拍巴掌，“他死了！对呀！他已经死了！哈哈，你不是想找他吗？去地下找他吧！他已经死透了！哈哈！我报仇咯！林司南已经死了！他死了！哈哈哈……”

“神经病！”风谣忍无可忍地推开了他。

这时，有几个记者围住了落单的风谣。

“城报的风记者，我可以采访您一下吗？”

“我还有点事，能不能先让一下？”

“请问您对成女士说的那些事情知道多少？您是参与者吗？”

“抱歉，稍后我给您回答好吗？我现在真的有急事……”

“请问……”

一拨又一拨的人围了上来，风谣被他们围着、挤着，根本就没办法离开礼堂去找林司南，心情愈来愈烦躁。

“我让你们滚蛋！听不懂人话是不是！”她终于怒吼出声。

从业五年多，这是她第一次在大庭广众之下，当着镜头爆粗口，就连熟悉她的S市城报的同事们也惊讶了。

面前这个暴躁的女人，真是他们社里那位出了名的好脾气风小姐吗？

有了这么一个小缺口，风谣终于得以从人群中脱身。

她跑遍了整个医院，终于……

“嘭！”

会议室的大门被撞开。

“司南！”风谣看到躺倒在地上的林司南的那一刻，觉得自己的心跳都停止了。她不知道自己是怎么把地上的人拖着半抱起来放在自己的膝盖上的，只记得自己当时不住地流着眼泪，绝望地嘶吼着，“有人吗？有没有人啊？快来人救救他啊……”

她的眼泪滴落下来，砸在林司南的手背上。

躺在她膝盖上的人手指动了动，风谣也终于从崩溃中回神：“司南？”

林司南对她露出了一个无声的微笑，那双美丽的灰色眸子睁开来，他伸出一只手抬起来，似乎是想摸她的脸颊。但可惜的是，不知道是不是力气不够，他有点够不着。

他的脸上露出无奈的神情，张了张嘴，似乎是想说话，但终究还是没能发出声音。他其实已经看不到任何画面了，那对总是被人诟病空洞无神的眼球真的变成了没有任何用处的灰色玻璃。

视神经受损，声带完全被毁了，他不能说也不能看，只能用尽最后的触觉，用力地握住她的手，告诉她“别哭”。

（5）

林司南被推进了抢救病房，作为一个非地球人。

或许医生们在手术期间或者检查期间会发现什么超出他们理解范围内的事情，但是风谣已经顾不得那么多了。对于她来说，林司南没事，比什么都重要。

手术室内抢救灯亮起不到三十分钟，中心医院操刀的那位主治医生就一脸诧异地走了出来，身后还跟着好几个神色各异的同僚。

“抱歉，风记者。”在场的人几乎都知道风谣是林司南的女朋友，“我真的……我从业至今快三十年了，见过无数疑难病症，但我从未见过像林医生这样……说真的，按照他内脏的损伤程度，他现在还能呼吸，我都觉得匪夷所思。”

风谣根本就不关心他是怎么想的，她只在乎林司南的状况：“他不会死的，对吧？”

那位主治医生一听，还不会死？按道理，他现在早就该死得透透的了！你见过一个体内脏腑几乎全部被烧穿、烧毁成碎肉的人，还能呼吸能动？更奇怪的是，他内细胞的修复能力，更是闻所未闻、前所未见。如果不是现在提出过于罔顾人性，他已经想向风谣请求在林司南死后将他的遗体捐献给医院研究使用了。

主治医生摇了摇头：“不，我个人认为，他现在基本上已经没有什么抢救的必要了。林医生身体内的内脏几乎都遭到了不同程度的严重损坏。请问，他是被人灌入了什么强腐蚀性的溶液吗？基本上，很抱歉……我认为可以准备一下后事了。”

准备后事？

风谣一怔，继而猛地抬头：“在你们心里，他根本就已经是个死人了对吧？你们有没有用全力抢救他？抢救病人不是你们的义务吗？你们怎么做的？嗯？”

几个医生表情沉痛但也无能为力，什么叫作他们没有用全力去抢救了？他们当然想把每一个病人都救回来啊！但是，也要救得回来啊！更何况，林医生还是他们的同事！

“我们明白，一般这种情况，家属情绪状态都不会太好，我们也能理解你，但我们医生也不是救世主，我们真的尽力而为了，所以，抱歉……剩下的时间，多陪陪病人吧……”领头的医生拍了拍风谣的肩，摇头走了。

“那个……病人醒了，好像是要找家属？”抢救室的门忽然又开了，一个小护士探出头来弱弱地说。

风谣擦干眼泪，在外面深吸了好几口气才进去。

林司南还活着，她不能比林司南先崩溃。

被单下伸出一只苍白清瘦的手，对着她招了招。风谣握住那只手，强压着冷静的声音仍然带着些哽咽：“司南……”

林司南看不见，却仍然能听见她说话时的抽气声。于是，他手指摸索着，在她的腿侧敲了敲。

风谣一怔："手……手机？你要说话是吗？"

林司南点了点头。

她从口袋里拿出手机，林司南拿到手上，沉默了一会儿，又摇了摇头，塞回给她。

他看不见上面的键盘。

风谣的眼泪又下来了，她捂住嘴，不敢发出声音。

林司南知道她又在躲着哭了，张了张嘴，但又想起自己不能说话了，于是抬起了手，似乎想要安抚她。

"我没事。"风谣偏头避开他的手，温柔地将它放回被单里。

"孙院长对你做了什么……对，你现在不能说话，没关系，我给你纸，你写下来好吗？我去帮你报复他，我不管江老师的事情了，我不要工作了都可以，好不好司南？怎样都好，只要你别离开我……"她双眼通红，脸上的表情却木木的，仿佛比病床上濒死的林司南更像一具尸体。她一向是一个阳光爱笑的人，可是现在，阳光没有了，笑容消失了，腐烂的气息在整间屋子里蔓延。

两人还没离开抢救室，边上甚至站了不少人在等着，抢救室紧俏，本来手术结束后就应该立刻将里面的病人送出去，但那些人都不敢吱声上前，他们有些害怕风谣脸上的表情还有现在的状态，只得任凭风谣他们在这里耗着。

风谣转过头，表情森冷而麻木："笔呢？纸呢？"

林司南虽然看不见她的表情，但是她嘶哑的嗓音，发颤的手指，都像是硬生生将那个画面塞到他脑海里一般。

"笔！纸！"

有人连忙使了个眼色，一位护士小跑着匆匆将纸笔送进了抢救室，硬生生送出了一场宣布遗嘱的阵仗。

在抢救室内宣布遗嘱，也算是一桩奇闻。

林司南在风谣的搀扶下慢慢地坐起来，然后提笔："我还有一些愿望想和你一起实现，你愿意和我一起吗？"

风谣不傻，明白他的意思，于是她几乎是咬牙切齿地说完了下面的话：“林司南你听着，我不愿意，给我活着，或者熬死我。”

她的愿望其实真的很简单。

活着，熬死她，就像他们两个人最初约定的那样。

她甚至开始迷信，伸出手，像个小孩子一样慌张地钩住了他的小指，语气中含着幼稚的奢望：“司南……我们拉钩好不好？拉了钩，许了愿，这样……就算是老天爷也不能背叛我们了。”

但林司南到底是松开了她的手，他慢吞吞地在纸上写了几个字：

可以了，风谣。

做到这一步真的可以了，足够了，风谣。

在林司南的预想中，他合该是孤独……不终老，他的人生里没有老这个选项。他想过有一天等孙爱仁死了之后，他抛开所有的担子，在天地之间放浪形骸地游荡，去当一个不死的游魂，等到这个世界都彻底毁灭的时候，再和它一起化为腐烂的渣滓。

他一直在追求死亡，像酒鬼迷恋醉生梦死，如身患沉疴者渴望安乐消逝。他一直以为死亡来临的时候，他会是轻松愉悦的，在刚知道风谣的血能够杀死他的时候，他的心都如同放飞的笼中鸟一般，却到底是在临了的时候，被牵挂绊住了脚步。

想死的时候死不了，不想死的时候……

呵。

林司南的嘴角微微勾起，他居然在这种时候笑了。

这样的笑容落在风谣的眼中无疑是另一种精神层面上的刺激。

林司南想死，他一直想死，你看他终于解脱了。

你不成全他吗？不成全他吗？

她弯下腰来，凑到林司南的耳边低语：“想出院，对吗？”

林司南点了点头。

“好，我答应你。”

第十一日·长生

婚纱和告别

//

（1）

林司南出了院，是风谣给他办理的出院手续。

孙院长进了警局，审讯的时候总是喃喃自语着“林司南，都是林司南”，让警察们认为林司南作为受害者，或许能对他们的后续调查起到帮助。在风谣办理出院手续的期间，他们几次想进入病房内询问林司南，都被风谣冷冰冰地挡了下来。

“他现在不能说也不能看，身体更是糟糕，没有那个体力配合你们。”

几个警察面面相觑：“可是，如果林先生过……离开，那咱们这个案子就……”

风谣冷冷道：“抱歉，那是你们的事。林司南是病人，你们不能逼他，不然，我可以起诉你们。”

油盐不进、冷漠生硬，没有人会觉得这样的女人是风谣。她好像把全部的笑容都送给了躺在病床上的男人，除了面对他的时候，再也露不出一丝笑容。

汪清从J国回来，听小严说了风谣的事情，除了长吁短叹，然后将她的休假无限期地再度延长之外，再无他话。

这样的风谣她太熟悉了，三年前，风谣也是这样的。

原本以为像这样的人生只要经历一遍就够了，可是这丫头的运气实在是太坏，一遍又一遍，把她那颗心丢到火上去炼，她真害怕风谣有一天会把自己逼疯掉。

然而汪清的预感未免太准，在林司南强制出院后的第二天，风谣就在工作群中宣布了自己即将和林司南结婚的消息。

前一天的直播事故闹得挺大，基本上社里的人多少都知道发生了什么事情，也知道风谣为什么一直没回来上班。原本该恭喜的话，到了这里，就变成了一场死寂的沉默。

风谣在群里说话："怎么了一个个的？都不说声恭喜的吗？"

群里没人敢应声，所有人都在担心她的精神状况。

最后，到底还是汪清私信了她："谣谣啊，你还好吧？"

风谣回道："我很好啊，我们现在在民政局拍照呢。"

汪清听完眼前差点一黑，这是彻底疯了。她还以为风谣只是看林司南快不行了想搞个仪式纪念一下，没想到她居然真的打算和一个快要死的人成为法律意义上的夫妻。

"喂！你清醒点！别发疯啊！"汪清惊道，"林司南没几天好活了，他死了你怎么办？年纪轻轻就让自己做寡妇吗？"

"我不跟你说了，马上要宣誓了。"

"不是，谣谣，你别闹！你清醒一点！"

汪清发了无数个小窗和通话请求过去，但那边再没人理她了。

另一边，民政局内。

一对年轻男女吸引了登记处所有人的注意。

一个面容极美的男人坐在轮椅上，一个年轻女人走在背后，微笑地将轮椅往前推。女人将轮椅推到了登记处工作人员的面前，开口："您好，我们想要登记结婚。"

登记处的工作人员愣了一下，然后拿出两张表递给他们："好的……你们把表填一下吧。"

只见那个年轻女人弯下腰来，将笔塞进男人的手心里，柔声道："司南，我读给你听，我用手指到哪儿，你就填到哪儿，好吗？"

男人点了点头。

面前登记处的工作人员斟酌许久，终于问了句："您爱人……看不见？"

风谣顿了顿，随即微笑着开口："有什么问题吗？"

"啊……抱歉。"工作人员连忙道歉。

风谣却问："待会儿我能帮他朗读宣誓词吗？"

那个工作人员一怔，刚想问为什么，就被边上的同事拽了一下，她这才意识到，打从两人进来起，这个坐在轮椅上的男人就没开口说过话。

啊……这……

工作人员看着面前的俊美男人，心下可惜。这么好看的一个男人，没想到又瞎又哑，唉……可怜。

风谣帮助林司南填完了表格，打算推着他去宣誓台，离开的时候刚好路过一对排在他们后面的男女。

这两人不知道因为什么事情正在发生激烈的争吵，吵得眼睛都红了。只见那女人说了一句什么，她男朋友气得用力推了她一把，把她推得一个踉跄，差点倒在林司南的轮椅上。

"你们干什么？"风谣眼疾手快，扶住了那个女人，生怕她砸到林司南。

那女人晃晃悠悠地站稳，对她道了声谢，随即转过脸，抬手一巴掌甩在她男朋友脸上："你打我？我爸妈都没打过我你敢打我？"

她男朋友捂着脸："谁让你说我爸妈不好！"

那女人一听，一副气笑了的样子，刚好风谣扶着她的手还没松，转头就想让风谣给他们评理："你说他家里人怎么回事？说好了下个月就要办结婚典礼了，之前谈好的东西没兑现也就算了，人也没见半个影。我们两个人结婚，又不是我一个人结这婚，光我爸妈忙前忙后这么久，这算什么啊！"

她男朋友争辩道："我爸妈又不和你爸妈一样领着养老金在家没事干！咱们上班，他们就不上班了吗？"

那女人嘲讽："呵呵，成天上班上班，婚房我也没见你们家多出几毛钱啊？"

她男朋友一听，急了："你要掰扯是吧？那我就和你掰扯掰扯！你说你要买婚纱，还专挑贵的，一挑两套，我们家出没出？还有那新房的装修……"

眼看着两个人就要吵到天荒地老了，工作人员制止了他们："你们二位还打不打证了，不打的话，能不能放人家前面的人先走了？人家开开心心的，谁愿意听你们这鸡毛蒜皮的事啊？"

那女人经工作人员一提醒，这才尴尬地松开了拽着风谣的手："不好意思啊。"

风谣扭了扭被她握得有些发红的手腕："没事。"

那女人的目光落在轮椅上的林司南身上，先是被他的容貌一惊，随即便意识到了什么，再看风谣的时候，面上露出了一股同情。

风谣注意到她的表情变化，有些不悦地撇了下嘴角。

那女人连忙道："啊，不是……我还是，很佩服你的，都这样了，还这么不离不弃的，真的……"

"都哪样了？"风谣冷冷道，心里觉得这人可真是太会说话了！随即她便感觉林司南拽了一下她的手，周身的火气一时压下去不少。

她闭了闭眼，然后开口道："我真的不明白，就因为这些金钱上的纠纷就能让你们吵得在这里僵持不下，那你们为什么要结婚呢？是为了给自己找一个经济互助伙伴吗？"

风谣当然明白，现实中有很多人结婚的确就是为了给自己找一个还算看得顺眼的生活合作伙伴，她也没资格对人家的生活指手画脚，但她心里就是憋了一口气。

她的爱人就要死了，她拼命抓住这最后的时间想要留下些什么，有的人却能够奢侈地将两个人相处的时间大把浪费在这种没有意义的争吵上。

她用力地吸了一口气，捂着自己的脸蹲了下来。

为什么世界上所有的事情都是想要的和拥有的刚好相反？如果金钱可以将

林司南的生命换回来，她宁愿余生都被贫困所折磨。

风谣蹲在地上大口大口地喘息着，边上站着的那对男女大惊失色，还以为她是什么急性病发作了，吓得一时间连吵架都忘了，一边大声喊着工作人员，一边询问风谣的情况。

轮椅上的林司南茫然地伸手四下挥打着，似乎想要摸到风谣，他的嘴里发不出声音，干张嘴说不出话来的样子看上去甚至有些可笑。

“我没事……”忽然有人握住了他的手，他面上的表情舒缓了一些。

他握着风谣的手，在她的掌心里写着字：“刚才怎么了？”

风谣抹了把脸，轻声道：“没怎么，就累了，想休息会儿。”

林司南像是突然顿悟了什么似的，嘴角居然扬起一个微笑的弧度：“就累了吗？那可不行，我们还有很多事情要做呢。”

风谣疑惑地看着他。

离开民政局的时候，天正蓝，风正好，时间也还很早。

林司南在她掌心写：“要不要去拍个婚纱照以后留作纪念？我刚刚听他们说起买婚纱，才想起来你们地球人结婚，女人是要穿那个的。”

风谣一怔。

林司南听到她没回答，于是又写：“死亡是终将到来的永恒的离别，我无法阻止，但至少能够在它到来之前做点什么。”

风谣的指尖颤了颤，没说话。

婚纱店的试衣间外。

几个店员围成一团，远远地议论着这对奇怪的情侣。

接待他们的那位服务员向着风谣再三确认，才确定，没错，他们是要来买婚纱的。

可是……

店员迟疑地望着轮椅上病弱苍白的林司南，您的爱人……他看上去就快要死了啊。

试衣间的帘子被“唰”地拉开。帘子拉开的瞬间，风谣的脸上立刻带上了微笑——即便林司南已经看不见她的表情了。

“司南你摸摸看！这件婚纱真的很适合我！”

她半蹲下来，林司南的手指触上了那轻盈的、蓬松的、绵软的纱，好似触碰到了一个易碎的梦。

林司南笑了笑，在她手上写了两个字：“挺好。”

风谣转过头，面向小心翼翼看着他们的店员，掏出手机递了过去：“可以帮我们拍张照片吗？”

“啊……可以，没问题。”店员有些惴惴不安地接过她的手机。

风谣弯下腰来，将手搭在了林司南的肩膀上，对着镜头微笑。

“咔嚓！”

耳畔忽然没了声息，安静得可怕，她的心忽然悬起来，张皇地向身边看去。林司南的嘴角挂着浅浅的笑意，那双浅灰色的眸子如琉璃一般美丽，浮动着流光溢彩。

她的眼角落下一滴泪。

——2030 年 2 月 1 日，下午 16 点 57 分，我于此茫茫尘世，永失我爱。

（2）

婚纱店的人报了警，大白天的店里死了人，大概今天在店的员工多少会留下些心理阴影。

警察赶到的时候，看到的画面就是如此：

一个一身纯白婚纱的女人，靠着爱人的腿睡得正熟，泪痕斑驳的脸上，洋溢着幸福的笑容。轮椅上的男人一双琉璃色的眼睛睁着，却早已失了神采，没了气息。

警察愣在原地，没人敢上前叫醒风谣。

警察小声问报警的店员：“死者过世多久了？”

店员：“没多久吧，就……报警那会儿，人刚没。”

走在最前面的一个老警察叹了口气，蹲下来：“节哀。起来吧，让他入土为安。”

风谣好似被“入土为安”四个字给惊醒了，她用身体挡在了林司南面前，对着警察们拼命地摇头，看上去有些神经质：“你们不准带走他，不能带走他，不能带走他……”

“谣谣！”

一个焦急的女声忽然从后面传来，是汪清。

今天早上风谣给她发完那段宣誓的话之后，手机就彻底关机了。汪清怕出事，打了无数个电话找不到她人，就赶到了民政局。民政局那边对他们留下的印象非常深刻，于是有人便给汪清指了路，说是往这条街的婚纱店来了。汪清一家一家地问，看到这家店门口停了警车，心下便是一沉，猜了个八九不离十，连忙闯了进来。

她直接把还拽着尸体不撒手的风谣揪走，抱住风谣不停地拍背，转头对警察说：“人你们找殡仪馆拖走，实在有什么事就打我电话联系，这丫头一时半会儿可能恢复不过来，给你们添麻烦了，你们多担待点！”

风谣挣扎着：“不行！给我放下！不准动！”

汪清严厉道：“风谣！你给我清醒一点！他已经死了！难道你非要看着他烂在你面前你才高兴吗！”

“烂掉……”风谣像是忽然恍惚了一下，喃喃道，挣扎的幅度一下子就弱了下来。

自从得知林司南死期将至，她就一直浑浑噩噩的，思绪凝滞，整个人都透着一股不顾一切的疯狂，直到刚才汪清忽然说“不怕他烂在你面前吗”的时候，她忽然怔住了，脑海中浮现出一幅画面：林司南垂下眼眸，将一束宝蓝色的鸢尾花放在一方矮矮的坟墓前，他对她说，风谣，这是我的坟墓，我带你来看看它，看看过去的林司南。

一个不可思议的念头忽然间浮上她的心头，像是沙漠中饥渴的人忽然看见了绿洲。只是她不确定这片绿洲究竟是真实存在，还只是迷惑她思绪的海市蜃楼。

——林司南曾经死过一次，在他醒来之前并不知道自己还有回来的那一天。有一未必不会有二，如果林司南只是像之前一样再一次陷入沉睡了呢？万一他还会醒过来呢？

这种思维像是病毒一样，一旦冒出了一点苗头，便开始迅速地蔓延传播开来。她不敢相信，但又忍不住去抓住这万分之一的可能性。

警察们见风谣似乎安静下来了，几个人七手八脚地扛着林司南的尸体就打算往车上走。

风谣猛地起身，冲破汪清的桎梏，张开双臂挡在前面："等一下！"

老警察安慰她："您放心，我们只是暂时将您爱人的尸体拖到殡仪馆去，毕竟也不能一直放在人家的店里，您说对不对？等过去了之后，您再好好地跟您的爱人道别，您看怎么样？"

风谣的眼神已然恢复了清明，一字一顿道："我爱人生前是中心医院的医生，因为体质特殊，中心医院曾经向我提出过捐献我爱人的遗体给医院研究的请求，现在我同意了。你们联系中心医院的人，让他们立刻带着拟好的捐赠协议书来现场，我立刻签字！"

三十分钟后，中心医院的人带着拟订好的协议来到了现场。在场的人似乎都被这个发展趋势给惊到了，有点摸不着头脑，这个女人上一秒还在为丈夫的死悲伤，下一秒就把遗体捐了出去给人家做实验，连个全尸也不愿留下，难道刚才她表露出来的悲伤都是假的吗？

"风小……风女士，请在这里签字。"

风谣拎着笔："我有一个条件。"

"您说。"

风谣："遗体可以使用，但不能过分解剖，我……我允许你们进行器官小切片研究，但是绝对不能整个取出泡在福尔马林里，必须用冰柜收纳好，保持遗体的完整性。如果你们同意的话，我就签字。"

中心医院来的几个人互相看看，领头的那个负责人微微点了点头："可以，我们同意。"

对不起，司南，我不是故意要让他们把你给解剖的。我不在乎什么外界的非议，我只是希望你活着，只要你活着，怎样都好。

风谣在协议上落了笔。

授权人亲属关系：妻子。

熙熙攘攘来了一大群人，等到都散场的时候，天已经完全黑透了。风谣身上的婚纱很沉，她的脚步也有点虚浮，要不是汪清在旁边扶了她一把，估计下一秒她就会摔倒在地上。

"你也是疯了，死都死了，偏偏要留着，宁可拿去让人家解剖也不愿意火化……"汪清的唠叨忽然一顿，不敢说了，因为她看到风谣像是忽然力气耗尽了一样，重新跌落在地上。

汪清叹了口气，抱着她没说话，抬眼看见几个店员怯怯地望着风谣，似乎欲言又止。

她瞟了眼风谣身上穿着的婚纱，明白过来，从皮包里翻出张信用卡："结账吧，估计这衣服你们也不可能再挂出来卖了。"

店员感激地点点头，伸手去拿卡。

风谣将头靠在汪清的怀里，自嘲道："汪清，我大概是这个世界上最大的祸害。无论我怎么小心翼翼，总能害死身边的人。过去我害得江年惨死异乡，把无辜的顾凌铎牵连进来让他差点送掉半条命，现在，也是我亲手把自己的爱人推上了人体实验台……呵，我真是这个世界上最恶毒的女人。"

"你这样的还恶毒，"汪清扯着嘴角无奈地笑了一下，"你要是恶毒这世界上还有好人吗？"

"但是……"她淡淡道，"只要能给司南创造活下去的希望，我就算做这个全世界最恶毒的人，又有什么关系呢？"

第二天，风谣退掉了之前租住的公寓，搬进了林司南的家中。

林司南位于中心医院的办公室被原封不动地封闭——在风谣的强制要求下。中心医院的人也终于算是知道，林司南原来一直就住在医院里面，难怪从来都没有人看到他上下班往哪边走。

当然，地下那块地方其实应该算是中心医院的财产，也许是当初孙院长还在的时候空下来的，但现在孙院长不在了，中心医院如果想要收回来，倒也是合情合理。不过，他们毕竟得到了被捐赠的林司南遗体，所以新上任的院长对于那块地方的事情也就睁一只眼闭一只眼，权当作租给风谣了。

风谣搬进去之后，将屋子里的东西全部打包好，收进了柜中，好像要出远门。随后，她去了一趟拘留所。

如今孙院长已经被正式起诉，等待他的将是法院的宣判与量刑。

在拘留所里待了两天，他似乎已经冷静下来了，不再有刚被捕时那么疯狂，隔着玻璃窗见到风谣的时候，还颇有风度地冲她笑了笑。

“我知道是你逼着他灌了我的血下去，”风谣冷冷道，“医生说，他身体里所有的器官都被烧毁了。他曾经给我看过视频，把我的血混到他的血液中，会直接烧起来。”

“没错。”孙院长居然大大方方地认了，随即脸上带着恶意的微笑，被捕之后，他已经不用再掩饰自己这么多年积累下来的恶意和扭曲了，“听说，你亲手把他送上了解剖台？可真有你的啊风小姐，心可真狠。我看，林司南他做鬼都不会放过你，他有多厌恶这些东西，你不会不知道吧？”

“这种程度的攻击对我根本没用，”风谣的手指瑟缩了一下，复又松开，她淡淡道，“我会想尽一切办法保存好他的遗体，等待他重新醒过来的那天。”

无论是一年、两年，还是十年、二十年……哪怕到她离世的那天。

“我好像明白那家伙为什么会对你那么着迷了。”孙院长看着她，斟酌道，“换作寻常女人大概早就崩溃了吧？你居然还能想明白这么多……不过风记者，我好心提醒你一句，这和他几十年前的情况是不一样的，我做过很多遍这个实验，被销毁的细胞会失去再生能力，无法再复制出新细胞。所以，林司南真的死透了，风小姐。”

风谣沉默了。

孙院长暗暗勾了勾嘴角，虽然自己的实验最终被林司南搞失败了，但是看到他的女人被打击成这样，也确实是一种不错的慰藉呢。

这时，他听到话筒里传来一声低嗤：“呵。”

孙院长眉头一拧。

风谣抬眸，讥讽道：“就你那连怎么被人毁掉都不知道的实验？你还好意思给他下结论？别笑死人了！有工夫幸灾乐祸，还是想想将来要怎么去法庭上为自己申辩吧，我亲爱的……院长先生？如果不是因为清楚让你这种人屈辱地活着，远比杀了你更解恨，就是把你碎尸万段也难解我心头之恨！”

说着，她顿了顿。

“我今天来，不过是想替司南亲眼看看，你这家伙有没有好好地在牢里待着。”她站起身来，居高临下地望着他，隔着厚厚的防弹玻璃，眯着眼睛，带着满腔的恶意，戏谑地冲他挥了挥手，“再见……不对，是再也不见。等着接受法律的审判吧，你这个疯子！”

孙院长握着听筒的手用力地收紧。

他看着风谣背过身去，潇洒地冲他挥了挥手，毫不犹豫地离开，走向屋外的阳光。

而属于他的牢狱生涯，才刚刚开始。

次日，清晨。

汪清起床准备去报社上班，她习惯性地打开手机，看看睡觉的时候是否有遗漏的消息。

属于风谣的微信头像刷在界面提示的第一条，时间是早上的 7 点 05 分。

不知为何，汪清的心忽然揪了一下，隐隐觉得有什么不好的事情要发生。

她点开微信一看，里面是一段视频。视频里的女人手里捏着个登机牌，身旁还立了个小行李箱。

“我们家大主编啊，”视频里，风谣对着她灿烂地笑着，“之前因为江年的死，我感觉自己每天都像是被一块大石头压着，表面上看好像混日子混得还挺舒服的，但其实我心里明白，那样的生活根本就不适合我。现在好了，无牵无挂，我也终于可以安下心来，去做自己想做的事情，也算是给自己一个目标。”

她的声音忽然低了些，苦笑：“干等一个人的滋味实在是生不如死，我不想再尝试一遍了。”

“所以说，”她的声音又恢复了明媚，“我想去追求那种最刺激的生活！翻山过河，深入战地中心，我们的人生很有限，所以一定要好好利用！”

视频中，她好像一个十几岁的小姑娘一样，挥着手吱哇乱叫，那中二病发作的样子让汪清忍不住想要吐槽一句，难怪你和顾凌铎是师生啊，上梁不正下梁歪。

背景音里，广播女声在不断地提示着：“飞往J国的CN7964次航班即将停止登机，请还未兑换登机牌的旅客尽快赶往……”

“那么，”视频里的风谣收住笑容，郑重地对她挥了挥手，“再见。”

视频在这里结束了。

汪清头痛地打开手机里的邮箱。果然，一封干净利落的辞职信就躺在里面。

这疯丫头……她还真是什么都不想要了啊……

“行吧。反正只要你做了决定的事情，谁劝都没有用。”汪清关了手机，望着窗外的天空，“想办法让自己活得开心一点吧，谣谣。”

另一边，风谣蹲下身子，将行李箱推入了登机牌更换柜台边的托运传送带。

她的箱子拎着轻飘飘的，里面只装了一件婚纱。

“走了，司南，”她拍了拍自己的行李箱，表情亲昵，“我带你一起去旅行吧。”

风记者的随笔

第一日，他救了我，却不愿让我看他的脸。我猜这是一个秘密很多的人。

第二日，直接把他扒掉马甲了。其实我一向这么聪明，但他似乎很惊讶。

第三日，看完这张照片之后，我人生中第一次对一个男人产生怜惜的情感。这种情绪很奇怪，甚至在很多人眼里看来会非常可笑，但它就是产生了。在那之后，我拥有了他的一个秘密。

第四日，他说想要和我一起过新年，于是我犹豫了一下，然后带他回了家。他就睡在我的床边，那一晚，我连梦都是混乱的。

第五日，今年的第一个新年快乐，谢谢你。

第六日，从前我一直把自己当成是别人的依靠，原来也会有人想要成为我的依靠。

第七日，如果有一天你真的想要离开这个世界了，至少也要问问我同不同意。

第八日，我看到了他藏在冷漠之下，温柔幼稚的一面。

第九日，你看，我就是这样长大的。

第十日，不要离开我。

第十一日，我于浩瀚人海中得觅一人，忧我所忧、怖我所怖，为我情之所钟，而后，于此茫茫尘世，永失我爱。

……

原来这世上最痛苦的事情不是死了，而是一场白日梦到头终于醒了。如果清醒是痛，那为何不长眠于梦中？一年、两年、十年、百年……我只希望在这漫长的一生弥留之时，能够有人为我择一处地，立一块碑，待来年春林茂盛之时，手捧鲜花来我的长眠之地拜访。

他会生着一双琉璃般的眼睛，容色胜过夜空中皎洁的明月。于世外来，说世间事，是我在这世上的忘不了、舍不得。

于是我告知天地清风，来人是我此生挚爱。

——摘自·自由撰稿人风谣随笔

林司南离世后的第二日，风谣向汪清递交了辞职信，拖着一个小小的行李箱离开了S市。走的时候，她包里只装了一件洁白的婚纱。

轻盈、蓬松、绵软，如同一个易碎的梦。

第十二日·归来

每一束阳光中都是她，每一粒沙尘里都是她

//

L I M I N G Z H I Q I A N B A O B A O N I

（1）

五年后。

“您说她今天会来吗？”顾凌铎打着呵欠，和汪清两个人一起站在酒店大门口，视线不住地在人群中搜寻着，行径十分可疑，导致门口的服务生小哥偏头看了他们好几次。

“会的吧？”汪清说完，心里也有点虚，“好歹今天是她亲弟弟结婚，怎么说也得出来露个脸吧？”

说完，她自己都有点不信。

自从风谣拎着行李箱远走至今，已经整整五年。五年的时间里她虽然人一直没出现，但是消息从未断过。辞去城报的工作之后，她去了J国边境，这些年一直在边境的小国四处游走，还曾在他国当地应召，深入战地，为国内电视台拍摄了不少珍贵的照片。

去年年初的时候，她在J国制毒工厂附近的贫民窟拍摄的一组儿童照片，投稿后获得了国际新闻大奖，组委会颁奖时称赞她是“有慈悲也有力量，是人道主义的现世践行者”。虽然颁奖时她本人并未来到现场，而是由所投稿的新闻台代领。

两人在门口站了有四个小时左右，期间顾凌铎新带的实习生跑去替两人买了三次冷饮，风谣的弟弟风琦一身新郎装跑出喊了他们几回入席吃饭。

风琦："别等了。之前我给她发过邮件说过这事，她也没回复我，估计是不会来了。毕竟这五年她也没有要回来的意思。"

汪清穿着高跟鞋，腿脚已经完全麻了，听到这话有点心动，想要溜进去吹空调，顾凌铎却打算坚决死磕到底："不！我今天一定要等到她人来！"

边上的女实习生听了，瞬间觉得自己腿一软，仿佛下一秒就要中暑倒地。

汪清瞥到后，对着顾凌铎摆了摆手："你要等自己等吧，我带小嫣先进去了，让人家小嫣一个女孩子站在这里陪你晒太阳你还有没有点人道主义精神了？"

顾凌铎的目光凉凉地往边上一瞥，望得小嫣背后冷汗涔涔："你怕晒？"

小嫣立刻站直，高声道："不——怕！"

顾凌铎满意地点了点头："嗯，这才像我的学生。"

汪清："……"

顾凌铎的眼睛牢牢地注视着前方，仿佛能把往来的人流望穿。

五年前，当他睁开眼睛的时候，看到的就是神色复杂的姚秘书，还有把刚醒过来的他砸得晕头转向的两句话：

第一句，林司南死了。

第二句，风谣走了，人不知道去了哪里。

顾凌铎听完后，愣了有三十多秒，然后才讷讷道："今天不是愚人节吧？"

姚秘书脸上的无奈给了他答案。

顾凌铎人生中第一次产生了一种迷茫的情绪。

怎么了？究竟是怎么了？他不就是又惹事负伤，然后睡了几天吗？醒来之后不应该照常听到风谣叨叨不停的训斥声吗？不应该林司南瘫着一张脸站在边上吓人吗？怎么忽然就……都没了？

这种感觉真的很令人讨厌，就好像是……因为他的鲁莽和无知才导致这样的后果的。风谣一声不吭就走了，就算要走……好歹也等他醒过来之后，道个别再走啊……

这事像一根刺一样在顾凌铎的心里刺了五年多，直到今天。

汪清看顾凌铎有点出神的样子，拍了拍他的肩膀：“行了，一天天的，想那么多。她不回来不好吗？那个小没良心的本来就不是什么求安稳的人，能把她按在这座城市里安安分分三年多，已经是人间奇迹了好不好？”

已经是快十年前的事情了吧？大学刚毕业的风谣到城报实习，那会儿汪清还是城报的副主编，刚好面试她。对她的第一印象就是胆子大、视野广，上来就说不想待在本部，想分到外面去闯。

那时候其实蛮多年轻人都有这种想法，汪清也见怪不怪：“嗯，几年以后估计你想法就变了。”

风谣当时点了点头，似乎觉得她说得还挺有道理的，然后说：“虽然可能在您看来，我这些话听上去会有点中二，但是，我是真的发自内心地希望，无论是我二十岁、三十岁，还是四十岁的时候，都能像今天这样，永远想要往外走，去践行自己的理念。我觉得我很敬佩那些可以很傻很天真地一直坚持自己初衷的人。可能一年两年，这种行为看上去很蠢，但是如果能够数十年如一日这样去做，就非常值得敬佩了。”

汪清喃喃道：“她啊……果然还是外面的世界更适合她……”

“我在这里站了大概有十分钟了，然后一直听你们两个人在说我坏话，背后议论人真的好吗？”忽然，两人听到身后传来一个戏谑的女声。

顾凌铎听到这声音一个激灵，猛地扭头，就看到这几年在外奔波，晒得明显比以前黑了一个度的风谣靠在门上，对着他们微笑招手。

顾少爷蒙了：“你什么时候进去的？我……我明明一直盯着外面的啊？”

风谣两手一摊：“你那双眼睛就盯着提行李的，结果我没带，意不意外？”

汪清：“那你的行李呢？”

风谣：“暂时扔酒店了。”

说完，她逮着顾凌铎开始了熟悉的调侃：“小顾啊，你这个观察能力是真的让人着急，再不提……喂喂喂！别！小弟弟！男女授受不亲，何况我还已婚！”

她万万没想到，顾凌铎居然直接冲过来抱住了她，巴掌一挥，“哐哐”在她背上捶了好几下，那手劲差点没直接送走她。

风谣把被砸出的老血咽了回去："五年不见，上来就想弑师，出息了啊你。"

汪清在边上拉住了目瞪口呆的实习生小嫣，甩下句风凉话："往死里打，打死算我的。"

顾凌铎："收到，汪主编。"

风谣："？？？"不是，这会儿你又这么听话了？

宴会厅内。

风谣："新婚快乐，以后就是别人的丈夫了，要懂事，不要欺负人家女孩子，知道了吗？"她边说，边将一个红包塞进了风琦的衣兜里。

"知道了。"风琦用眼神示意她主桌那边，"爸妈在那边呢，当年你招呼都不打一声就跟人结了婚，当天死了老公，然后又直接消失跑路，爸妈被亲戚指指点点，差点没气病。你要去认错吗？当然，不认也没什么，反正这事儿我不觉得你有错。"

"算了。"风谣摆了摆手，叹口气，"来都来了，看到爸妈连招呼都不打一声，这还像话吗？"

风谣端着一杯酒，去了主桌那边。

桌上坐着的是五年不见的父母，今天风琦结婚，他们似乎很高兴。风谣认得风父身上那件西装，老久之前裁的，当初就说好了儿子结婚的时候他才穿，可算是让他给穿出来了。

"爸，妈。"她叫了一声。

正在同人聊天的风父风母齐齐一顿，似乎是没想到女儿居然回来了。风谣没打过招呼，又是刚到，风琦和新娘忙着招待接人，还没来得及和父母讲。

正一起聊着天的那位长辈看到她，眼前一亮："哟，这是谣谣吧？回来了？"

风家父母的表情不算太好，有点尴尬，看来五年前的事情让他们很不高兴，一直到现在都还没释怀。不过，今天是大喜的日子，他们也不打算多说什么。

“唔……回来了就行，去吃点东西吧，别饿着。”

风谣：“好。”

晚上，S 市，酒店里。

风琦和妻子过他们的新婚夜去了，风谣陪着父母送走了所有来参加婚宴的宾客。

风谣：“那，爸，妈，先这样，我回去了。”

风父叫住了她，严厉道：“你回哪里去？”

风谣掏出手机准备叫出租车：“汪清说让我这几天先住她那儿，时间已经很晚了，你们也赶紧上楼回房间休息吧。”

风父：“你这次回来准备待几天？一个女孩子家都快三十岁了不结婚不生孩子，成天在外面瞎跑，像什么样子？”

风谣低头看着出租车司机现在距离自己的位置，应了一句：“我结婚了啊。”

一听她说这个，风父更生气了：“你还有脸说这事？一声不吭自己就把婚结了，这是一个好姑娘应该做的事吗？还院长儿子，跟着那个死了的小白脸骗爸妈，你看看你现在像什么样子！”

她笑了一声，把手机塞回了兜里：“您是长辈，生我养我，您说我不对，我当然得受着。至于司南，您一没生他二没养他，他也不欠您的，现在他人没了您在这说死人的坏话，也不怕晚上睡不着觉。”

风母：“风谣，怎么和你爸说话的？”

“对不起，我错了。”她淡淡道，然后冲着酒店大门外的出租车招了招手，“车来了，爸妈，我走了。保重身体，有什么事让风琦给我发邮件。”

二十分钟后，汪清家。

“累死我了，累死我了。”风谣一进门就瘫在了沙发上，一副不想动弹的样子，“还好当年我和司南结婚的时候没办婚礼，不然多糟心啊。就今天这一天，我跟在风琦还有我爸妈屁股后面赔笑，感觉比我跑一次无人区还累。”

“我当年也是这样，恨不得直接扒了衣服跑路。”汪清耸了耸肩，给她倒了一杯水，“喝点吗？你姐夫不在家，恭喜你，这几天咱们可以在家里随便放肆了。”

风谣眼前一亮：“哇！那真的太棒了！”

汪清的丈夫洁癖挺重，尤其讨厌家里有烟酒味，汪清为了让他高兴，总是憋得很辛苦。

不到几分钟，两个女人便坐在沙发上碰起了杯。

风谣这些年跑了不少地方，见识也远比从前多得多，她一边一杯接着一杯地往嘴里灌，一边受酒精影响，手舞足蹈地向汪清讲述着这些年的奇遇：“前年吧，我在雪山那边拍登山队，结果一阵强风过来，我摄影机没了，队伍里人也飘走了一个，我跟你说，可惊险了……”

汪清晃着手中的酒杯，望着那双因为微醺而有些泛着水光的眼睛，忍不住道：“为什么要去做那些危险的事情啊？搞不好你那小命都不知道哪天就丢掉了。”

“放心吧，不会的。”风谣笑了一声，“我这条小命还得多留一会儿呢。”

汪清顿住，过了半晌才答道：“你不会……真觉得那个叫什么林司南的还会醒过来吧？”

风谣轻轻地抿了一口酒：“为什么不呢？”

“人死复生这种事，电视剧里演演也就算了，现实生活中怎么可能发生呢？”

“现在回想起来，我连遇到他这件事都像是电视剧里发生的一样，还有什么不可能呢？”风谣撑着头，醉眼蒙眬地对着汪清笑，“这几年，我每一次在外面遇到那种生死绝境的时候，总会有一瞬间忍不住生出一丝幻想，林司南会不会突然从天而降，然后把我救出去呢？汪清，我心里一直有种感觉，总觉得司南他在看着我，我只要闯过去这些就能见到他了，我抱着这样的念头一直到今天，就好像他一直都没有离开过我一样。”

汪清无奈道：“人在绝境下大脑会产生幻觉，你是被幻觉干扰了宝贝，别告诉我你不知道这个。”

风谣扯了下嘴角：“或许吧。”

酒瓶子见了底，汪清倒没什么，风谣心里压了不少事，整个人黏在沙发上根本起不来，嘻嘻笑笑地让汪清扛她去床上睡觉。

汪清头痛地将她架起来，才发现她比几年前真的瘦了好多，以前那腰上还能掐点肉下来，现在骨头硬得她都硌手。

“难受就说出来啊，一个人跑那么远自己折磨自己，你以为你是苦行僧啊？”

她把风谣搁到床上，关了灯。

黑暗中，风谣也不知梦到了什么，脸上流下两行泪来：“司南……你不要我了吗……”

他微笑着向着对面的人摆了摆手，随即转身，朝着一汪看不见底的深潭走了过去，一步一步，黑色的潭水渐渐漫上了他的腰、他的脖子、他的……

风谣的身体被死死地钉在原地完全动不了，只能眼睁睁地看着他在里面越陷越深。她想拉住他，做不到；她想喊住他，发不出声。

嘴唇都快被她自己磨出了血，口中尝到了一阵阵咸腥味。

不要……司南……求求你……不要……

“司南！不要！”

风谣猛地从床上坐起来。

她看了眼手机，凌晨两点多钟，旧社会民间迷信传说中阴气最盛的时候，说什么这会儿做的梦，能够让你见到已经离开了的人。

“什么啊……做噩梦了……”她把手机丢了回去，揉着眉心苦笑。

林司南离开之后，她就经常做这样的梦。

明明是看着林司南坐在轮椅上微笑离开的，夜深人静的时候却总是不由自主地脑补出各种他惨死的画面。

内脏被腐蚀穿孔而死，那么怕痛的林司南，当时离开的时候得有多痛啊。

一想起这些事情，她就冷得连牙齿都在打战。

S 市的夏天，白天很热，晚上温差却非常大，风谣抱住了汪清给她留在床头的薄毯，一把裹住自己，眼神空洞地缩成了一团。

“丁零零……”

寂静的房间内忽然响起了一阵刺耳的电话铃声，惊得她顿了一下。

风谣伸手从床头摸来手机，一看来电显示，居然是许久不曾联系的中心医院。

“喂？”

“您好？是风小姐吗？”电话那头的人声音有些急促，还隐隐透着一股慌乱。

“呃，是的……有什么事吗？”

“是……是这样的……”电话那头的人的声音听上去似乎抖得比她还要厉害些，“那个，那个，您五年前捐献给我们医院，冻在冷库里的您爱人的尸体，不……不见了？”

“什么？”

（2）

风谣在十分钟之内飙车到了医院，后面还跟着一脸不信邪的汪清。

当时，汪清听到客厅有动静，跑出去看，结果就看到风谣连外衣都穿好了，一副要出门的样子。

“谣谣你疯了吗？现在才两点多钟，大半夜的你出去做贼呢？”

然后风谣一脸兴奋地告诉她：“是司南！司南他醒了！”

汪清：“？？？”

“是这样的，”中心医院的值班医生一边擦着头上的冷汗，一边调出监控给她们看，“冷库的值班人员今天巡查的时候，忽然发现冰柜开了一个，以为是进了贼，就想着看看监控，结……结果……”

监控画面上，一个眉梢挂着厚重的白霜，身上冒着腾腾冷气的年轻男人，不知道用什么方法推开了冷冻柜的门，从平躺着的台子上坐了起来，随后便起身离开，在监控画面中消失了。

“除了冷库以外，这一段监控是一楼大厅的，从这里可以看出来，他找了件医生的衣服穿上，然后从正门离开了。”

“是林司南！他真的醒过来了！”风谣死死地盯着屏幕上的监控，随后一把拽住汪清的手，“汪清你快掐我一下，看看我是不是又在做白日梦！”

边上已经看傻了的汪清喃喃道：“你才应该把我掐醒吧，死人还能诈尸回来，这都是什么魔幻现实主义剧情啊……”

好在那位带她们看监控的医生，虽然也被吓得一身冷汗，但好歹科学观仍然很坚定，思考出一个可能：“以前也有过病人得了不治之症，向一些机构申请将自己冷冻的先例，一般情况下是希望能够等到未来医疗技术提高之后再将人重新解冻治疗。现在最有可能的情况，就是五年前被冷冻进去的林医生当时只是假死状态，现在机缘巧合之下，他又重新醒过来了，所以……倒也不算过于离奇。”

“行了，管他离不离奇。”汪清打了个呵欠，拍了下风谣的肩，“你肯定想把人找到对不对？走吧，你报可能的地址，我开着车，咱俩满城兜圈，肯定能把你死而复生的老公给你找回来！”

然后两人一起上了车。

这一找，就是一整个晚上。

黎明拂晓的时候，副驾驶座上的汪清揉着惺忪的睡眼，歪靠在车门上，语气有点崩溃：“你家那位也太能躲了吧？这是上哪儿去了？”

晚上不睡觉一直开夜车非常危险，风谣自然也不能让汪清一直这么耗着，早在两个小时前，她就和汪清换位置，自己开车，让汪清在副驾驶座上休息了。

这几个小时里，她开着车沿着城市走了一圈，也找过中心医院林司南原本的住处。那里被封闭了五年，墙上地下，到处都蒙着一层厚重的灰尘，明显没有人回来的痕迹。

汪清打了个呵欠，提醒她："其实如果他对你的感情也像你对他表现出来的这么深的话，那他醒来之后的第一件事情就应该是去找你啊？"

风谣握着方向盘的手一紧："对。"

汪清哂笑了一声，这么简单的道理会想不到，她这是关心则乱吧？

风谣沉思片刻，开口："还有一个地方我们没去。"

十分钟后，车子在市中心的一栋商业楼前停下。

汪清认得这里："你以前租的地方？"

风谣点头："嗯，就这里没找过了。"

汪清看了眼手机，快七点了。一楼大堂的电动玻璃门开了，大楼的物业管理员正揉着眼睛打着呵欠从里面走出来。汪清赶忙过去，一脚卡在玻璃门处，嘟囔了句："应该不在这吧，他又没门禁卡，怎么进去？"

风谣拉开门："咱俩不也进来了吗？"

电梯升上十八楼，停下开门时传出"叮"的一声。

风谣的手心有些微微出汗，她在紧张。虽然嘴上一口咬定，但她心里还是没底的。万一，他不在呢？又万一，所谓的醒过来也是假的呢？

不知道是不是她这五年做了太多这样的白日梦，到美梦成真的那一刻前，她反倒踌躇了。梦是短暂的欢愉，醒来是长久的阵痛，她有些不确定，自己还有没有那个承受力再被梦中的场景自欺一次。

好在，电梯门打开的一刹那，她看到曾经的家门前，蜷缩着一个熟悉的身影。

林司南比五年前瘦了很多，但，即便如此，风谣还是仅凭一个背影就认出了他。

她狂喜地奔跑过去，拥抱住自己长达五年多的美梦。

他的身体很冰，然而气息是如此的熟悉和清冽，她将头埋在他的脖颈中，低声道："欢迎回家。"

怀中的人怔了怔，随即居然不可遏制地瑟缩了一下，下一秒，便将她猛地推开。

"嘭！"

风谣的后脑勺磕在了坚硬的大理石砖墙上，剧情急转直下她有些没反应过来，剧痛以及不解交织在一起，让她睁着一双婆娑的泪眼，迷茫地看着面前警惕的林司南。

林司南退后一步，冷声道："你到底是谁？"

风谣傻了。

"从 X 光的成像来看，你们看，这里。"中心医院的脑科大夫指着 X 光片上的一个小角，"他这里有个小血块，应该是被冻进去之前就伤到了，白细胞被冻住所以一直没复原，现在突然解冻醒过来，就出现了暂时性的记忆缺失。这个不是永久症状，你等他脑中的血块被慢慢吸收，会好的，不是什么大问题。"

汪清揉了揉自己一晚上没睡阵痛的太阳穴，忍不住吐槽："死人、重生、失忆，谣谣啊，你这恋爱谈得还挺戏剧化啊。"

不过，风谣现在没空回应她的吐槽，她整个人的视线几乎都黏在了旁边的林司南身上，按照现在汪清这个旁观者的角度来说，风谣现在没立刻把林司南给扑倒"吃了"应该只是羞耻心在作怪。

林司南坐在椅子上，静静地听着面前的医生分析他的病情。

从冷冻室内醒来之后，他忘记了很多事情，包括自己为什么会进入那里，面前这个死咬着他不放的女人又是谁。不过，他的医学知识还没有丢，他一看 X 光片就知道，这个医生说的是对的。

啧，有点头痛……

他眉头皱了皱。

一旁的风谣立刻察觉，抓住他的手："你怎么了司南？哪里不舒服？需要再做个检查吗？"

林司南的眉头皱得更紧，不着痕迹地将手抽开。

"风小姐。"他说，"虽然你说我们之前的关系十分亲密，我也相信你没有骗我，但是，很抱歉，现在的我真的一点都记不清了。我不太喜欢和人接触，所以，抱歉。"

这一番话说得礼貌而又疏离，风谣那颗从昨晚就一直火热的心忽然凉了半截。不过，她还是讷讷地收回手，艰难道：“啊……这样，不……不好意思啊。”

她将头微微偏开，鼻头有些酸涩，但她还是忍住了，安慰自己：挺好，挺真实的，起码能说明这不是她做的白日梦，起码也能证明，她的司南确实真的回来了。

即便，他已经把她忘得一干二净。

不对，其实也不算忘得一干二净。林司南醒来之后的第一件事是去了她从前租住过的公寓，说明他的潜意识里是想见她的。

没关系，不过是把五年前做过的事情再来一次罢了，没什么大不了的。

没错，就是这样。

旁边，目睹她一切举动的林司南，手指不自觉地一颤，连带着胸口也隐约有些发闷。

奇怪，他好像能读懂这个陌生女人的一举一动？最关键的是，他似乎真的很在意这个女人的情绪。

风谣从心理建设中回过神来，重新绽放出和煦的笑容。只不过，这一次，她极有分寸地离林司南远了一些，像是照顾他的喜好一般，看得人莫名有些心疼。

边上的汪清比隐有所感的林司南更心疼风谣。

她还没做主编那会儿，有一回风谣熬了几个晚上的资料被当时的主编退回去重做，挨了顿狠训，训完当时就要上一个现场播报。

那时候，她脸上挂着的就是像现在这样灿烂的笑容。

风谣那会儿毕业才几个月吧，她当时还以为是这新人心理强大，结果一下播，人就跑到了厕所去，躲在隔间里面偷偷地哭。

那件事情过去很久之后，她问过，风谣也大大方方地告诉了她，越是难受的时候越要摆出最灿烂的笑容。这样，别人就不会同情、可怜你了。她不喜欢别人怜悯她。

只是她自己，却把所有的怜悯和爱，都给了她面前这个的男人。

风谣："你刚醒过来，忘了很多事情，估计也不记得自己家在哪了吧？"

林司南闭目思索片刻，随即摇了摇头："不记得了。"

"那正好，我知道！我带你回家看看吧？"风谣笑得和煦，"反正，也特别近。"

五年多没住的地方，蒙上了一层厚厚的灰。

刚醒来身体还很虚弱的林司南被灰尘呛得咳嗽了几声，风谣尴尬道："啊……我忘了这里被封存很久了，一直也没有打扫过。这样……啊……九点了，我给家政公司打个电话，让他们派人来清理一下，很快就好的……"她显得有些语无伦次。

"没事。"他淡淡道。

"啊……那我去打电话，这里信号不太好。"说完，风谣便转身回了电梯里，上楼了。电梯门合上的时候，林司南注意到，她的眼角有些发红。

"唔……"他沉吟一声，看向这满屋子的陈设。

虽然许多东西都蒙着一层厚重的灰，但很明显，这里曾经有两个人生活过的痕迹。客厅里的很多东西，譬如杯子、毛毯，都是双份的，转角的平台上有女性使用的手霜，还有陈设整齐满当的厨房。

难怪那个女人的眼睛会红成那样。她是看到这样的场景，唤醒了她对他们过去生活的回忆？这段记忆里……真的有他的存在？

林司南很难想象自己会爱上什么人，但事实上即便他不认识那个女人，对她一点印象也没有，却知道要去那栋大楼，据说是那个女人曾经生活过的地方。他的脑海中似乎有一个声音在不断地催促自己：过去，快过去……

"叮！"

电梯似乎又下来了。

林司南转身，风谣带着几个家政人员从电梯里出来。做家政的那几个工作人员都用惊奇的眼光打量着这间藏在医院地下的房子。如果不是职业要求不允许的话，估计他们都想掏出手机来拍一拍了。

风谣开口："我已经跟他们交代好了。那什么……他们整理完，你就可以休息了，需要我在这里……呃，监工吗？"

林司南："谢谢，不用。"

风谣见他这么礼貌地拒绝，心下有些失落，但她很快就掩饰了过去："没事，那我先走了？"

林司南："嗯，再见。"

风谣重新走回电梯里。

此时是夏季中午的 12 点整，然而不知为何，她居然从身到心都体会出了一种难耐的冰凉。

次日，早上 7 点 30 分。

林司南才刚刚起床，正坐在沙发上有些怅然，忽然听到楼上的电梯有了动静，他站起身来，走到玄关边。

"叮！"

电梯门打开，风谣提着两大袋东西从电梯里面走了出来。

"昨天睡得好吗？"她笑着问。

林司南点点头，问："这么早过来，你有什么事吗？"

"怕你饿死呗。"风谣答了一声，拎着两个大袋子进了厨房。

林司南去客厅给她倒了杯水，端进厨房里："我不吃东西也没什么大碍。"

风谣将袋子里的东西往冰箱里归好类："没事，反正我白天也没什么事可做。"

林司南："你白天不用工作吗？听他们说，你好像是个记者？"

风谣手一顿，随即淡笑："哦，那个啊，五年前就辞了，我现在就是个自由撰稿人。"

五年前？

林司南端着杯子思忖，那应该正好是他们所说的，他陷入"死亡"的时间。

林司南："那你现在有收入来源吗？"

听到林司南的话，风谣笑了一声，然后从冰箱里抬起头来，有些戏谑又有些小骄傲地看着他："需要提供一下银行卡号让你查查吗？光是之前那个新闻奖的奖金，就够养两个你了。"

林司南："你为什么要养我？以什么名目？"

风谣放东西的手顿住了，林司南见了，嘴唇一抿。

他忽然又转了话题："你现在住在哪里？"

风谣："呃……汪清家里，就，你昨天见到的那个。"

林司南淡淡道："嗯，那搬回来吧。"

"哎？"风谣一愣，似乎没想到他会这么说。

林司南移开视线："我看这屋子里有很多你的东西，反正放在这里也是占地方……"

不知道为什么，他看着这个女人在他面前小心翼翼的模样，就觉得很不舒服、很不自在，总觉得心口有什么东西堵得慌，仿佛所有的一切都绝非出自他本意。

风谣听着听着，望着林司南，嘴角的笑意越来越浓。

林司南："所以说……嗯？"

原本显得有些怯怯的女人忽然用力扑到了他的怀里，撞得他一怔。

"我就知道……"风谣委屈地嘟囔了一声，"我就知道你不会舍得一直这么欺负我的。"

她说"欺负"两个字的时候，带上了一点鼻音，整个人还又往他怀里缩了一点，一副无限依恋的样子，听得他头皮一麻，忍不住想伸手揽住她的背。

"风小姐，"他勉强找回些理智，将她推开，硬声道，"我想你大概误会了些什么，我只是觉得你刚回到这座城市，找不到地方落脚，又要每天往这边跑，未免有些太不方便了。"

风谣已然毫不在意，她面上被笑意填满："你编……不是，你说得很有道理。"

或许是她的笑容过于明显，林司南觉得自己喉咙有些发痒，不自在地干咳了一声。

“今天晚上就搬过来吧，昨天他们收拾的时候，你的那间房间应该也收拾好了。”

“你可以啊谣谣。”帮她把行李装上车的时候，汪清的脸上写满了钦佩，“昨天还‘小姐你是谁’，今天就主动邀请你住一起，你怕是妖精转生吧，这么快就把人家又套回来了？”

风谣关了车门：“反正我是绝对不可能对司南放手的，就算他一直都想不起来，我也会让他重新爱上我的。”

汪清摸着下巴：“也是，以前没感情的时候都能让你成功，何况现在只是半清零状态呢？”

做了这么多年报社主编，汪清可不是瞎子。风谣在这当局者迷，她在旁边可是把林司南的挣扎看得一清二楚。

他们家谣谣难过的时候，那位眼里的心疼，可是他自己都压不下去的。

风谣把机器存在报社里，轻装简行，提着一个行李箱重新住了进去。

林司南打开空荡荡的衣柜：“之前的衣服落灰太久已经不能穿了，你有带衣服来吗？”

“哦，带了。”风谣当着他的面打开行李箱，最上面的一抹白色吸引了林司南的注意。

“那是什么？”他问。

“啊……这个。”风谣的表情忽然变得有些尴尬，她从箱子里将那件白色衣服抽出来，那是一条崭新的白色婚纱裙，一抖，轻盈柔软的白纱刺痛了林司南的眼睛，“没什么。”

她用手珍惜地摸了摸那件白纱，然后将它挂进了衣柜里。

林司南的脑海中忽然闪过了一些零碎的片段。

那些片段里的画面很黑，没有图像，没有色彩，只有指尖留下的轻柔触感，抚过他心间的褶皱。那种没顶的遗憾和无奈如同潮水一般从记忆的最深处涌来，几乎瞬间就将他淹没，不知缘由。

难道，在曾经的自己心中，这是一个什么未了的遗憾？

于是他突兀地开口："你为我穿过它，是吗？"

风谣一怔，然后点了点头："嗯。"

林司南："可以……再为我穿一次吗？"

风谣愣愣地看着他。

林司南皱眉，伸手触上自己的胸口："总觉得……这里很想看你穿上它。"

风谣沉默片刻，忽然"嘭"的一声合上了衣柜。

"不可以哦。"她笑着摇了摇头，"女生的婚纱，是穿给自己心爱的人看的。

"你现在不爱我啊，司南。"她眨了眨眼睛，"等你什么时候爱上我了，我再穿给你看。"

（3）

林司南重新醒过来这件事，让五年前很多已经形成定局的事情都发生了改变。

比如，中心医院不可能再用一个活人的身体做研究，所以之前风谣和他们签署的捐赠协议自然也因为对象不存在而失效。作为补偿，风谣决定以自己的名气为交换，暂时替中心医院写一些宣传稿。

在牢狱中服刑的孙爱仁也听说了林司南重新活过来的消息。据说，消息传进去的当天，他一整天都没吃任何东西，连口水都没喝，嘴里不停地念叨着："两管……那家伙一定只喝了两管，还藏了一管没用……"

其实很好理解，风谣的血对他来说确实是致命的毒药，但是孙爱仁算好的三管剂量只进去了三分之二不到，剂量不够，导致林司南没死透，于是在冰柜里休整了几年，他又重新活过来了。

或许是失而复得后更珍惜这份来之不易的重逢，对于现在的风谣来说，她能够安慰自己，现在最重要的未必是林司南有多爱她，而是他每天都在她的身边，能够一直看着他，这样就足够了。

不过，对于那天被风谣拒绝为他穿上婚纱的林司南来说，就好像不是那样了。

他觉得，风谣似乎有些过于了解他了。

比如：

饭桌上，他看着风谣正在分装买回来的豆粉年糕，沉吟不语。

风谣见他盯着她的动作："咸的是你的，甜的我明天打包给顾凌铎送去。哦，对了，白天我不在就别自己热了，我怕你把烤箱炸了。"

"哦……"

又比如：

这天他想要拿刀削苹果，结果刀还没抓起来，就直接被边上的人收走了。几分钟后，一个削得圆鼓鼓的苹果递到了他手里。

风谣微笑："答应我，离刀远点。"

"嗯……"

再比如：

他早上睁眼的时候一定能看到不加糖的热牛奶。晚上坐在沙发上的时候，风谣就会笑眯眯地抱着自己的毯子过来，然后坐在一个不近不远的地方安安静静地做自己的事情。

偶尔有时候看书，他无意间抬起头，就能看到她对着电脑显示屏专注的状态，以及无意间垂下的鬓发。

他捏着书页的手指有一瞬间凝滞。

她好像能读懂自己的心思，但又一直体谅地站在一个现阶段他能接受的安全距离处。

似乎察觉到了他的目光，风谣偏过头来，嘴角露出一抹笑意："哎呀，司南？被我抓到了哦！你在偷看我吗？"

"没有。"他淡淡地收回目光，纸页上的字却一个都没能读进去。

紧接着他的视线范围内出现了一张笑眯眯的脸，他眉梢微挑，腿上便加了些重量，淡淡的精油甜香味萦绕在他的鼻尖，血气顺着脖颈渐渐蔓延上耳根。

他身体一僵。

风谣见他终于不排斥这样的身体接触了，便枕在他腿上仰头看着他，眼神湿润润的，好似一只小奶猫："对着电脑屏幕太久了，眼睛好累啊，让我躺在这里休息一会儿好不好呀，司南？"

……

林司南用手捂住额头，微微闭了眼。

他的心，乱了。

曾经的林司南，拥有的到底是怎样的她呢？

"哈……"

客厅里，风谣打了个哈欠，揉揉眼睛继续整理她的稿子。

回到 S 市之后，她的工作就停滞了不少，现在生活基本上稳定了下来，她也该重新拾起自己的老本行了。

之前一直都是在国外完成拍摄，在现代社会，离开了五年多的时间，已经足够一个飞速发展中的城市发生巨大的改变。

风谣对着电脑沉思良久，然后敲下了"现代城市化变迁"这个选题。

城市化是现代社会发展的一个必然趋势，或者说是社会发展的一个必然趋势。从华国古代南北方经济重心的转移、变迁，生产生活资料的变化带来的人口聚集成群落，群落成为城市。一座城市的城志往往能体现一个地区较长一段时间的经济文化发展变迁。

主题很大，要落到实处，应该要找一个合适的切入点，例如二十世纪四十年代华国历史文化研究者研究挂历和月份牌上的照片一样，风谣决定将目光放在城市路牌上。她知道有一些老街还有未拆除的路牌。

混杂在城市钢筋水泥中的青苔铜绿，隔着一张照片也能嗅到从里面透露出的泥土芬……

风谣敲到一半，忽然跟背后长了眼睛似的回头看向林司南："怎么了？"

林司南一身家居服，倚靠在餐厅进客厅的墙边："还不休息吗？"

"还有一会儿，明天要出去拍一天，我还得写规划呢。"风谣冲他笑了一下，想想又调戏了他一句，"干什么？难不成你想让我陪你睡觉啊？想得美。"

林司南似乎已经对她这种行为免疫了，见怪不怪地走过来，伸出一指，不轻不重地磕在她的脑袋上："你也就是嘴上功夫了。"

风谣停了手上的动作，呆呆地看着他，有那么一瞬间，她觉得从前的林司南好像又回来了。

林司南见她愣住，仿佛明白了什么，嘴唇一抿："很像吗？"

风谣回过神来，问道："像什么？"

林司南不知道该怎么去形容这种感觉，很古怪。明明自己一直是自己，可是刚才风谣看着他发愣的时候，他总有一种她在透过他看着别人的奇怪体验。

最糟糕的是，他根本不知道是哪一个动作勾起了她的回忆，没有记忆的自己就像是从前自己的一个替代品一样，被观摩、被拿来追忆。

这种感觉很没有道理，他知道，但他就是忍不住会去这么想。他什么都不记得了，连人生都像是从别人手上偷过来的一样。风谣对他越好，越是让他难以自持，这种感觉就会越强烈。

他伸指捏住风谣的下颌，将她的脸扳过来。

风谣一头雾水地看着他："怎么了？"

他垂下头，含住了风谣的嘴唇。

正在写规划的风谣，直接傻了，脑子里的什么路牌什么砖瓦，全部飞到了九霄云外，注意力都被唇上柔软的触感所吸引。

一个缠绵的，阔别了五年之久的吻。

一开始还只是试探地触碰，浅尝辄止，到后来，林司南伸出手，捧住了她的脸，将她压在沙发靠背上。

林司南凝视着她，看着她从一开始的错愕到后来回过神来的闭目放松。

……只要是她认定的那个"林司南"，她就能毫无保留地向他交出一切吧？林司南心里忽然涌上一阵难挨的嫉妒，他张嘴，用力咬了她一口。

风谣"嘶"了一声，濡湿着眼睛小声道："怎么还成了小狗咬人呢？"

林司南捏着她的下巴，冷冷地看着她："我不是你认识的那个林司南，也没有他的记忆。"

风谣眨了眨眼睛："哦。"

林司南："所以，你就算对我再好，也找不回你记忆里的那个人了，省省吧。"

风谣盯着他严肃认真的眼神，愣了愣，忽然"扑哧"一声笑了出来。

"哈哈哈……我的天哪……"她笑得前仰后合，忍不住想伸手去捏林司南的那张俏脸，"怎么会有人自己吃自己的醋啊？司南，我以前怎么不知道你这么可爱？"

林司南偏过头去，冷声道："够了，我们不是一个人。"他看上去就像一个被抢了糖果的小孩，别扭而可爱。

风谣笑够了，然后看着他认真道："在我眼里，你一直就是你，根本没变过啊。司南，我从头到尾介意的，只有你不要我或者你不喜欢我了。至于你……我知道，你一直都是司南啊，我的司南。无论你变成什么样子，无论你身在何处，我都会永远和你在一起。这个决定，我没有一刻动摇过。"

林司南看着她的眼睛，忽然有些明白，从前的自己为什么会爱上她了。

风谣轻叹了一声，从前的林司南也是这样，她第一次对他说出冲动的话，林司南的第一反应不是她可能喜欢他，而是冷漠地告诫她，让她不要对他生出无谓的同情。

他这个人啊，面上有多高傲，骨子里就有多自卑。

明明那么好，却一直不肯相信这世上真的会有人毫无保留地珍惜他，喜欢他。

风谣默默地将身子缩进他怀里。

林司南怔了怔，然后听到她低声开口："司南，抱抱我吧。"

其实，她又何尝不是一直在向林司南汲取温暖？

林司南顿了一下，随即靠着她在沙发的边缘坐下。手下的肌肤有些冰凉，客厅里的空调温度到底还是低了些，他随手拿过搭在沙发靠背上的毯子，围住她：“继续写吧。”

风谣靠在他身上，低语呢喃：“你这个矫情的老妖怪啊，在这个世界上，我最喜欢你了，你怎么就不明白呢？”

晚间，风谣结束了工作，回房间睡觉去了。

她明天大概要起个大早，不然等到上班的点再开车去老城区，那堵起来能逼得她直接从高架上跳下去。

林司南躺在床上，望着天花板很久都没有睡着。

那微凉、带着些沐浴精油甜香味的肌肤触感，一直在他的脑海中萦绕。他坐起来，倒了杯凉水喝下去，想要压一压胸口处升腾而起的那股燥热。

喝完后，他随手将杯子搁到了床边那个空荡荡的床头柜上。

“咚！”

杯子搁在上面，居然发出的不是闷响，反而带着些回响，有些像是密室里一拳砸在中空墙壁上余波阵阵的感觉。

林司南手一顿，难道下面是个中空的隔层？

他伸手拉开柜子，用手指在隔板上敲了几下，木质的隔板有些轻微晃荡，发出中空的“咚咚”声。

林司南目光一凛，从抽屉里摸出工具箱，几下卸掉了木板，一封信从里面掉了出来，“啪”的一声落在了地板上。

他展开那封信，抖落了一层木板上沾到的灰。

字迹有些歪斜，收笔部分也有些奇怪，写信的人大概是眼睛有些费力吧，所以才用手挡住了笔防止错行，可好几行字还是歪了，掉到了信纸横线格子的下面。

但是，他也认出来了，这上面的字，是他自己的笔迹。

这封信，属于从前的那个林司南。

你好。

我不知道你将会在什么时间，或是什么情况下醒来，然后看到这封信，但它是给你的，请不要让第三个人看见。在你看到它之后，一定要立刻去找一个叫作风谣的女人。

你不必问她长什么模样或是在什么地方，因为我确信，在你看到她第一眼的时候，就会无法抑制地爱上她，就如同曾经的我一样。

看到她，请替我向她说声抱歉，是我骗了她，我没能陪她走到最后。我喝下了那些血，两管，剩下的那管，是我留给你的一线生机。

她是我在这个世界上收获的最珍贵的宝藏，我把她托付给你，希望你能爱她、呵护她，一直陪伴她到老。但如果她已经不在了，你就把这封信烧掉，就当只是做了一场来自过去的梦。梦醒之后，尘归尘，土归土。

林司南，我既希望你看到它，又希望你永远不要看到它。正如我希望你爱她，又不希望你对她的爱胜过当初的我。

我不是你，你也打从心底不会认为你是我，因为我们是同样的人，没有人比我更了解你。

我将在过去的时光中永远贪婪地窥视着你们，汲取着温暖的余波，妒忌你达成所愿。

——2030.1.30 书于中心医院办公室

这封信是五年前的林司南写的。

按照他所了解到的情况，这大概是他在“临死前”两天左右留下的。

林司南将信件看完，冷笑一声，丢回了抽屉里。

他太理解从前的自己为什么要留下这封信了。

遗憾，嫉妒。从前林司南一边提醒他要去找风谣，一边又跳出来大声告诉他，其实她爱的是从前的那个林司南，现在的自己只不过是沾了他的光。

“你已经死了，”他冷声道，“死透了。”

“你永远见不到她了，别想了。”

空荡荡的房间里，根本没有人回应他。

他拿起那封信，嗤笑了一声：“你在得意什么？我不是什么都忘了吗？那我就去把这一切都找回来。”

过去的林司南，你看着吧。

看着我找回记忆，看着我成为你。

遥远的过去里，五年前的林司南听着办公室门外传来急促的拍门声和询问声，抛下了笔。

他疲惫地靠在椅背上，笑了笑：

你要加油啊，未来的我。

第二天早晨，风谣醒来的时候，发现床沿边坐了一个人，看到她睁开眼睛，那个人就垂下头来，把她吻了个晕头转向。

她被吻得有些喘不过气来，迷茫地望着眼前的人：“司……南？”

一大早的，忽然这么热情，还怪吓人的。

林司南温柔地在她唇边蹭了蹭继而又松开，低声道：“我把他还给你好不好？”

风谣没听清：“啊？”

林司南却不再重复了，他恢复了如常的平静，淡淡道：“早上好。”

风谣：“……”

爱人一大早表演川剧变脸怎么办？在线等，急。

由于林司南的莫名行径，导致风谣一早上心都一直提着，生怕他除了失忆以外又有什么后遗症要发作了。不过，好在一直到她离开家门的时候，她都没再发现什么不正常的状态。

“那我去工作了？”

林司南挥了挥手，将她送进了电梯。

电梯门合上的一刹那，他回到房间，换掉了身上的家居服，随后乘着电梯去了地上一层。

“叮！”

电梯门打开，外面是中心医院忙碌的一楼办公大厅。

（4）

“林医生！”一个略带着些惊讶的声音叫住了他。

林司南回过头，一个挂着护士长标牌的女人向他走了过来，见他皱眉，反应过来：“啊，听说你忘了很多事，所以你可能不记得我了。五年前，我还在一楼那边的护士站工作，和风记者关系还挺不错的。”

林司南听是认识风谣的人，态度温和不少：“你好。”

护士长：“你今天突然来医院，是有什么事情要做吗？或者，需要我帮忙吗？”

见他不解，护士长解释道：“从前风记者在这里的时候，对大家都很好，包括这次回来，也给医院写了不少正面的报道，总算是将前院长留下的那一大堆烂摊子给清了不少。”

林司南：“五年前……这里究竟发生了什么事？”

风谣打着呵欠，正在一家银行门口给路牌取景。

这是片有着几十年历史的老城区，银行是这里唯一一座近些年建造的新建筑，在一堆电线杆小广告还有飘飞的衣服裤子里……看着也还挺有感觉的。

汪清说，她取景的角度总是又刁又怪，但是一双眼睛却毒得狠，跟刀子似的，总往最核心的点去扎。

不过风谣是不听她那些吹捧的，向来当作耳旁风。别以为她不知道那女人打的什么坏主意，就是想把她抓回去，然后给那些新入社的菜鸟当授课老师。

想得美，她才不要浪费自己宝贵的时间去奶孩子呢！

老城区的银行人不多，一个母亲牵了个女孩，几个提着菜篮的老头老太太，连窗口后头那几个点账的出纳年纪看上去都不小了，一看就知道每天过的是喝茶养老的好日子。

等待区的长椅上坐着个衣着有些过时的年轻人，他低头摆弄着手机，时不时地往柜台那边看几眼，也不知道在看什么。小女孩似乎是等前面排队的人等烦了，松开了母亲的手。

女人叫了一声："别瞎跑！你这丫头！"

小女孩回过头，对着妈妈做了个调皮的鬼脸。

外面的风谣看到这一幕，笑了起来，她举起手中的相机，准备把这个温馨画面记录下来。

然而，相机举到一半，她的笑容便僵在了嘴角。

坐在长椅上的那个鬼鬼祟祟的年轻人，不知从哪里摸出了一把刀，伸臂架住了跑到他身边的小女孩。

"啊——"孩子的母亲尖叫一声，瘫软在了地上。

小女孩被刀子划破了手臂，哭声炸裂开来。

年轻人举着刀子，阴郁地扫了一眼四周："门口那个带着东西的！进来！把东西放门边，抱头蹲下！"

这是注意到门口的风谣了。

风谣叹了一声，摸向手机的手收了回去，听话地抱头。

年轻人架着小女孩，对着众人威胁道："找个袋子！给我装钱！不然我就宰了她！"

柜台人员想要报警，被年轻人看到了，立马在小女孩的手臂上又补了一刀。

小女孩的母亲直接昏死了过去。

风谣忍不住出声："那什么，这位小哥，你是第一次抢劫吧？枪搞不到也就算了，头套也不戴？就算抢到了出去之后也会被抓啊。"

年轻人身形一僵，比着刀狠厉道："那我就拉着这小丫头给我陪葬好了！反正我也活不下去了！"

众人心中一揪。

风谣连忙道："或许，你不认识我，但我是一个很有名的记者，你有什么困难都可以告诉我，我帮你写成报道，就会有人来帮助你了。”

年轻人一听她是记者，似乎更生气了：“你们这些记者就是些玩弄是非的蛀虫！我才不相信你们这种人！你们这种人只会做传声筒，哪里会管我们这些普通人的死活！”

风谣：“那你既然这么讨厌我们这种人，就拉我一起下地狱啊，欺负人家一个小姑娘算什么？你就这点本事，难怪会活成社会的渣滓，呵。”

年轻人脸色一黑，情绪霎时激动起来：“你懂什么！”

如果现在有什么谈判专家在这里，估计会被风谣的这番操作给气死。只有安抚犯人情绪的，没见过像她这样直接把年轻人的怒槽填满的。

但那样做的前提是旁边有专业的狙击手存在啊，现在这里又没有任何保护措施，她所能想到的最好的解决办法就是先把小女孩抢下来，她好歹是一个成年人，胜算总要大一些。

再说了，这年轻人手上又没枪。

年轻人架着小女孩的胳膊松了些，提着刀对着她吼道：“你有种就给我过来！我宰了你！”

风谣站起身来：“过来了。”

说着，她居然真的一步一步地向着年轻人走去。

年轻人似乎被她这种不怕死的样子给惊到了，居然往后退了一步。

风谣眼尖，直接朝着那个年轻人扑了过去，她向下按住那人拿刀的手，推开小女孩，腰部则在挣扎间生生地撞到刀刃上，虽然她尽力避开要害了，但是血还是流了一地。

满地的殷红，把年轻人都吓傻了。

风谣忍着剧痛吼道：“还愣着干什么？刀都没了！按住他！”

几个人扑上来，七手八脚地按住了手无寸铁的歹徒。

十来分钟后，银行外响起了救护车的鸣笛声。

S 市中心医院。

“这间制药房，自前院长被抓后盖了新的，老的这间也就没什么人再来了。”

林司南跟着护士长在里面转了一圈。

里面有些像他第一次回家时候的场景，所有的器具都蒙上了一层厚重的灰尘。护士长看他伸手去摸试管，提醒他：“你看到那边的架子床没有，我听他们说，从前你好像在这儿被绑过。”

林司南看过去，架子床许多年没洗了，束缚带上还有未干的血迹和一些死了许久的苍蝇蚊子的尸体。边上的护士长看得皱了皱眉头，眼中的嫌恶肉眼可见。

架子床边上连着不少管子，仿佛能够看见鲜血从里面汩汩流出。

他忽然一顿，脑子里闪过一个零碎的片段，好像是一个女孩被蒙着眼睛，戏谑地跟着什么人谈判，而后拽着那只抓住她的手，暧昧而凶狠地咬了下去，随即她揭掉了挡在眼睛上的遮光带，一双眼睛明如点漆。

“我救了你……”他迟疑地念出了这几个字，“你就是这样报答我的？”

“什么？”护士长没听清，不过她一拍脑门，“哎！瞧我这脑子！办公室！办公室啊！”

于是她又带林司南去了办公室，一路上都有些絮絮叨叨的。

“我发现啊，这人年纪一大就容易多事。主要是我每天看着风记者在这边进进出出，样子看得怪让人心疼的，实在是这样才来多这个事……我去问了主治你的那位吴大夫，刺激疗法能加快你的记忆恢复。那么好一个姑娘，成天看着强颜欢笑的样子……真是……林医生你是不知道，人家等了你五年，前几天还跟我们开玩笑说，要是你真没了，她可就打算当一辈子的寡妇了。”

寡妇？

林司南想起柜子里挂着的婚纱，脚步一顿：“我们……结婚了吗？”

“结婚了啊！五年前！就你闭眼前的最后一天，你那会儿眼睛看不见了，话也说不出来，她带着你去民政局，一定要和你结婚，听说婚礼誓词都是她一个人念的。”护士长唏嘘道，“我这一辈子见过这么多女人，从来没有哪个像她这样，让我觉得，谁碰到她，被她喜欢上，那真是这世上最有福气的事情。”

办公室门口，林司南目光一颤："是啊……我的运气，真是太好了。"

他走进了办公室。

林司南四下环顾一圈，忽然表情疑惑地摸了一把桌子："这里很干净，是有人打扫了吗？"

护士长捂嘴笑了："是前几天风小姐和我们一起打扫的，她说如果你要回来，能用到。"

一边说可以养两个他，一边又偷偷把办公室打扫好。两条路都摆在他面前，随便他选哪一条，她都乐意全程奉陪走下去。

地上七层，夏日的阳光透过窗棂，细碎的阳光中飘浮着软烟罗般的薄雾沙尘，在他心上柔柔地拂了一下，这样，整间屋子里便全都是她的气息了。

笑着趴在座椅上对他笑的，在水池边张牙舞爪对着他做鬼脸的，披着他的白大褂在边上工作的……

每一束阳光中都是她，每一粒沙尘里都是她。

林司南伸手，揭下了粘在笔筒上的一张便签条："里面的笔全给你换了，复工第一天快乐，在家里蹲久了，人都要长蘑菇了吧？"

他的嘴角微微勾起，问护士长："我能重新回来上班吗？"

护士长一愣，然后笑道："这个估计你要给上面打个报告再走个流程。林医生你原本就是我们中心医院的职工且医术精湛，我们所有人都很欢迎你重新回来。"

林司南点点头。

护士长露出了欣慰的笑，林医生遇到风记者之后，是真的有了烟火人气。

阳光下，他那冷峭的眉眼染上了些温润，张了张口，似乎想要和护士长说点什么。忽然，护士长别在腰间的传呼机响了起来。

护士长对他露出一个抱歉的眼神，然后接起了传呼机："这里许红，什么事？"

"许护士长！一楼急诊这边有个刀伤病人，腹部大出血，赶紧派人过来接！"

护士长：“收到！”

林司南一把拽住预备往外狂奔的护士长：“这个时间电梯会堵，走这边。”

他伸手在墙边按了下，“哐当”一声，墙壁开了，下面升上来一架电梯。这是办公室连着他家的那架电梯。怎么从办公室里打开它，只有林司南一个人知道。

两人进去，电梯立刻飞速下降。

护士长一脸惊讶地看着他：“林医生……你想起来了？”

林司南的右眼皮莫名跳了一下，他微微点了下头，心里却有些说不清道不明的烦躁。

电梯开门，护士长说了句：“急诊那边催人，估计今天病人特别多，抢救室现在也不知道要不要排队，林医生你今天要不提前上个班？”

林司南跟着她一起跑到了医院门口。

几个神色焦急的人推着一辆担架急速地往门这边跑。

林司南抬眸，忽然心重重地一沉。

他看到，顾凌铎和汪清推开围堵在大门口救护车边上的人，护着那架担架大吼：“让开！快点让开！”

“这是……怎么了？”他嘴唇动了动，眼里的光忽然就黯淡了一下。

好在，有空余的抢救室，风谣被推了进去，“手术中”的灯牌瞬间亮起。

汪清重重地揉着太阳穴：“这究竟是怎么了，你们就非要这样，每个人都进一次抢救室吗？这个疯丫头怎么就这么傻？居然拿自己的命去跟人家歹徒赌刀子！等她醒了脑袋我都要给她拧掉！”

汪清骂完，眼圈都红了。

刀子扎在腰上，胆汁儿都快给人家捅出来了，躺在担架上昏迷的前一秒钟还在对她笑：“没事儿啊，铁定死不了，不在要害上。”

这疯丫头！

顾凌铎一副失了魂的样子。

他当时就在附近出外景，听到那边警车、救护车笛声大作，知道出了事，有人见义勇为救了个小女孩下来，结果自己伤着了，他本想赶过去拍时讯，结果一看在担架上躺着的人，差点没疯了。

实习生小嫣手上还扛着顾凌铎的机器，跑得有些气喘吁吁，但她根本不敢大出气，她怕顾老师一个大爆发直接脖子都给她拧下来。

顾凌铎四下望望，他现在很混乱，急需一个发泄口，汪清和他一样啥也不懂，于是他便一把抓住了林司南："你不也是医生吗？她是你老婆！等了你整整五年多！结果你啥也不记得了！你就这态度？就这？就这？！"

林司南一把挥开他的手，冷声道："五年过去了还是这样冲动！你还真是光长年龄不长心！"

顾凌铎听见林司南骂他，愣了一下，然后拍着巴掌大笑了起来，脸上的怒色还没退光，面容扭曲得好似一个精神病患者。

"哈！你会骂我！扑克脸你想起来了！你想起来了对不对？！"

林司南嗤了一声："神经病。"一如往昔。

他站起身。

汪清抬眸，瞥了他一眼："嗯？"

林司南冷静道："她撞上去时刀口很深，估计会失血过多，我要去准备给她输血。"

他话音刚落，抢救室的门就开了："病人血型特殊！O型血液输入产生结板，有家属吗？家属在吗？！"

林司南支着胳膊向那边走了过去："这里……"

殷红的血液顺着导管缓缓流出，仿佛一条蔓延出来的血红色生命线，林司南嘴唇微抿，一如当年在暗室内救下她的时候。

自此，前尘往事，他悉数记起。

风谣睁开眼睛的时候，病房外阳光正好，林司南站在床边，看见她醒来，步履急促地向她走来。

下一秒，她的手掌便被包裹进一双冰凉却宽大的手心中。

林司南伸出指头，温柔地擦去她眼角迸出的泪花："谣谣，你愿不愿意，再为我穿一次婚纱？"

她的脸上露出微笑，答案早已在她眼中。

"我愿意。"

……

六十多年后。

又是一年清明，城郊的公墓内，忽然多了一处新立起来的坟冢，一位面容俊美的年轻男子一身黑衣，弯腰将一束沾着露水的宝蓝色鸢尾花，摆在了那块墓碑旁。

年轻男人指头微颤，温柔地抚摸着上面镌刻着的金色字迹——吾爱长眠于此。

近处林荫环绕，远看白烟簇簇，袅袅升起，有人跪在碑前低声啜泣，有人牵着孩子，在叨叨着现世的祝福话语。天空中忽然下起了阵阵小雨，扫墓的人们或打着伞，或戴上帽子奔逃，小女孩路过墓碑旁的年轻人，忽然停下了脚步："哥哥，下雨了，你不走吗？"

年轻人对她笑了笑，然后缓缓地摇了摇头。

零星的清明雨滴，有如群山在恋人的耳边絮语：

我一直都愿意。

无论我身在何方，无论我身处何地。

【全文完】

后记·人类曼妙的情感

//
LIMINGZHIQIANBAOBAONI

“曼妙”这个词，通常被用于描述舞姿、音乐的优雅，但我以为它未尝不能与情感联系。人类的情感，本身就如音乐舞蹈般，带着浪漫的诗意。

严格来说这不是一篇序，也不是一篇后记，它大概是我写到“人间”那一章的时候忽然想到的。我想，关于这本书，我一定要说点什么。

我是一个表达欲望比较强烈的人，完全做不到罗兰·巴特所说的“零度写作”，把自己的全部情感埋藏在海平面的冰山之下，只露出一个小小的尖角。我在生活中理性多过感性，在生活中的绝大多数时期都能够以理智战胜情感，偶尔甚至会显得有些不近人情，但对于一些特别看重的事情就会去吃力不讨好地死磕，所以我一直觉得看上去理性的人固执起来有时会比浪漫的感性主义者更加执拗，故而在写作这件事情上，我是一个纯粹的感性派。

关于这个故事的写作初衷其实非常简单，由于我父亲工作的关系，整个二月份到四月份我一直都是生活在前线医护人员，还有防疫人员的身边，所以有过一段特别长时间的居家隔离期。隔离期间除了每天拿手机上下班打卡以外，基本上接触的就是身边的家人了。这篇文的人设诞生于隔离期，所以林司南的最初设定其实就是一名前线医生，而风小姐是一位业务能力优秀且情商颇高的记者，两人在医院相遇然后成为一对欢喜冤家，很老套的故事。于是后来在正式写作的时候，在若若姐的建议下我又把这个设定给推翻了，变成了现在这个带一点点的科幻元素的版本。

小说里出现的那些医药还有医学理论，我只能说我尽力了。说起来也确实是我废材，我们家从我爷爷那一辈开始就学医，我的爸爸和哥哥都是进了医疗系统工作，但我是个纯粹的中文生，认识那么多药的原因也只是因为身体不太好、容易生病，俗话说久病成医，但实际的水平，估计也就知道点常识，所以如果真的出现了一些细节上的错误，那我真的立正挨打，绝对不多辩解一句。

说回到这个故事，我以前总是喜欢去写一些男孩追女孩、暗恋女孩的故事，女孩大多是被动、退避的一个状态，包括之前《喜欢你，蓄谋已久》里的姜卓尔，完完全全就是一种“我先追求自我价值，然后再去追求爱情”的价值观，很少有出现像风谣这种认准就上的女生，但我觉得风谣可以成为这个例外，她也一定要成为这样一个例外。

因为林司南是一个需要关爱的人。

我在做出林司南人设的第一天，就是抱着一种心疼的态度去写，我那时候在想，如果在林司南漫长无聊的人生中能够有一簇吸引到他的不一样的烟火，一定不会是我往常写的那种需要他先注意到，他去接近或者和他吵架打闹爱上的女孩。他不会爱上那样的女孩。或许在别的男孩眼中那样的女孩是有趣，是奇特的意外，但在他眼中可能就不会是了。我当时抱着键盘思考，林司南活了那么长时间，难道就没有遇到过活泼开朗外向可爱的女孩吗？一定有。难道就没有遇到过喜欢他的人吗？一定也有。那么为什么他就一定会喜欢上风谣呢？

于是风谣拥有了和他一样的灵魂共鸣，主动靠近他、珍视他，她甚至坚强聪慧，在小说的一些情境中，风谣甚至比林司南更加理性。坦率地去表达自己的情绪，承认自己的爱与不爱，本身就是一种独立思考的体现。喜欢一个人，本就该喜欢得坦坦荡荡。她是一个已经拥有了完善的自我价值观的女性，只是独立和过早地成熟给她添上了一笔心疼，于是林司南出现了，成了那个和她抱住取暖的人。其实风谣当初对林司南说的“把我当作你人生的意义”这句话何尝又不是在对自己说呢？她也把林司南当成了自己活着的意义啊。于是两个残缺的灵魂互相在彼此身上寻到了温暖。

正因为比起感伤的爱，我更喜欢圆满的爱，所以我不追觅肉体的迷宫，也不想涉足心灵的地狱。我把我的愿望藏在文字里，希望每一个挖掘到这个秘密的人能够收获幸运，拥有幸福。

衷心祝愿。